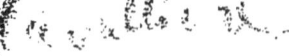

JULIEN LE ROUSSEAU

BAUDOIN IX

COMTE DE FLANDRE

PREMIER EMPEREUR LATIN DE CONSTANTINOPLE

Drame historique en cinq Actes

PRÉCÉDÉ

DE CONSIDÉRATIONS HISTORIQUES, POLITIQUES ET LITTÉRAIRES

D'UNE INTÉRESSANTE ACTUALITÉ

PARIS

VICTOR LECOU, ÉDITEUR

LIBRAIRE DE LA SOCIÉTÉ DES GENS DE LETTRES

10, Rue du Bouloi, 10

1854

BAUDOIN IX

COMTE DE FLANDRE

PREMIER EMPEREUR LATIN DE CONSTANTINOPLE

DRAME HISTORIQUE EN CINQ ACTES

OUVRAGES DU MÊME AUTEUR:

NOTIONS DE PHRÉNOLOGIE.
ESSAI D'UNE THÉORIE CONSTITUTIVE DE LA SCIENCE.
1 vol. grand in-12 de 600 pages. — 4 fr. 50.
J.-B. Baillière. — Librairie phalanstérienne.

DE L'ORGANISATION DE LA DÉMOCRATIE.
DÉTERMINATION DES PRINCIPES ABSOLUS DE LA POLITIQUE.
1 vol. in-8 de 500 pages. — 7 fr. 50
Capelle, libraire-éditeur.

POUR PARAÎTRE :

HISTOIRE DES FORMES POLITIQUES
DANS LEURS PRINCIPES, LEUR RAISON D'ÊTRE, LES CAUSES DÉTERMINANTES DE LEURS ÉVOLUTIONS ET DE LEUR SUCCESSION.
2 vol. in-8.

DE L'ART DRAMATIQUE,
DE SON ÉTAT ACTUEL DE DÉCADENCE ET DES MOYENS D'Y REMÉDIER.
Mémoire à consulter pour la réorganisation du théâtre.
1 fort volume format Charpentier.

DRAMES ET COMÉDIES.
2 vol. format Charpentier.

LOUIS D'ORLÉANS. — CLARISSE,
OU LES SUITES D'UNE LETTRE.
1 vol. format Charpentier.

PARIS. — TYP. SIMON RAÇON ET COMP., 1, RUE D'ERFURTH.

(C.)

JULIEN LE ROUSSEAU

BAUDOIN IX

COMTE DE FLANDRE

PREMIER EMPEREUR LATIN DE CONSTANTINOPLE

Drame historique en cinq actes

PRÉCÉDÉ

DE CONSIDÉRATIONS HISTORIQUES, POLITIQUES ET LITTÉRAIRES

D'UNE INTÉRESSANTE ACTUALITÉ

PARIS
VICTOR LECOU, ÉDITEUR
LIBRAIRE DE LA SOCIÉTÉ DES GENS DE LETTRES
10 — Rue du Bouloi — 10

MDCCCLIV
1854

Les circonstances actuelles de la guerre d'Orient donnent à juste titre un intérêt très-vif à tout ce qui se rattache, de près ou de loin, à l'histoire de Constantinople, ce point si convoité et si disputé depuis l'établissement des Grecs de Mégare, qui, sous la conduite de Byzas, y fondèrent une colonie[1]. Aucune ville peut-être n'a vu plus d'événements et de révolutions, car aucune n'a réuni plus de causes de prospérité et de dissensions par sa situation géographique et les éléments dont elle se composait. Avant que Constantin y transportât la capitale de l'empire, les Grecs de la mère patrie jalousaient et ravageaient déjà ce fortuné promontoire qui domine le Bosphore, la mer Noire, et commande aux trois anciens mondes.

A partir de la décadence de l'empire jusqu'à la conquête de Mahomet II, en 1453, il ne cessa d'être le point de mire des barbares ; et les musulmans s'y étaient à peine établis, que d'autres barbares, ceux de la Russie, visaient à leur tour cette proie, qui avait successivement allumé l'envie de tous les conquérants.

Ce qui se passe aujourd'hui, ce à quoi s'opposent la France

[1] Cette fondation remonte aux temps héroïques. Byzas était fils de Neptune et de Créuse.

1

et l'Angleterre, soutenues de l'opinion unanime de l'Europe, n'est autre chose que la tentative d'exécution ostensible des projets longtemps dissimulés de ces barbares du Nord. Ils ont cru le moment venu de s'emparer impunément aussi de ces belles et brillantes contrées, d'où ils menaceraient, avec avantage, dans leur existence et leur fortune, tous les peuples de l'Occident. Mais le monde européen, qui couve des destinées nouvelles, toutes prêtes d'éclore, ne se laissera pas submerger par ces flots que nous poussent les glaces polaires. Il saura se défendre et sauver l'avenir. La barrière qu'il opposa jadis à cette terrible trombe des Turcs vainqueurs, il saura l'opposer également au torrent qui s'échappe des steppes de la Russie, avec l'espoir de jeter la désolation dans nos fertiles campagnes et nos cités industrieuses. Ce n'est pas, enfin, au moment où notre civilisation épuisée va se rajeunir, se métamorphoser, que nous pouvons fléchir et tomber sous la barbarie.

Lorsque les Latins de l'expédition qui formait la cinquième croisade durent enlever aux Grecs le gouvernement de l'empire qu'ils ne pouvaient plus protéger contre l'anarchie intérieure et les entreprises des ennemis du dehors, il s'agissait surtout d'opposer un boulevard infranchissable aux Sarrasins et à toutes ces peuplades belliqueuses des frontières de l'Asie, qui cherchaient aventure autour d'elles, principalement du côté de l'Europe occidentale.[1]

Aujourd'hui que les Turcs, que nous avons combattus sans relâche pendant plus de deux siècles, sont tranquilles possesseurs de Constantinople et des provinces qui l'environnent, il s'agit de maintenir cet état de choses, qui neutralise en quelque sorte ce point important vis-à-vis des puissances européennes. Les musulmans, affaiblis dans l'immobilité, sans prépondérance et sans danger pour les nations de l'Occident, conviennent à merveille à cette fonction. Il faut, en effet, que Constantinople soit ouverte à tout le monde et n'appartienne à personne.[2] La laisser tomber entre les mains d'une puissance

[1] Il n'est pas question ici de la cause première des croisades, mais de celle qui détermina la chute de la dynastie des Comnène au treizième siècle.

[2] « our que ce qui s'est passé en 1853 et 1854 dans la mer Noire, sur les

ambitieuse ou jalouse, ce serait la perdre et reculer dans un lointain indéfini la réalisation de ses glorieuses destinées, lesquelles seront d'être un jour la capitale du monde entier, le centre où viendront se débattre et se régler tous les grands intérêts des peuples [1].

Lorsque les Latins démembrèrent l'empire grec pour se le partager, c'était déjà, au commencement du treizième siècle, la consommation en quelque sorte anticipée de cette neutralité du point du globe le plus important. Toutes les puissances de l'Europe occidentale s'y trouvaient, en effet, représentées et confondues. Malheureusement ce n'était là qu'une ébauche informe qui ne devait résister ni au temps, ni à l'effort d'un ennemi vigoureux et persévérant. Les croisés, obéissant à des vues étroites et à des passions égoïstes, n'avaient pas compris qu'ils s'affaiblissaient et se condamnaient à une défaite immanquable, en se répartissant l'empire, au lieu de s'unir pour le défendre et en assurer l'intégrité. Aujourd'hui la France et l'Angleterre, plus intelligentes et mieux inspirées, ne commettront pas la folie de s'emparer des dépouilles d'une nation qui a réclamé avec confiance leur concours pour repousser l'agression de la Russie. Elles se borneront à obtenir d'elle, en compensation de l'existence qu'elles lui garantissent, des affluents, dans son propre sein, pour toutes les idées, tous les sentiments, tous les intérêts.

Il faut, du reste, reconnaître, à l'avantage de nos ancêtres les croisés du treizième siècle, que les circonstances ne sont

bords du Danube et à Constantinople, ne puisse recommencer, il suffit que la mer Noire soit toujours ouverte aux marines militaires de tous les pays ; que la Russie renonce au protectorat des principautés danubiennes, lequel sert trop souvent de prétexte à leur occupation, et que les bouches du Danube cessent d'être dans les mains de la Russie. » (Les *Débats*, la *Presse*, juin 1854.)

[1]. « Constantinople, disait Napoléon, a toujours préservé l'empire turc du partage. La Russie la voulait, je ne devais pas l'accorder : c'est une clef trop précieuse ; elle vaut à elle seule un empire : celui qui la possédera peut gouverner le monde. » (*Mémorial*.)

« Rien de délicieux, de pittoresque, de magnifique et de majestueux comme la position de Constantinople. La nature semble l'avoir prédestinée à être la capitale de l'univers. Constantinople est appelée par les Valakes, les Bulgares et les Russes, *Tsargrad*, ville royale. (*Dictionnaire de la Conversation*.)

plus les mêmes. Les Grecs du Bas-Empire ne les avaient point appelés et ne voulaient point leur ouvrir leurs portes. Ils avaient eu trop à souffrir du passage des première, deuxième et quatrième expéditions. Implorés par le vieil empereur détrôné Isaac, ils se présentaient presque autant en ennemis qu'en médiateurs, et devaient conséquemment rencontrer des sentiments haineux chez les populations. D'un autre côté, la nécessité de s'assurer une base d'opération qui avait toujours manqué aux expéditions précédentes les poussait encore à s'emparer d'un empire dont les chefs les trahissaient ouvertement. Aujourd'hui, encore une fois, rien de semblable. Ce n'est pas en conquérants, mais en auxiliaires, que nous nous rendons en Orient. Nous n'avons point de trahison à redouter; conséquemment, point de sûretés à prendre. La conservation de l'empire ottoman, voilà notre seul intérêt, notre seul but.

Un certain rapport existe pourtant entre les deux époques: c'est que ce sont encore des Grecs d'origine et de religion que nous avons pour adversaires. En effet, l'expédition de 1202, partie pour combattre les infidèles, mais avec l'intention de rétablir, en passant, l'ordre troublé dans Constantinople par des factions usurpatrices, rencontra d'irréconciliables ennemis chez les chrétiens d'Orient, par suite des manœuvres des grands et du clergé de l'empire. Aujourd'hui ce sont ces mêmes Grecs, dégénérés encore ou abrutis par un despotisme séculaire, que nous allons directement combattre. Cette rivalité qui animait autrefois, les uns contre les autres, les sectaires des deux grands rites de la chrétienté, et que le temps était parvenu à amortir, se ranime en ce moment et prend, il paraît, des proportions considérables du côté des schismatiques surtout. Pendant que les Turcs, dont nous voulions jadis l'extermination, et qui, de leur côté, nous empalaient impitoyablement, sont devenus nos émules et nos alliés, les Grecs, qui se montraient pleins d'indifférence pour les dernières croisades, se disent actuellement transportés d'une sainte colère contre les infidèles[1] et même contre nous, catholiques de Rome. Faut-il croire

---

[1] Les agents de l'empereur de Russie déclarent dans leurs proclamations au

à la sincérité de cette intolérance? Que penser alors des lumières du peuple russe et de ses chefs? Mais non, c'est en vain
que l'empereur Nicolas voudrait donner à sa malencontreuse
tentative sur la Turquie les caractères d'une guerre de religion.
Le temps de ces fléaux est heureusement passé. C'est déjà bien
assez, c'est déjà même trop que des nations chrétiennes puissent en venir aux mains à l'époque où nous sommes. Le czar
ne parviendra pas à faire admettre, même aux pauvres serfs
qu'il sacrifie à ses rêves ambitieux, que leurs croyances sont
sérieusement menacées par les Turcs. La présence des catholiques orthodoxes et des anglicans rendrait cette prétention
trop absurde. Tout ce qu'il peut espérer, c'est tout au plus
d'enflammer l'imagination des héritiers intéressés du schisme
des patriarches de Constantinople, par le fantastique projet de
restaurer l'empire grec qu'ils regardent comme leur patrimoine
légitime. C'est là peut-être le seul côté spécieux que puisse
avantageusement exploiter le grand pontife du rite. Le soulèvement de l'opinion, dans le petit royaume d'Othon, semble
l'avoir surabondamment prouvé. Rien n'est crédule comme
l'ambition impuissante.

Mais, si l'ambition intéressée peut tomber dans ce piége, la
froide raison l'aperçoit et le signale. Pour les territoires d'empires comme pour les possessions particulières, la prescription
a sa raison d'être et son droit. Quand une nation, épuisée
de dégénérescence, s'est laissé vaincre et disperser, sans que
celles qui l'environnent aient pris fait et cause pour elle, c'est
que ses destinées sont accomplies. Si les Grecs du Bas-Empire,
riches, nombreux et plus civilisés qu'aucun autre peuple, n'ont
pu se défendre contre des barbares, que pourraient donc aujour-
d'hui les Grecs du royaume d'Othon et des provinces ottomanes,
après plusieurs siècles d'esclavage, entés sur la corruption de
leurs ancêtres[1]? Les prétentions de ces quelques millions clair-

peuple que ces *enragés de Turcs* recommencent leurs persécutions contre les
chrétiens grecs.

[1] Les Grecs, avant de tomber sous la domination des Latins et des Turcs,
étaient déjà depuis treize ou quatorze siècles sous celle des Romains. Constantin, en transportant le siége de l'empire à Byzance, ne les avait pas même
élevés à l'état de citoyens.

semés de Grecs indigènes sont en vérité dérisoires. Le fidèle portrait que nous faisons de leurs pères du treizième siècle, dans le deuxième acte du drame qui suit, donnera une idée de ce que l'on pourrait en attendre aujourd'hui.

Quant aux Grecs russes, ce sont des populations neuves et énergiques, nous en conviendrons volontiers. Leur sang mêlé au sang de leurs coreligionnaires des contrées méridionales, et à celui moins dégénéré de la race turque, donnerait peut-être naissance à de robustes générations; mais c'est là une expérience qui ne pourrait se réaliser que par la conquête et l'absorption des musulmans, et l'Europe ne peut ni ne veut la tenter, puisque ce serait abandonner pour un temps illimité Constantinople aux souverains de la Russie. La politique, l'humanité, l'intérêt de l'avenir se réunissent donc pour protéger, conserver et préparer à son rôle futur cette antique Byzance, cette ville privilégiée de Constantin, ce centre prédestiné de l'unité du monde. Assez de générations ont été immolées en vue de la défendre ou de la conquérir, pour que nous ne l'abandonnions pas au despotisme des barbares du Nord, juste au moment où elle essaye de s'arracher aux entraves d'une civilisation stérile.

Mais qu'il nous soit permis d'entrer encore dans quelques considérations générales sur le parallèle du treizième siècle avec le nôtre. On a prétendu souvent que le moyen âge était une époque de ténèbres et de barbarie, inexplicable eu égard à la supériorité des doctrines chrétiennes sur celles du paganisme. Cette obscurité historique venait de ce qu'on ne distinguait pas suffisamment les éléments sociaux pendant les douze siècles qui suivirent l'établissement politique du christianisme par la conversion de Constantin. Pour voir clair dans ce chaos apparent, qui semble d'abord si sauvage et si grossier, il faut tenir compte de la décomposition de la civilisation romaine, de l'intervention de l'élément barbare dans le monde ancien, de la multiplicité des circonscriptions souveraines en Europe [1], de leurs luttes incessantes et acharnées, de la réaction des cités

---

[1] Régime féodal.

et des communes contre le despotisme écrasant des pouvoirs politiques, enfin de tous les obstacles que devait rencontrer, dans de pareilles circonstances, le développement d'une civilisation nouvelle.

Pourvu que l'on fasse avec un peu de soin ce travail d'analyse et d'abstraction, on reconnaît de suite que, si le moyen âge eut le désavantage sous le rapport politique, il fut réellement, au point de vue moral et humain, très-supérieur même aux plus beaux moments des civilisations grecque et romaine. La charité, la fraternité, l'inviolabilité de l'âme humaine, n'eussent-elles pu être pratiquées alors qu'exceptionnellement, assuraient encore à cette phase de l'époque chrétienne une incontestable supériorité sur les époques précédentes.

Et même, sous le rapport exclusivement politique, nous ne voyons pas que la république romaine et l'empire aient rêvé quelque chose de plus vaste que la monarchie universelle de Grégoire VII [1], poursuivie avec tant de courage et de génie par les papes qui lui succédèrent, notamment par Innocent III, le plus grand de tous peut-être. Rome avait cherché la domination unitaire par la force; l'Église la voulait par la foi, c'est-à-dire par la lumière intellectuelle éclairant et conconduisant tous les peuples. Ce lien était évidemment plus noble et plus puissant. Il a fallu toute la légéreté, toute l'incurie, toutes les faiblesses et les mauvaises passions des chefs croisés pour échouer successivement huit fois dans cette immense entreprise qu'avaient suscitée les souverains pontifes, en vue de soustraire la féodalité à ses propres fureurs d'abord, puis, ensuite, d'opposer une digue aux irruptions des barbares de l'Orient. Avec plus de prudence et de discipline, l'unité catholique régnait sur le monde entier, et l'humanité marchait d'un pas égal vers notre civilisation actuelle. Les moyens furent malheureusement défectueux et violents, conséquemment impuissants et condamnables. En se laissant aller à l'ambition et à la violence, l'Église démentait son propre principe. Il était juste qu'elle en fût punie et qu'elle échouât

[1] Onzième siècle.

dans son but. Les schismes qui l'ont déchirée, les vicissitudes qu'elle a souffertes après son apogée dogmatique du dixième siècle, sont la funeste conséquence de sa désertion des vérités fondamentales de sa doctrine. Elle dut subir la violence, puisqu'elle n'avait pas craint de l'employer ; mais sa politique grandiose n'en laissa pas moins un sillon lumineux dans l'histoire ; et, tout en déplorant aujourd'hui les moyens qu'elle mit en usage et les tristes résultats qu'ils durent nécessairement amener, nous ne pouvons nous empêcher de l'admirer. Les éléments impurs qui la souillèrent souvent et la déshonorèrent quelquefois, ne doivent point empêcher de lui rendre justice.

Cette politique de l'Église, traduite par la parole éloquente et passionnée d'Innocent III, est si grande, si belle, si glorieuse, que nous avons tâché de lui conserver son véritable caractère en reproduisant pour ainsi dire textuellement ses arguments propulseurs de la croisade.

Aujourd'hui aussi le génie politique des temps modernes poursuit avec ardeur l'unité des peuples du monde. Il n'y a pas un grand homme d'État, pas un seul penseur sérieux, fût-il obscur et solitaire, qui ne sente vibrer dans son cœur et dans son cerveau cette divine passion. C'est là l'instinct, le pressentiment, la foi, l'amour des destinées finales de notre humanité terrestre. Nous rêvons tous l'unité, la pacification, l'organisation libre, le bonheur de la grande famille des nations et des hommes. Nous aspirons tous, quelles que soient nos croyances, après ce commandement évangélique qui veut que nous soyons tous en un. Mais cette unité, nous ne la cherchons plus dans la force et dans l'oppression ; nous la cherchons dans la justice, dans l'égalité, dans le développement et la conciliation des intérêts, en un mot dans le respect du droit et dans l'amour de l'humanité. C'est par cette politique-là que nous arriverons à la solution manquée par l'antique Rome païenne, manquée aussi par la Rome moderne et catholique.

Or, rien ne nous paraît plus propre à hâter ce grand mouvement des esprits et des institutions vers l'unité universelle, que les événements qui se préparent et vont bientôt s'accomplir. Ce beau spectacle des deux premières nations du monde qui s'unissent et se lèvent pour proclamer la justice internationale, empêcher l'oppression du faible par le fort, faire respecter les destinées du globe, plongées encore dans le mystère, ce beau spectacle est un enseignement qui fera plus pour l'éducation des peuples, que tous les actes diplomatiques et toutes les proclamations possibles. La question d'Orient est l'inauguration de cette politique d'association qui doit remplacer désormais la politique de ruse, d'égoïsme et d'isolement; c'est la déclaration de la supériorité, quant à l'extérieur, du droit collectif sur le droit individuel; c'est la consécration, par le fait, de l'intervention et de l'arbitrage, en vue de l'ordre général; c'est enfin le germe fécond de la confédération des nationalités, substitué au principe d'incohérence et d'hostilité qui les a divisées jusqu'à présent.

Maintenant que ce premier pas a été franchi sans hésitation en face des chances d'une guerre dispendieuse et qui peut se prolonger longtemps, nul doute que la France et l'Angleterre ne continuent, au sein de la paix, de réunir les nations en vue des grandes mesures d'utilité commune qui intéressent l'humanité. L'ouverture de la mer Noire à toutes les marines indistinctement, la neutralisation du promontoire de Contantinople, comme entrepôt du commerce général du globe, l'affranchissement des bouches du Danube, le rapprochement des religions les plus antipathiques, bien que basées sur une parfaite analogie de principes, le contact des races les plus étrangères sur un même point, ce sont là autant de faits d'une immense importance et qui doivent avoir, dans un avenir prochain, les conséquences les plus heureuses. C'est ainsi, quand l'homme ne comprend pas directement ses destinées, que la Providence lui suscite des circonstances qui l'y ramènent sans qu'il s'en doute. Pour marcher à ses fins sans gêner notre liberté, elle fait sortir le bien du mal. Mais ces révélations ne seront pas perdues. La France et l'Angleterre en ont deviné le sens et sauront y conformer leur attitude et leur conduite.

Toutefois ces doctrines nous semblent si fécondes, que nous voudrions les voir vulgariser par tous les moyens, même par

celui du théâtre, le plus rapide et le plus attrayant. Si la politique fait la ruine ou le salut des empires, l'art souvent contribue à faire ou, du moins, à rectifier et à populariser la
politique. Corneille, Racine et Voltaire n'ont pas peu contribué à nous soustraire au pouvoir absolu. Vulgariser les sentiments et les idées, pousser au progrès par le plaisir, éclairer
l'esprit et élever l'âme par les saintes émotions que produisent
le vrai et le beau, seconder la science et le génie pratique en
ouvrant l'intelligence et en dévoilant les plus secrets mystères
de la nature humaine, telle est la belle et glorieuse mission
de l'art. Les penseurs sérieux ne la comprennent pas autrement, nous pourrions en citer mille preuves. C'est donc un
devoir pour le poëte comme pour l'artiste, quand il rencontre
un sujet qui concorde à la fois avec la nature éternelle et les
circonstances passagères qui acheminent le monde vers ses
destinées, de le traiter selon ses forces. Si le génie lui
manque pour le concevoir dans toute sa grandeur et le revêtir
des nobles formes qui lui conviennent, il a du moins com-
mencé à le mettre en lumière, à l'ébaucher, à en faire sentir
l'importance, à le préparer enfin pour le maître qui devra en
tirer un chef-d'œuvre. C'est ainsi que les grands sujets qui
ont immortalisé Shakspeare, Corneille, Racine et tous les
maîtres, avaient été abordés par d'autres avant eux et souvent
même plusieurs fois[1]. Il semblerait qu'un seul homme ne suffit
point à produire un chef-d'œuvre, et qu'une génération plus
ou moins longue de génies doit y consacrer ses efforts. Mais
la Divinité jalouse et avare de l'inspiration veut qu'un seul,
celui qui imprime à l'œuvre le suprême cachet de la perfec-
tion, en recueille la gloire. L'artiste supérieur est comme l'ar-
chitecte dont le monument conserve le nom gravé sur la
pierre ou dans la mémoire des peuples : ceux qui se sont es-
sayés sur les mêmes sujets que lui sans atteindre à sa hauteur,
sont les ouvriers dont le travail, la patience, les sueurs ont
contribué à élever l'édifice, mais qui n'ont laissé guère plus de
trace que la poussière tombée des matériaux pour leur appro-

---

[1] Cette remarque s'applique naturellement à toutes les littératures nationales.

priation. Quoi qu'il en soit, ils ont rempli leur tâche, et leur œuvre, pour avoir été obscure, n'en a pas moins été utile. La renommée ignore leurs noms, le vulgaire ne croit pas à leur existence ; le philosophe, lui, les bénit et les honore, car il sait qu'ils ont été les laboureurs de la pensée, les modestes instituteurs de l'esprit humain.

Y a-t-il maintenant, dans le sujet de ce drame que nous publions aujourd'hui, les divers élements qui peuvent élever l'art, si non à sa plus haute puissance, au moins à sa plus grande utilité? Les quelques mots qui, dans l'histoire, nous mirent sur ses traces, permettront au lecteur d'en juger. S'il en est affecté, comme nous l'avons été nous-même, il comprendra de suite la témérité que nous avons eue de l'aborder, malgré notre insuffisance. Sa communauté de vue avec nous, à cet égard, sera alors notre meilleure excuse. S'il arrivait, au contraire, qu'il ne fût point frappé de la valeur dramatique de ce premier élément de notre donnée, nous nous croirions encore en droit de réclamer son indulgence en faveur de l'étude sérieuse à laquelle nous nous sommes livré pour ne pas trop nous écarter de la vérité historique et pour envelopper notre travail dans une forme aussi littéraire que possible.

Baudoin IX, comte de Flandre, ayant été élu empereur de Constantinople, en 1204 [1], et presque immédiatement défait, près d'Andrinople [2], par Joanice, roi des Bulgares, un secret profond fut observé par celui-ci sur le traitement qui lui avait été infligé.

« Après que Henri de Hainaut, comte de Sarbruck, deuxième empereur latin, mort en 1216, eut fait place, sur le trône de Constantinople, à Pierre de Courtenai, qui n'appartenait pas à la même famille, le sort de Baudoin fut oublié. Personne ne songeait plus que ce prince pût être vivant, lorsque au bout de vingt ans, un homme en qui l'on retrouvait tous les mêmes traits, mais qui semblait usé par la douleur et par la vieillesse, parut en Flandre, au mois d'avril 1225, raconta d'une manière

[1] 25 décembre 1204.
[2] 15 avril 1205.

vraisemblable les affreuses rigueurs que le roi des Bulgares avait exercées contre lui, et la manière dont il s'était enfin échappé de ses fers, et redemanda le rang qu'il avait perdu. La comtesse Jeanne ne voulut point le reconnaître; mais Jeanne laissait depuis dix ans son mari dans les fers, plutôt que de payer sa rançon; elle redoutait tout partage de son autorité, toute censure qui pourrait dévoiler ou contenir les irrégularités de sa conduite. Ses sujets, qui l'avaient en horreur, estimaient que celle qui cherchait un allié dans le même roi de France dont son mari était prisonnier, pouvait bien ne ressentir aucune piété filiale pour un père qu'elle n'avait pas revu depuis son enfance. Tous les Flamands accueillirent Baudoin avec pitié, avec tendresse, avec la plus ferme confiance dans la véracité de son récit; l'indignation leur mit les armes à la main; la révolte contre celle qu'ils nommaient une fille dénaturée fut bientôt universelle, et Jeanne, avec sa sœur cadette Marguerite, s'enfuit à Paris pour demander des secours à Louis VIII.

« Si les peuples se décident dans leurs croyances, par leurs émotions et par leur goût pour le merveilleux, ajoute l'historien, les rois ne consultent que leur seul intérêt sans examiner les circonstances, sans chercher à démêler l'erreur de la vérité! Louis VIII jugea qu'il lui convenait que Baudoin fût un imposteur; Henri III, qu'il fût au contraire le vrai comte de Flandre[1]. »

« Un jour Baudoin, premier empereur de Constantinople, qu'on croyait tué par les Bulgares, reparaît en Flandre, dit un autre historien; sa fille refuse de le reconnaître; mais le peuple l'accueille, et elle est obligée de fuir près de Louis VIII, qui la ramène avec une armée. Le vieillard ne pouvait répondre à certaines questions; et vingt ans d'une dure captivité pouvait bien avoir altéré sa mémoire. Il passa pour imposteur, et la comtesse le fit périr. Tout le peuple la regarda comme parricide[2]. »

[1] Sismondi, *Histoire des Français*, vol. VI, p. 561.
[2] Michelet, *Histoire de France*, t. II, p. 545.

« Une prison de vingt ans et tous les tourments infligés par les barbares, remarque à ce même propos Sismondi, avaient peut-être fait oublier ces détails au malheureux Baudoin. Sa mémoire se troubla, Louis VIII s'emporta, et sans autre examen lui ordonna de sortir du royaume ; il respecta néanmoins le sauf-conduit qu'il lui avait donné, et il le fit reconduire jusqu'aux frontières. Mais les adhérents de Baudoin, découragés par l'issue de cette conférence, l'abandonnèrent. Ce malheureux craignit de tomber aux mains de ses ennemis, il voulut s'enfuir sous un habit de marchand ; bientôt il fut reconnu en Bourgogne, arrêté par un chevalier, et livré à la comtesse, qui, après lui avoir fait souffrir beaucoup d'outrages, le fit périr sur un échafaud[1]. »

Michaud, dans son *Histoire des Croisades*, incline aussi à croire que le malheureux ermite Bertrand de Rains, ou Bernard de Rays, comme l'appelle Sismondi, était bien réellement le comte Baudoin, premier empereur de Constantinople.

Cependant d'autres historiens, et l'*Art de vérifier les dates*, considèrent l'ermite de la forêt de Glançon comme un imposteur ou un fou.

Sans avoir à nous prononcer ici dans cette question, nous avons pu, selon le droit qui appartient à tout auteur en pareille matière, la supposer résolue en faveur de Baudoin. C'est même, suivant nous, cette hypothèse qui constitue toute la valeur dramatique de la donnée. Sans elle, la carrière de Baudoin, brusquement interrompue à la défaite d'Andrinople, n'a, en effet, malgré la grandeur du héros, rien qui sorte des événements ordinaires et qui soit susceptible d'impressionner énergiquement les imaginations. Avec elle, au contraire, on a le spectacle majestueux d'une grande et puissante fortune aux prises avec une implacable fatalité. A Andrinople, Baudoin tombe en vaincu ; à Lille, supplicié par sa fille qui le méconnaît, il triomphe en martyr. Mort en 1205, il passe des gloires du premier trône du monde au repos de l'éternité ; sacrifié vingt ans plus tard par son propre sang, et après avoir

[1] Sismondi, *Histoire des Français*, vol. VI, p. 564-5.

enduré toutes les tortures du corps, de l'esprit et du cœur, il couronne ces rudes épreuves des palmes d'une double immortalité !

La légende du comte de Flandre Baudoin IX, ainsi envisagée, est, suivant nous, si merveilleusement dramatique, qu'il y a lieu de s'étonner qu'elle n'ait pas été portée au théâtre par quelqu'un de nos auteurs de premier ordre. Elle réunit, en effet, toutes les conditions les plus avantageuses : grandeur du sujet et des événements, beauté des caractères de divers personnages concourant à l'action, multiplicité des incidents, originalité des mœurs de l'Occident féodal et de l'empire grec de la décadence, vicissitudes et cruelle destinée d'un prince qui seul aurait pu sauver la civilisation chrétienne en Orient, tout, encore une fois, désignait cette précieuse donnée au génie de la scène. Et cependant elle vieillit inaperçue des Rotrou, des Shakspeare, des Corneille, des Racine, des Voltaire, des Gœthe, des Schiller. Ce ne fut que de nos jours qu'un poëte, malheureusement assez médiocre sous le rapport de l'invention surtout, comprit qu'elle avait droit aux honneurs du théâtre. Mais Népomucène Lemercier dut échouer dans cette entreprise pour deux raisons principales : d'abord, parce qu'il n'eut vraisemblablement de l'histoire de Baudoin, et des événements qui s'y rapportent, que des notions très-superficielles et tout à fait insuffisantes ; ensuite, parce que, conformément au système moderne qui veut que toute action dramatique quelconque pivote forcément sur l'amour, il ne sut faire de son héros qu'un amoureux sans idées, sans caractère et sans passions[1],

---

[1] Il est vraiment singulier de voir les préventions que soulève, parmi les directeurs et acteurs, tout ouvrage qui prend son principe et son point d'appui ailleurs que dans le sentiment de l'amour. Cela tient-il à ce que cette passion est à la fois la plus facile à exprimer et à comprendre, et, conséquemment, la plus susceptible de produire des effets certains ? Il faut convenir alors que nos gens de théâtre sont bien peu dévoués aux progrès de leur art. L'exemple des anciens, les protestations des plus beaux génies dramatiques parmi les modernes, les observations des plus grands critiques, devraient pourtant les éclairer sur l'étroitesse d'un pareil préjugé. Que l'amour occupe une large place sur la scène comme dans la vie réelle, rien de mieux, personne n'y trouvera à redire ; mais qu'il l'absorbe tout entière, à l'exclusion des autres profondes

La tragédie de cet auteur est même si opposée à l'histoire et
au sujet, que le titre qu'il lui donne n'a plus de raison d'être.
Ce n'est point effectivement Baudoin qui en est le héros,
mais l'impératrice Marie. Lemercier fait de cette femme, qui
ne fut grande que par les vertus de son sexe, et qui, d'ailleurs,
ne mit jamais le pied à Constantinople[1], une espèce de ma-
niaque ambitieuse qui, pour placer la couronne de l'empire
sur le front de Baudoin, ne craignit pas de descendre jusqu'aux plus basses et aux plus criminelles intrigues. Ce plan
n'a pas seulement l'inconvénient de donner un brutal et inutile démenti à l'histoire, mais il a celui, plus grave encore,
d'annihiler complétement le personnage de Baudoin, qui n'est
plus alors qu'un vulgaire soldat, sans talents politiques, sans
prestige et sans influence, partant sans rôle et sans intérêt.
On conçoit que la pièce de Lemercier, établie sur une vanité
plutôt même que sur une ambition féminine, dénuée d'ailleurs
d'incidents, languissante et monotone, dut rencontrer une
insurmontable opposition de la part du comité de la Comédie-
Française. Vainement a-t-il imputé cet accueil au mauvais vouloir des comédiens. La postérité ne le vengera point de cet
affront. La pièce eût-elle obtenu les suffrages et les efforts des so-
ciétaires du Théâtre-Français, qu'elle ne se fût pas moins effacée
dans l'oubli. Rien, nous le pensons, n'aurait pu la faire vivre.

affections de l'âme, voilà ce qu'on ne saurait tolérer sans porter atteinte au
caractère et à la majesté de l'art.

« Pourquoi s'imaginer, comme ont fait presque tous nos auteurs, qu'une
pièce ne puisse nous intéresser sans amour, disait d'Alembert à Rousseau dans
sa lettre sur les spectacles? Sommes-nous plus difficiles ou plus insensibles
que les Athéniens? et ne pouvons-nous pas trouver, à leur exemple, une in-
finité d'autres sujets capables de remplir dignement le théâtre? Les malheurs
de l'ambition, le spectacle d'un héros dans l'infortune, la haine de la supersti-
tion et des tyrans, l'amour de la patrie, la tendresse maternelle? Ne faisons
point à nos Françaises l'injure de penser que l'amour seul puisse les émou-
voir, comme si elles n'étaient ni citoyennes ni mères. Ne les avons-nous
pas vues s'intéresser à la *Mort de César* et verser des larmes à *Mérope?* »
(Cette même *Mérope* avait été refusée d'abord par les comédiens, précisément
parce qu'elle était sans amour. C'est grâce à leur influence que Voltaire
gâta son *OEdipe* et son *Brutus*.)

[1] La comtesse de Flandre, partie par la flotte de Jean de Nesle, mourut, en
arrivant à Ptolémaïs, des fatigues de la traversée.

Est-ce à dire, d'après ces critiques, que nous avons nous-même la prétention d'avoir fait une œuvre irréprochable sous le double rapport de la conception et de l'art? Non, nous avons tout simplement obéi, en la composant, à notre propre manière de sentir, de comprendre et d'exprimer; nous avons cherché, avant tout, la raison, la vraisemblance et la simplicité, aussi bien dans le fond que dans la forme; nous nous sommes défendu avec le plus grand soin de ces procédés vulgaires d'invention qui travestissent et défigurent l'histoire, altèrent et dégradent la nature, comme aussi de ce lyrisme qui enlève au dialogue toute logique et toute vérité; nous avons voulu, en un mot, nous conformer autant que possible à ce précepte, qui veut que le théâtre offre toujours un cours d'histoire vivante [1].

Sans doute, la doctrine qui considère l'histoire comme absolument supérieure à la poésie [2] ne saurait être soutenue victorieusement, puisque l'idéal, prenant directement sa source dans le monde des causes, est naturellement toujours au-dessus du réel. Aussi ne doit-on pas se méprendre sur notre pensée, quand nous disons que nous nous sommes efforcé de rester le plus possible fidèle à l'histoire: nous entendons par là que nous avons tâché de ne jamais la sacrifier à l'invention sans une impérieuse nécessité; que nous avons cherché à fondre l'idéal en elle, au lieu de l'en détacher au profit d'une prétendue poésie de convention; que nous avons essayé de dissimuler l'imagination sous le fait, de manière à laisser régner en tout et partout la vraisemblance, cette loi suprême de l'art dramatique; enfin, que nous avons toujours pris pour modèle et pour guide la nature, qui seule modère et contient les écarts de la fantaisie.

Notre respect de l'histoire et de la tradition, en vue de laisser aux principaux incidents du drame leur couleur et leur vérité, ne nous a pas, toutefois, empêché de voir et d'étudier l'homme, principe de toute action intelligente et libre

[1] Talma, *Notice sur Lekain.* — Schiller, professant la même doctrine, l'a constamment appliquée dans ses ouvrages.
[2] Vitet, *États de Blois.*

dans le monde, immuable quant à son organisation essentielle, mobile quant au développement et à l'application de ses facultés. L'étude de l'homme, ou plutôt de l'humanité, a donc été notre première préoccupation.

Mais, si la connaissance du type humain dans sa constitution passionnelle est indispensable à tout auteur qui veut aborder le théâtre, celle de la philosophie de l'histoire ne l'est pas moins pour le mettre à même d'apprécier l'influence des événements et des formes sociales sur les caractères, et déterminer le sens du rôle qu'ils remplissent, suivant les temps, les lieux, les circonstances. Nous ne comprenons pas autrement la vie et la vraisemblance sous la forme poétique. C'est là évidemment qu'elles puisent leur principe, et non dans ces fictions que le plus léger souffle de la raison suffit à renverser.

Nous voulons donc, on le voit, dans le théâtre, autre chose que ce que l'on s'obstine à y mettre aujourd'hui. Une passion factice et arbitraire aux prises avec des difficultés non moins invraisemblables; des types imaginaires passant comme des ombres à travers des rêves incohérents[1]; un panorama plus

---

[1] « Ce qui ajoute à la grandeur des types anciens, dit M. Saint-Marc Girardin, dans son cours de littérature dramatique, c'est qu'ils procèdent tous de la tradition. Oreste, Iphigénie, Électre, Antigone, ne sont pas des personnages de fantaisie inventés pour représenter certains sentiments de l'âme humaine : la poésie les a reçus de l'histoire; ils ont vécu, ils ont ressenti à travers les maux que leur a réservés la colère mystérieuse des dieux, les affections de l'humanité, et c'est par ces grandes et douces affections qu'ils se sont sentis soutenus et consolés... Les personnages qui, dans la littérature moderne, représentent ces saintes affections de l'humanité, ne relèvent point de la tradition : leur caractère et leurs sentiments sont de pures fictions. Il en est de même de leurs malheurs. Ils n'ont pas l'avantage qu'ont les personnages traditionnels, de recueillir en quelque sorte les sentiments de plusieurs générations, et de devenir plus expressifs à mesure qu'ils deviennent plus anciens. Ils n'ont pas d'autres sentiments que ceux qu'ils ont reçus du romancier, et ils restent tels qu'ils ont été créés la première fois : ils ne croissent pas avec le temps. Pour les grandir à sa manière, le romancier leur prête volontiers des passions étrangères au sentiment principal qu'ils représentent. Il n'en fait pas seulement des fils, des frères, des filles et des sœurs : il en fait des amoureux. L'amour dans la littérature moderne et même dans la littérature contemporaine, qui imite souvent ce qu'elle critique, l'amour tient la première place. Les anciens sont pères, époux, fils, citoyens; ils sont enfin tout ce que l'homme est ici-bas. Les modernes, à en croire les poëtes et les

ou moins ingénieux d'incidents entassés par la seule fantaisie ; une simple et aride chronologie patiemment exhumée et s'étalant sans unité, sans pivot ; un mécanisme déroulant successivement les faits, comme une horloge les heures et les minutes ; enfin, un arrangement savant, si l'on veut, de scènes plus ou moins piquantes et bien graduées, ne nous suffisent point. Nous voulons au théâtre la pensée créatrice, la science du cœur humain, l'instinct de l'idéal, en un mot tout ce qui plaît, attache, captive, émeut et entraîne. C'est ainsi, ce nous semble, que les maîtres l'ont compris et le comprennent encore.

Notre intention, en composant le drame que l'on va lire, ayant été, comme on le voit, de faire, avant tout, une large et consciencieuse étude sur l'élévation politique et la chute presque sans exemple du comte de Flandre, Baudoin IX, nous n'avons pas cru devoir en réduire le cadre aux strictes proportions scéniques. Nous l'avons, au contraire, développé à plaisir pour donner plus de liberté, de perspective et d'air aux personnages qui s'y meuvent. Nous avons voulu que la peinture des idées, des sentiments, des mœurs et des principales circonstances de l'époque ne laissât dans l'obscurité aucun des points de la route à parcourir pour arriver jusqu'à la catastrophe. Et nous avons pensé que cette attention et cette conscience à mettre fidèlement l'histoire et la vérité dans l'action, au lieu de la remplir de fictions puériles et fugitives, ne déplairaient peut-être pas aux esprits sérieux qui ne séparent jamais l'utile de l'agréable, qui cherchent les leçons de l'expérience dans les réalités de la vie plutôt que dans les fantômes de l'imagination. Cette préoccupation ne nous a d'ailleurs pas fait renoncer absolument à l'invention, répétons-le, car nous reconnaissons que l'histoire seule est bien rarement suffisante pour soutenir, pendant cinq actes, l'intérêt d'une pièce sérieuse.

Toutefois, en adoptant un pareil plan, et malgré le soin

romanciers, ne sont qu'amants ; et, des quatre parts de la vie humaine, l'enfance, la jeunesse, l'âge mûr, la vieillesse, il n'y en a qu'une, la jeunesse, que la littérature semble s'être consacrée à peindre. » (II° vol., p. 154, 155.)

que nous avons eu de le disposer de manière à lui donner tout le mouvement nécessaire à la scène, nous ne nous sommes point dissimulé que nous étions en opposition directe avec le système invariablement suivi, sauf rares exceptions, par les dramaturges modernes, système qui consiste à faire aussi bon marché que possible de l'histoire, à substituer aux développements naturels d'une action, toujours plus ou moins complexe, ceux d'une passion individuelle très-circonscrite ; à imaginer, à inventer, au lieu de chercher et de trouver ; à répéter enfin incessamment la même pièce avec les mêmes moyens et presque les mêmes formes, au lieu d'observer et de reproduire la nature. Si cet ouvrage pouvait attirer l'attention des hommes pratiques du théâtre, c'est-à-dire des directeurs et de leurs fournisseurs habituels, nous nous attendrions donc à le voir impitoyablement condamné comme entaché d'inexpérience, comme impossible. L'aréopage dramatique actuel n'entend pas raison sur ce qui s'écarte des méthodes consacrées et sort de la vénérable routine. Il faut marcher sur les traces de ses entrepreneurs à la tâche, se glisser parmi eux, se présenter sous le haut et puissant patronage de leur génie industriel, ou se résigner au plus superbe, au plus implacable dédain. On sait ce que ce droit de vie et de mort, imprudemment abandonné à des barbares, a fait de nos auteurs intelligents et du théâtre. L'art s'est étiolé, abâtardi, éteint sous lui, comme la noble pensée s'abîme et disparaît sous un joug brutal et grossier. Cette branche de littérature, après avoir illustré notre langue et notre pays, tombe de plus en plus dans une honteuse décadence. Nous n'avons plus, à proprement parler, de théâtre national, mais seulement une marchandise dramatique de pacotille à l'usage d'un vulgaire ignorant et léger.

Il est étonnant que l'on n'ait pas encore compris, au pouvoir, que cet état de choses tient surtout à l'esprit mercantile et routinier qui anime la plupart des directions, et que l'on n'ait pas cherché les moyens d'y remédier, soit en donnant la liberté absolue des théâtres, soit en en créant au moins un qui fût réellement et sérieusement abordable à tout auteur nou-

veau de quelque mérite, fût-il novateur ou même révolution-
naire en matière d'art.

Sans doute le temps fait toujours justice de cet arbitraire
omnipotent qui régente, entrave, obscurcit, compromet à plaisir les destinées de l'esprit humain. Rien ne saurait empêcher le
triomphe du bon sens et de la vérité. Mais l'immoralité, le scandale de l'intérêt aveugle qui spécule sur la sottise publique et
entretient l'ignorance et le mauvais goût, en sont-ils moins
choquants? N'est-il pas intolérable de voir invariablement, à
ses débuts, le talent éconduit par la routine attardée, par le
mauvais vouloir; le domaine légitime de l'art exproprié par
la boutique? C'est pourtant là ce qui a lieu, quand la camara-
derie, les influences ou même la corruption ne s'en mêlent
pas.

Nous connaissons si bien le point de vue des directeurs et
des comités en général; nous sommes si bien fixé sur le genre
des ouvrages qui leur conviennent, que nous n'avons pas
voulu, malgré le conseil que nous en donnaient quelques
amis, indiquer, dans cette édition, les coupures et remanie-
ments nécessaires à l'appropriation de notre drame à la scène.
Ce travail, qui n'eût certainement amené aucun résultat auprès
d'eux, aurait gêné le lecteur en l'interrompant trop souvent
par des notes ou des variantes. Nous avons mieux aimé y renoncer. Si personne, parmi ceux qui disposent souverainement
du sort des ouvrages dramatiques, ne daigne trouver dans
celui-ci quelque chance de succès à la représentation, il se
passera des honneurs de cette épreuve, et son auteur s'en con-
solera volontiers en songeant au peu que cela prouve aujour-
d'hui.

C'est donc au public éclairé, sérieux et indépendant, c'est à
la critique intelligente, élevée, impartiale, que nous adressons
notre travail. Ce public qui méprise et déserte de plus en plus
le théâtre dégénéré et justement avili de nos jours; cette critique
qui ne cesse de protester de toute son énergie et de tout son talent
contre la décadence concertée de l'art dramatique; ce public
et cette critique sauront nous dire si nous nous sommes placé
dans une bonne ou dans une mauvaise voie, si les doctrines

des faiseurs et des carcassiers valent mieux vraiment que celles des penseurs et des écrivains qui s'appuient sur la nature vivante et sur la raison. Leur jugement sera notre loi. Il nous apprendra si nous pouvons publier encore quelques autres ouvrages du même genre que celui-ci, ou si nous devons à jamais renoncer au théâtre.

BAUDOIN IX

PERSONNAGES DU DRAME

BAUDOIN, comte de Flandre, empereur de Constantinople.

ISAAC, empereur de Constantinople.

ALEXIS, fils d'Isaac, partageant l'empire avec son père.

MURZUPHLE, cousin et ministre d'Alexis.

DANDOLO, doge de Venise.

BONIFACE, marquis de Montferrat, chef de l'expédition croisée.

PHILIPPE, comte de Namur, frère de Baudoin.

HENRI DE HAINAUT, comte de Sarbruck, frère de Baudoin.

GUILLAUME, oncle de Baudoin.

FOULQUE DE NEUILLY, prédicateur de la cinquième croisade.

BOUCHARD D'AVÈNES, chanoine de Lille.

L'ÉVÊQUE DE SOISSONS.

LE CONNÉTABLE DE CHAMPAGNE, maréchal de Romanie.

UN AMBASSADEUR D'ISAAC en Europe.

LE LÉGAT DU PAPE, à Constantinople.

LE SÉNÉCHAL de Flandre.

LE GRAND FAUCONNIER de la comtesse de Flandre.

LE GRAND JUSTICIER de France.

LE CHEVALIER DE BÉTHUNE, attaché à Baudoin.

LE PRINCE DE CAPOUE, favori de la comtesse de Flandre.

PIERRE DE COURTENAI, comte d'Auxerre, ami de Philippe-Auguste.

RENAUD Ier, comte de Dammartin, favori de Philippe-Auguste.

DEUX SEIGNEURS ALLEMANDS, agents secrets de l'empereur Otton.

THIBAUT, comte de Champagne.

RENAUD, comte de Boulogne.

HUGUES, comte de Saint-Pol.

BRANAS, riche seigneur grec.

UN ASTROLOGUE.

UN MOINE VISIONNAIRE.

ISMEN, ombre de l'ancien magicien de Jérusalem.

JOANICE, roi des Bulgares.

LOUIS VIII, roi de France.

UN NOTABLE DE LILLE.

L'ANCIEN DES VIEILLARDS DE LILLE.

UN MOINE français.

UN ÉLECTEUR vénitien.

UN ÉLECTEUR, partisan de Montferrat.
UN BARON CROISÉ, aide de camp de Baudoin.
DEUX CHAMBELLANS de l'empereur Isaac.
UN GRAND DE L'EMPIRE grec.
UN OFFICIER BULGARE.
UN CHEVALIER PORTEUR DE NOUVELLES.
UN PAGE de la comtesse de Flandre.
OFFICIERS de l'armée croisée.
SEIGNEURS, CHEVALIERS, HÉRAUTS, SOLDATS, PEUPLE, ESCLAVES.
MATELOTS vénitiens.
HIPPOLYTE, chambellan particulier d'Isaac.

MARIE, femme de Baudoin.
JEANNE, comtesse de Flandre, fille de Baudoin.
LA REINE des Bulgares.
MARGUERITE DE HONGRIE, ex-impératrice, femme de Branas.
AGNÈS, ex-impératrice
ASPASIE, l'une des femmes de Marie.
LA COMTESSE de Champagne.
DAMES.
SUIVANTES.
FEMMES DU PEUPLE.

PERSONNAGES DU PREMIER ACTE

BAUDOIN, comte de Flandre et de Hainaut.
LE COMTE DE CHAMPAGNE (Thibaut).
PHILIPPE, comte de Namur, frère de Baudoin.
FOULQUE DE NEUILLY, prédicateur de la croisade.
BOUCHARD D'AVÈNES, chanoine de Lille.
PIERRE DE COURTENAI, } barons de Philippe-Auguste.
RENAUD DE MONTMIRAIL, }
RENAUD, comte de Boulogne.
HUGUES, comte de Saint-Pol.
DEUX SEIGNEURS ALLEMANDS, agents d'Otton.
ALEXIS, fils d'Isaac, empereur détrôné de Constantinople.
L'AMBASSADEUR d'Isaac.
GUILLAUME, oncle de Baudoin.
LE CHEVALIER DE BÉTHUNE.

MARIE, femme de Baudoin.
LA COMTESSE de Champagne.
SEIGNEURS, CHEVALIERS, DAMES.

Château d'Écry ou d'Escy, en Champagne (1198.

ACTE PREMIER

Le théâtre représente le parc du château d'Écry. Au fond, le château ; à droite et à gauche, de grands arbres derrière lesquels sont établis des gradins pour recevoir des spectateurs.

SCÈNE PREMIÈRE

PIERRE DE COURTENAI, RENAUD DE DAMMARTIN, PHILIPPE, comte de Namur.

On est à peine à l'aube du jour. Pierre de Courtenai et Renaud de Dammartin s'avancent mystérieusement, enveloppés de leurs manteaux. Ils regardent et écoutent autour d'eux pour s'assurer s'il n'y a personne. Philippe les a suivis de loin et vient se cacher derrière un gros arbre à côté d'eux.

PIERRE DE COURTENAI.

Comme, dans les châteaux surtout, les murs ont des oreilles, j'ai cru plus prudent de nous rendre ici pour nous entretenir des graves intérêts qui nous sont confiés par notre souverain maître Philippe-Auguste..... (Regardant à droite et à gauche.) Tu es bien sûr que nous sommes seuls?...

RENAUD DE DAMMARTIN.

Très-sûr... J'ai eu l'œil et l'oreille tendus dès l'instant où nous avons franchi le seuil de notre porte...

PIERRE.

Ces puissants seigneurs qui veulent jouer au monarque sont si défiants et si perfides !...

RENAUD.

Nous pouvons parler sans crainte... Tout le monde

dort au château, en attendant la grande journée qui se prépare...

PIERRE.

Oui, grande en effet, car elle va décider de la fortune de plusieurs souverains... C'est dans quelques heures que, grâce à la profonde politique du saint-siége et à nos persévérants travaux pour la seconder, la royauté va faire un pas nouveau contre l'anarchie féodale [1]... L'unité monarchique ne se constituera, au profit de la paix et du progrès des peuples, qu'autant que tous ces princes, ducs, marquis, comtes et barons seront affaiblis et dominés... Et quel meilleur prétexte que la religion pour atteindre ces résultats?...

RENAUD.

Il est vrai que ces saintes entreprises des croisades qui entraînent au loin seigneurs et chevaliers, plèbe remuante et aventureuse, sont un précieux moyen pour se débarrasser des éléments dangereux de notre monde féodal...

PIERRE.

Il s'agit donc aujourd'hui de pousser à la croix... Tout annonce qu'elle aura un immense succès... Le jeune et bouillant comte de Champagne, qui réunit dans un tournoi tout ce qu'il y a de plus illustre dans les cent comtés d'alentour; le sage et prudent marquis de Montferrat, dont l'autorité n'est contestée par personne; le noble et célèbre Baudoin, qu'une foi pure entraîne irrésistiblement vers les saints lieux; l'éloquent orateur Foulque de Neuilly, que le saint-père et le roi de France ont exprès envoyé à cette solennité; l'enthousiasme commandé de nos amis, tout nous garantit un triomphe complet...

---

[1] La féodalité pesait déjà aux peuples et aux souverains. Elle était jugée dans l'opinion dès le dixième siècle, ainsi que le remarque M. Augustin Thierry dans son *Essai sur l'histoire du tiers état*. (T. I, p. 23.)

RENAUD.

Notre glorieux souverain se verra donc, du même coup, débarrassé de ses grands vassaux les plus incommodes et des audacieuses menaces du lion d'Angleterre [1] ?...

PIERRE.

Mon Dieu ! oui... La tranquillité des rois de l'Europe, l'unité de l'Église latine, le développement de la monarchie française, l'ère d'une politique générale féconde pour l'avenir, vont probablement dater de l'expédition qui se prépare... Pendant que la partie la plus héroïque de la noblesse ira chercher la gloire, des richesses, des principautés et des empires en Orient, l'influence légitime des souverains les plus puissants de l'Occident s'étendra pour imposer l'ordre et la paix...

RENAUD.

Mais penses-tu que Baudoin réalise immédiatement son vœu, en présence des projets que l'on prête tout haut à Philippe-Auguste ?...

PIERRE.

Lui ?... La loyauté même !... Ne doit-il pas compter sur l'alliance qu'il a cimentée dernièrement avec le roi de France ?... Et, en admettant qu'il lui supposât quelque arrière-pensée, peut-il admettre que le souverain pontife le laissât dépouiller de ses États, pendant qu'il serait au service de l'Église ?...

RENAUD.

C'est juste... Il doit être plus tranquille encore absent que présent...

PIERRE.

Sans doute : ce qui n'empêche pas la royauté de recueillir de grands avantages de cette absence de ses principaux

---

[1] On sait que Richard Cœur-de-Lion était très-gênant pour Philippe-Auguste, tant par lui-même qu'à cause de ses alliances avec de puissants seigneurs du continent.

5.

vassaux, puisque la tranquillité des fiefs ne peut manquer de fortifier l'obéissance des peuples...

PIERRE.

Très-bien. « Mais n'est-il pas à craindre que les plus puissants de ces princes croisés ne reviennent, en cas de succès de leur entreprise, plus redoutables qu'auparavant?...

PIERRE.

Nous avons dû songer à cela et chercher les moyens d'y obvier...

RENAUD.

Ah!... Voyons...

PIERRE.

D'abord, nous avons de mystérieuses et prépondérantes influences dans les conseils des croisés; l'Église, qui les envoie combattre, ne cesse presque jamais de les diriger... Ensuite, nous attachons aux pas de chacun d'eux des hommes sûrs qui possèdent leur propre confiance... Ces agents pèsent, sans en avoir l'air, sur toutes leurs déterminations, leur soufflent les projets particuliers que nous jugeons utiles, entravent ceux qu'ils pourraient former contre nos intérêts... Nous sommes, par ce moyen, pour ainsi dire toujours présents au milieu d'eux...

RENAUD.

Et si ces hommes vous trahissent?...

PIERRE.

Oh! nos garanties contre eux sont certaines, leur intérêt nous répond de leur fidélité... Ils ont tout à gagner en nous servant avec zèle, tout à perdre en nous trompant, car un seul mot de nous suffit pour les faire disparaître, s'ils nous sont suspects...

RENAUD.

Allons, je vois que tout est prévu et bien calculé...

PIERRE.

Serait-on digne de présider aux destinées des empires,
si on n'avait au moins la prévoyance?...

RENAUD.

Non, assurément; mais le mérite n'en est pas moins
réel...

PIERRE.

Nous n'appartenons pas pour rien, sans doute, aux races
supérieures... Mais revenons au sujet qui nous occupe...
Il est donc convenu que nous allons faire de l'enthousiasme
de manière à exalter les plus froids... Toutes les classes
ont un vulgaire... Les assemblées des grands se laissent
prendre par les mêmes ruses qui séduisent le peuple...

RENAUD.

Sois tranquille : Philippe-Auguste sera content de nous,
et Foulque de Neuilly, à moins d'ingratitude, saura nous
recommander au saint-père....

PIERRE.

Tu vas donc donner le mot à nos amis et t'entendre avec
ceux qui doivent diriger le mouvement... Il faut que les
paroles de Foulque portent le délire dans tous les esprits...
Il faut que son éloquence produise des miracles!.. L'ambassadeur du vieil Isaac, que son frère a renversé du trône
de Constantinople, fera le reste... L'armée croisée verra,
dans cette proie arrachée à l'usurpateur, la perspective
d'une splendide Capoue... (Se retournant vers le château.) Mais les
hôtes du comte de Champagne commencent à paraître...
Promenons-nous sans affectation, comme si l'air du matin
nous eût seul attirés...

                                        Ils s'éloignent.

SCÈNE II

PHILIPPE.

PHILIPPE, sortant de derrière son arbre sans être vu. Au loin, quelques seigneurs et chevaliers se promènent.

Ah! c'est là, mes seigneurs, ce qui nous procure l'honneur de votre visite?... Je pensais bien que les barons les plus dévoués du roi de France devaient avoir, pour se rendre ici, un autre motif que le saint zèle qui anime la noble et loyale chevalerie!... Ainsi, pendant que l'amour du Christ et de son Église nous conduit au sacrifice de nos existences et de nos biens, vous obéissez, vous, aux conseils d'une politique égoïste et perfide!... Nous sommes vos dupes en servant Dieu et sa sainte Église!... Vous profitez de notre foi naïve dont vous vous moquez en secret!... Vous spéculez, pour fonder votre fortune, sur les plus hauts instincts de la nature humaine comme sur les plus honteuses passions!... C'est la vertu des simples que vous chargez des affaires de vos vices!... C'est sur le devouement d'autrui que vous élevez votre ambition!... C'est sur la ruine de votre prochain que vous bâtissez l'édifice de votre prospérité, comme si les ruines étaient de bons fondements!... C'est enfin en vous couvrant du masque de la religion, que vous vendez et livrez vos frères au glaive des infidèles!... Voilà, en vérité, de chrétiennes pratiques!... Mais vous aviez compté sans vos maladresses et sans notre clairvoyance, nobles serviteurs du roi!... Votre œuvre d'hypocrisie et de trahison ne saurait s'accomplir aussi facilement que vous l'avez rêvé... Vous apprendrez qui nous sommes, et le monde saura qui vous êtes!... Nous remplirons nos devoirs envers l'Église, mais cela ne nous empêchera pas de défendre nos États que vous convoitez!... Et

toi, Baudoin, mon noble frère, toi dont la valeur et la
grande âme ont imposé aux plus insolents monarques ;
toi qui as mis un frein à leur ambition, rabaissé leurs prétentions hautaines, forcé leur orgueil à solliciter ton alliance... toi qui soutiens presque seul la fortune et l'honneur de la féodalité chancelante [1]... toi qui marches à la
tête de toute la glorieuse noblesse franque... toi qui portes si légitimement ombrage à notre tout-puissant suzerain
Philippe-Auguste... tu ne seras pas sacrifié, comme on l'a
résolu, tu n'iras pas ensevelir, dans les sables brûlants de la
Syrie et de la Palestine, le plus ferme soutien des prérogatives féodales ; tu resteras parmi nous pour défendre le droit
et la justice... C'est encore défendre la religion... Cela vaut
mieux que d'en reconquérir le berceau vide !... (Il fait quelques pas pour se retirer, mais il aperçoit deux seigneurs qui semblent chercher la solitude pour causer.) Sont-ce encore des confidents de notre beau sire Philippe-Auguste ?... Voyons... Le ciel veut
peut-être que je pénètre plus avant dans le labyrinthe obscur
et tortueux de cette politique infernale... (Il se recache derrière
le même arbre.)

SCÈNE III

DEUX SEIGNEURS ALLEMANDS.

Philippe derrière son arbre.

PREMIER SEIGNEUR.

Vous dites donc, mon cher duc, que l'empereur notre
maître ne voit pas d'un bon œil que le doge de Venise, le
marquis de Montferrat et le comte de Flandre prennent
part à l'expédition qui se concerte en ce moment ?...

DEUXIÈME SEIGNEUR.

Non certainement...

[1] Voir la note de la page 28.

PREMIER SEIGNEUR.

Ce sont pourtant des hommes d'un grand nom, d'un grand courage et d'une expérience consommée...

DEUXIÈME SEIGNEUR.

C'est précisément pour cela...

PREMIER SEIGNEUR.

Vous m'étonnez... Otton ne désire donc pas le succès de la croisade à la tête de laquelle il voudrait se placer?...

DEUXIÈME SEIGNEUR.

Mais... il lui importe assez peu...

PREMIER SEIGNEUR.

Comment! c'est là tout le cas que l'empereur d'Allemagne fait de sa gloire et des entreprises de la chrétienté, lui qui doit son élévation à Innocent III et qui devrait tenir à effacer un ambitieux rival?...

DEUXIÈME SEIGNEUR.

L'empereur d'Allemagne cherche une gloire plus réelle et des avantages plus immédiats et plus sérieux...

PREMIER SEIGNEUR.

Et c'est ailleurs qu'il espère les rencontrer?...

DEUXIÈME SEIGNEUR.

Pourquoi pas?... Que promet donc la sainte expédition à ses chevaliers enthousiastes?... La mort dans une embuscade de Sarrasins, par la famine ou par la peste?... Une terre qui consume les os plus vite encore que la nôtre?... Voilà-t-il pas qui mérite bien de l'empressement?...

PREMIER SEIGNEUR.

Mais, enfin, si l'on y peut mourir, on y peut aussi triompher...

DEUXIÈME SEIGNEUR.

Ce n'est peut-être pas impossible... Seulement, l'empereur, qui est un homme sage, aime assez que ses victoires profitent à lui seul... Il craint que les Baudoin, les Dandolo, les Montferrat n'exigent, en cas de succès, une part trop grosse... Et d'ailleurs.. (Il s'arrête pour se reprendre) d'autres desseins, conçus depuis longtemps, le contraindront sans doute d'ajourner son départ... Otton est un grand politique habitué à mener de front plusieurs projets... Il avait sa pensée en cherchant à se faire nommer chef de la croisade nouvelle...

PREMIER SEIGNEUR.

N'est-il pas toujours décidé qu'il le sera?... Le saint-père ne lui en a-t-il pas fait la promesse, et tous les illustres guerriers qui prennent la croix ne seront-ils pas fiers de marcher sous ses ordres?...

DEUXIÈME SEIGNEUR.

Peut-être... Mais, en le supposant, il est assurément un plan à l'exécution duquel ils ne consentiront jamais à se prêter...

PREMIER SEIGNEUR.

L'empereur a donc des vues personnelles et une arrière-pensée?...

DEUXIÈME SEIGNEUR.

Vous êtes naïf, mon cher... Qui donc n'en a point ici-bas?... Croyez-vous sérieusement que le comte de Flandre et le marquis de Montferrat, malgré leur belle réputation de désintéressement et de vertus, n'ont pas leurs secrètes pensées d'ambition?... (Je ne parle pas du vieux doge... Tout le monde connaît ce fin renard... On sait parfaitement dans quel but il appuiera la demande en secours de l'empereur déchu de Constantinople... C'est lui qui a poussé indirectement jusqu'ici l'ambassade conduite par le jeune Alexis...) Pourquoi donc l'empereur serait-il assez simple pour se faire leur dupe?... Si chacun a le droit de revendiquer son lot dans les conquêtes de l'Orient, celui du lion ne lui appartient-il pas?... Peut-il même lui être interdit justement de viser à une proie plus voisine et plus certaine?

PREMIER SEIGNEUR.

Vous avez raison, mon ami... Notre seigneur et maître l'empereur d'Allemagne peut tout vouloir et tout faire... Il a donc bien réellement de grandes vues sur les peuples du monde, ainsi qu'on l'en soupçonne?

DEUXIÈME SEIGNEUR.

Vous allez en juger... Mais que ce que je vais vous apprendre ne sorte jamais de votre bouche... Ce sont des secrets d'État que le moindre mot pourrait empêcher de porter leur fruits... Otton, en prenant la croix avec éclat et en cherchant à entraîner sur ses pas toute sa noblesse, a eu deux points principaux en vue : premièrement, fortifier son autorité partagée par l'excommunié Philippe ; secondement, faire servir l'armée croisée, dont il serait le chef, à la conquête de la Sicile et à celle de l'empire de Constantin. En un mot, occuper le centre de chacun des deux mondes, réunir l'Occident et l'Orient sous un seul sceptre, constituer, au profit de sa race, la monarchie universelle, telle est la vaste pensée qui fixe et préoccupe l'empereur d'Allemagne... C'est la même qui passionnait naguère son prédécesseur Henri VI et qui dévore son concurrent Philippe... Inutile de vous dire que, ces grands desseins une fois réalisés, tous les souverains, même les plus puissants, deviennent les humbles vassaux de l'empire et que la tiare elle-même pâlit et s'efface devant cet astre resplendissant...

PREMIER SEIGNEUR.

Ces vues sont d'une ampleur à donner le vertige... Je conçois que le génie se passionne pour elles et s'expose, pour les réaliser, à rouler dans l'abîme... Mais comment pourrons-nous les servir efficacement?...

DEUXIÈME SEIGNEUR.

C'est là ce que je vous dirai bientôt... En attendant, rapprochez-vous du comte de Champagne pendant le tour-

noi ; entretenez-le de la haute estime qu'a pour lui notre
empereur ; courtisez-le, flattez-le pour qu'il devienne favorable à nos intérêts... De mon côté, je me charge du
comte de Flandre, qui ne dissimule guère ses sympathies
pour nous... Quand le moment sera venu, vous saurez
comment nous devrons aborder la grande question de la
conduite de l'expédition... D'ici là, pénétrez-vous bien de
l'attitude qu'il nous convient de prendre au milieu des
fêtes qui vont avoir lieu... Ne nous réunissons pas trop
souvent pour ne point éveiller l'attention..... Au revoir,
ami, séparons-nous, il en est temps...

PREMIER SEIGNEUR.

Au revoir... Comptez sur mon adresse et ma présence
d'esprit.....

Ils se séparent.

SCÈNE IV

Promeneurs dans le lointain.

PHILIPPE, sortant de derrière son arbre.

Eh bien ! il paraît que chacun a effectivement ici ses
projets et ses intrigues... O démoralisation des temps !...
Ce n'était pas dans de pareilles idées que se trouvaient les
chrétiens des premières guerres saintes !... La foi, le besoin
d'expiation, le dévouement, dirigeaient seuls alors les esprits et les consciences... Tout est changé !... L'égoïsme et le
calcul ont tout envahi !... Il n'y a plus rien de sacré pour
cette génération... Si la ferveur et la loyauté habitent encore quelques âmes, ces âmes ne se rencontrent plus guère
qu'au sein du peuple... Quant aux grands, qui doivent
les premiers l'exemple de l'honneur et de la vertu, ils ne
donnent que celui de tous les vices et de toutes les lâchetés... Est-ce donc là ce que devait produire le christia-

4

nisme après mille années de triomphe?... Que dois-tu penser de nous, Christ divin; toi qui as donné ta vie pour ra-
cheter l'humanité?... Enfin, ainsi sont les choses !... Ce
qu'il y a de mieux à faire, c'est d'en tirer le moins mauvais parti... Maintenant que je viens d'apprendre les projets de l'empereur d'Allemagne sur l'Italie et sur la Grèce,
dois-je retenir mon frère dans ses États, en vue des ar-
rière-pensées de Philippe-Auguste?... Si Otton réussit,
que deviennent les comtés et les royaumes d'Occident?...
N'aurons-nous pas un joug beaucoup plus lourd que celui
de nos suzerains actuels?... (Il réfléchit.) Oui, sans doute,
mais l'armée des croisés aurait-elle la lâcheté de servir la
funeste ambition de l'empereur d'Allemagne?... Éclairée
par les lumières du saint-siége, par ses propres intérêts,
aurait-elle la folie de se faire l'instrument du plus perfide
et du plus violent des tyrans?... Non, cela ne saurait s'admettre... Otton a fait un rêve ridicule, quand il a cru
qu'il lui serait loisible de détourner, à son profit, l'expédition de son but; que l'Église, les souverains et les princes chrétiens lui laisseraient usurper la couronne du
monde; que le sang et les trésors des fidèles s'épuiseraient
pour rassasier sa monstrueuse ambition... Le danger réel
n'est pas de ce côté... Il est plus positif et plus proche...
Il est dans la politique tortueuse, mais fatale du roi de
France... C'est là ce qui menace vraiment la féodalité, c'est
là seulement ce qui doit éveiller l'attention des comtes de
Flandre... Quant aux visées de l'empereur d'Allemagne,
il suffira, pour les déjouer, de les faire passer à l'oreille
des principaux chefs de la croisade... Qui sait d'ailleurs
si cette dernière conversation que je viens d'entendre n'est
pas un piége tendu par la ruse des agents de Philippe-Auguste à notre bonne foi?... Tout est possible avec de tels
hommes... Il faut donc absolument que Baudoin renonce
à partir avec la prochaine expédition... L'intérêt de ses

peuples et de sa postérité, sa propre gloire l'exigent... Il saura tout, et partagera certainement mon avis... Allons lui révéler les secrets que le hasard m'a fait surprendre...

Il se retourne et aperçoit Baudoin.

SCÈNE V

PHILIPPE, BAUDOIN, THIBAUT, LES COMTESSES DE FLANDRE ET DE CHAMPAGNE.

Plusieurs seigneurs et chevaliers se promènent. — Le grand jour est venu.

PHILIPPE.

Le voici précisément qui s'avance en compagnie du comte de Champagne, notre hôte, et des deux comtesses... Il importe qu'il sache tout de suite... (Il s'incline devant les dames.) Messeigneurs, j'allais à votre rencontre...

THIBAUT, lui tendant la main.

Déjà levé et dehors, mon cher Philippe !... Méditez-vous donc quelque nouveau coup pour notre tournoi ?...

PHILIPPE.

Non, monseigneur, ce n'est point cette pensée qui m'a arraché au sommeil... J'ai obéi à de plus hautes et plus utiles inspirations... L'ange qui veille sur moi m'a averti qu'il se tramait quelque chose ici-même... J'ai eu confiance en lui et je suis venu errer dans le parc avant qu'il fît jour.

BAUDOIN.

Voilà qui tient du merveilleux, mon bon frère; et la réalité a-t-elle donné raison à tes pressentiments ?...

PHILIPPE.

Ce que j'ai à t'apprendre te le prouvera, Baudoin... Souffre même que je ne diffère pas plus longtemps de t'instruire des choses importantes dont il m'a été donné d'être informé...

BAUDOIN.

Plus tard, mon bon frère... J'ai fait cette nuit un si triste rêve, que j'ai besoin de rafraîchir mes sens dans l'atmosphère pure de ce noble domaine.

MARIE.

Vous avez des tristesses dans l'âme et vous ne m'en informez pas, monseigneur?... Je ne reconnais point là votre tendre confiance et votre amour...

BAUDOIN.

Je vous conterai cela plus tard, ma chère Marie... Si je vous l'ai tu, c'est pour vous épargner de pénibles émotions, car vous étiez de moitié dans les événements de mon songe... (S'adressant à Thibaut.) Permettez-moi donc, mon cher comte, de vous faire part, une fois encore, de mes félicitations pour la belle et glorieuse initiative que vous prenez dans la sainte croisade qui se prépare... Pas un des nombreux seigneurs et chevaliers qui se sont rendus à votre appel ne refusera, j'en suis sûr, de prendre la croix comme nous...

THIBAUT.

Je l'espère aussi, mon cher comte...

PHILIPPE.

Est-ce la crédulité, l'ambition ou l'esprit d'aventure, que cela prouvera?...

THIBAUT.

Mais la foi me semble une explication suffisante...

PHILIPPE.

Est-ce la foi toute seule qui pousse, entre autres, l'empereur d'Allemagne et le roi de France?

THIBAUT.

Pourquoi non?...

PHILIPPE.

Vous êtes heureux de croire, monseigneur...

THIBAUT.

L'êtes-vous plus de douter, vous, Philippe?...

PHILIPPE.

Oh! non, car le doute, en toutes choses, est une insupportable torture...

THIBAUT.

Pourquoi alors lui ouvrir votre cœur, au lieu de l'en bannir?...

PHILIPPE.

Ah! c'est qu'il y a des confiances qu'on ne ressaisit plus quand elles sont une fois détruites, ou plutôt, c'est qu'il y a de douloureuses certitudes qui tuent la foi jusque dans son principe...

BAUDOIN.

En vérité, mon cher Philippe, tu deviens singulièrement obscur... Ne pourrais-tu pas nous dire plus clairement ce qui te jette dans cet étrange situation?...

PHILIPPE.

Je l'ai voulu tout à l'heure, Baudoin, tu m'as renvoyé à un autre moment...

BAUDOIN.

Eh bien! mon bon frère, s'il ne faut que cela pour calmer tes esprits, dis-nous ce qui les a si fort aigris et troublés...

PHILIPPE, éclatant.

Vous tous qui prenez la croix avec un loyal dévouement, vous êtes trahis!... Une ténébreuse et infâme politique vous immole aux plus égoïstes intérêts!

BAUDOIN, THIBAUT, LES COMTESSES.

Que dit-il?...

BAUDOIN.

Qu'as-tu donc, mon cher Philippe?... D'où vient ce langage?...

4.

PHILIPPE.

J'ai cru, comme vous, à la sainteté des entreprises contre les infidèles... Aujourd'hui je sais qu'elles sont autant de piéges tendus à la noblesse et à la chevalerie pour envahir nos États et détruire l'énergie guerrière des populations...

THIBAUT.

Calomnies, mon cher Philippe... Nos ennemis ont intérêt à répandre de pareils bruits... C'est à nous de ne pas nous y laisser prendre...

PHILIPPE.

Ah! ce sont des calomnies!... Connaissez-vous Pierre de Courtenai et Renaud de Montmirail?... Connaissez-vous les illustres vassaux de l'empereur d'Allemagne qui sont venus pour prendre part à votre tournoi?...

THIBAUT.

Eh bien?...

PHILIPPE.

Eh bien, ce sont eux alors qui se chargent de calomnier leurs maîtres en secret en leur prêtant les projets les plus odieux...

THIBAUT.

Vous voulez rire, Philippe?...

PHILIPPE.

Vous allez le voir, monseigneur... Agité cette nuit, comme je vous l'ai déjà dit, par mille pensées étranges, je me suis levé longtemps avant le jour... et je suis sorti du château... pour me promener à la fraîcheur... J'avais à peine fait quelques pas, lorsque j'entendis une voix derrière moi... c'était celle du comte d'Auxerre...

BAUDOIN, l'interrompant.

Deux jeunes seigneurs s'approchent, il n'est pas prudent de parler ainsi devant eux, Philippe... Nous reviendrons plus tard sur ce sujet...

SCÈNE VI

LES MÊMES, RENAUD, comte de Boulogne, HUGUES, comte
de Saint-Pol, SEIGNEURS ET CHEVALIERS.

RENAUD, s'adressant à Thibaut.

Comte, nous avons une faveur à vous demander, c'est
d'ouvrir, le comte de Saint-Pol et moi, le solennel tournoi
auquel vous avez en ce jour convié la noblesse... Vous serez content du combat, et les spectateurs vous sauront gré
de l'avoir permis, car les deux champions ne se ménage-
ront pas... L'outrage que j'ai reçu de Hugues, à la cour de
France, vous en répond...

THIBAUT.

Il ne me conviendrait peut-être pas à moi, neveu et vas-
sal du roi de France, de me mêler de cette affaire et de
permettre de vider chez moi un différend que Philippe-
Auguste s'est chargé d'arranger lui-même; mais nous
sommes en des circonstances si exceptionnelles, le sang
chrétien est devenu si précieux depuis qu'il ne suffit plus
à vaincre les infidèles, qu'il ne doit couler que pour de
graves motifs... Je sais que les vôtres ont ce caractère et
qu'ils doivent, quoi que puisse faire le roi, vous amener
tôt ou tard en champ clos... Profitez donc de cette solennité... Vous aurez pour assistance l'élite de la noblesse et
de la chevalerie... La gloire du vainqueur en sera plus belle
et plus éclatante...

RENAUD ET HUGUES.

Merci, noble comte...

HUGUES.

Je serai heureux de faire réparation par les armes au
comte de Boulogne... Il apprendra comment je sais soutenir mes faits et gestes, quels qu'ils soient.

RENAUD.

Le comte de Saint-Pol saura aussi comment les comtes de Boulogne, savent venger leurs injures...

THIBAUT.

Votre bravoure à tous deux est connue, messeigneurs... Nul ne doutera, en vous voyant combattre, que l'honneur ne soit satisfait... Vainqueur ou vaincu, que chacun de vous se prépare donc à être honoré comme un vaillant guerrier, digne de son nom et de ses ancêtres...

HUGUES.

Nous saurons justifier, seigneur, la haute opinion que vous daignez avoir de notre courage...

SCÈNE VII

LES MÊMES, NOUVEAUX SEIGNEURS, CHEVALIERS
ET DAMES.

UN SEIGNEUR, fendant la foule.

Noble comte de Champagne, la foule est impatiente de voir commencer le tournoi... Elle attend que la comtesse, votre noble épouse, veuille bien en donner le signal...

PLUSIEURS VOIX.

Oui!... Oui!... Le tournoi!... Le tournoi!...

THIBAUT.

Vous allez être satisfaits, messeigneurs... Prenez place... Les deux premiers champions, le comte de Boulogne et le comte de Saint-Pol, réclament votre attention...

PLUSIEURS VOIX.

Noël! Noël! au comte de Champagne!...

Tous les assistants se dirigent vers les gradins et s'y placent successivement. Philippe a, depuis quelques instants, entretenu avec vivacité la comtesse de Flandre. Celle-ci, pâle et émue, s'écrie lorsque Baudoin vient lui tendre la main :

MARIE.

Monseigneur! au nom du ciel! il faut que vous enten-
diez le comte de Namur votre frère... Il a appris d'effrayantes choses qui doivent changer vos déterminations...

BAUDOIN, souriant.

Oui, madame, j'écouterai ces effrayantes choses... Mais
nous ne pouvons en ce moment nous retirer... Nous nous
devons à nos hôtes et au but important de cette réunion...
Venez donc prendre place, et, surtout, calmez vos esprits...
Vous savez combien je souffre de vos appréhensions et de
vos douleurs... Croyez donc que je ferai tout pour les apaiser ou les prévenir...

Il donne la main à la comtesse et l'accompagne jusqu'aux gradins où ils se
placent près du comte et de la comtesse de Champagne. Dès que tout le
monde est placé, les hérauts d'armes viennent sonner le combat. Hugues
et Renaud se présentent dans la lice. Le combat commence. Renaud tombe
bientôt blessé. Des chevaliers viennent le prendre et l'emportent.

HUGUES.

Quiconque voudrait prendre fait et cause pour le comte
de Boulogne, mon adversaire vaincu, peut se présenter...
Je lui ferai raison...

UN CHEVALIER.

C'est donc à dire, noble comte de Saint-Pol, que vous
prenez aux gens leurs maîtresses et les battez ensuite, pour
les distraire de ce malheur?... Permettez-moi de trouver
le procédé peu courtois et de chercher à en garantir quelques autres... Vous n'avez pas essayé de m'enlever ma
dame, c'est vrai... Cela vous a évité la peine de m'appliquer publiquement un coup de poing en plein visage, c'est
encore vrai... Mais vous l'avez fait au comte de Boulogne,
mon ami, et il ne sera pas dit que vous en serez quitte à si
bon marché... Je relève votre gant...

LES ASSISTANTS.

Très-bien!... Très-bien!...

HUGUES.

Vous vous conduisez là en galant homme, chevalier...
Cela ne peut manquer de vous porter bonheur... Et si vous
n'avez point péché depuis votre dernière absolution,... je
vais vous envoyer en état de grâce dans l'autre monde...

LE CHEVALIER.

Ce sera une obligation que je vous devrai, monseigneur,
si mon empressement ne peut vous prévenir dans ce
petit service... S'il en doit être ainsi, n'accusez pas ma
bonne volonté et ne me refusez pas le secours d'une de vos
prières...

HUGUES.

Hâtons-nous, chevalier, mon bras s'ennuie dans l'inaction...

Au moment où le chevalier descend dans l'arène, Foulque de Neuilly arrive...

SCÈNE VIII

LES MÊMES, FOULQUE DE NEUILLY.

FOULQUE, avec exaltation.

Malheur sur moi, chrétiens, car je suis arrivé trop tard
pour empêcher un meurtre!... Le noble comte de Boulogne vient d'être frappé par celui-là même qui l'avait
abreuvé d'outrages!... Son sang généreux, qui aurait pu
féconder la terre sainte, a trempé inutilement ces lieux!...
Il est temps enfin que ces combats impies entre chrétiens
cessent, car ils sont un scandale et une calamité!... Dieu
ne veut pas que ses enfants se déciment ainsi, et son
Église m'envoie pour vous intimer ses ordres et pour vous
enseigner d'autres mœurs... D'autres périls d'ailleurs réclament vos bras, vous le savez... Vos frères d'Orient gémissent dans le malheur sans pouvoir reconquérir le sépul-
cre du Christ, retombé aux mains des infidèles. Tous les

désastres pleuvent sur eux, comme pour éprouver le zèle
et la charité des peuples d'Occident. Depuis la perte lamen-
table de Jérusalem, le saint-siége n'a cessé de crier vers le
ciel et d'exhorter les fidèles à venger l'injure faite à Jésus-
Christ, banni de son héritage... Autrefois Urie ne voulait
point entrer dans sa maison, ni voir sa femme, tandis
que l'arche du Seigneur était dans le camp; et maintenant nos princes, en cette calamité publique, s'abandonnent à des amours illégitimes, se plongent dans les
délices, abusent des biens que le ciel leur a donnés, et
se poursuivent mutuellement par des haines implacables;
ne songeant qu'à venger leurs injures personnelles, ils
ne considèrent pas que nos ennemis nous insultent en
disant : « Où est votre Dieu qui ne se peut délivrer lui-
même de nos mains?... Nous avons profané votre sanctuaire et les lieux où vous prétendez que votre super-
stition a pris naissance; nous avons brisé les armes des
Français, des Anglais, des Allemands, et dompté une seconde fois les fiers Espagnols; que nous reste-t-il donc
à faire, si ce n'est de chasser ceux que vous avez laissés en
Syrie, et de pénétrer jusque dans l'Occident pour effacer
à jamais votre nom et votre mémoire [1]?... »

TOUS.

Non, non! nous saurons secourir nos frères et venger
l'injure faite à notre Sauveur!...

FOULQUE.

Montrez donc alors que vous n'avez pas perdu votre courage; prodiguez pour la cause de Dieu tout ce que vous
avez reçu de lui : si dans une occasion si pressante vous
refusiez de servir Jésus-Christ, quelle excuse pourriez-vous
porter à son tribunal?... Si Dieu est mort pour l'homme,
l'homme craindra-t-il de mourir pour son Dieu?... Refu-

---

[1] Voir les *Encycliques* d'Innocent III.

sera-t-il de donner sa vie passagère et les biens périssables de ce monde à celui qui nous ouvre les trésors de la vie éternelle [1]?...

PHILIPPE, se levant.

Tout cela serait bien, prêtre, s'il n'y avait pas, derrière ces belles paroles, une politique d'ambition personnelle...

Étonnement général.

FOULQUÉ.

Que voulez-vous dire, mon fils?... Votre apostrophe demande une explication...

PHILIPPE.

Vous l'aurez, digne père... Les projets du pape et des rois me sont connus... Je sais qui vous envoie et quel but vous poursuivez... C'est vous dire que je puis répondre à tout...

FOULQUE.

Quelles préventions vous égarent en ce moment, noble comte de Namur?... Votre grand caractère ne nous a pas accoutumé à cette opposition aux saintes entreprises de l'Église et de la chrétienté...

PHILIPPE.

J'en conviens, révérend père... Mais j'ai acquis aujourd'hui même des lumières qui me manquaient...

FOULQUE.

De quoi voulez-vous parler, mon fils?... Hâtez-vous, le temps est précieux... Tous ces nobles seigneurs et chevaliers attendent la croix...

TOUS.

Oui!... oui!... Nous demandons la croix, sans ajouter foi aux calomnies des ennemis de l'Église et de la religion...

---

[1] Voir les *Encycliques* d'Innocent III.

PHILIPPE.

Les ennemis de la religion ne sont pas ceux qui ouvrent les yeux et apprennent à lire dans le cœur des perfides et des traîtres, mais ceux qui se couvrent de son masque pour tromper leurs semblables et abuser de leur crédulité !...

FOULQUE.

Mais enfin que voulez-vous dire, noble comte?... Le ministre de Dieu vous somme de parler... Des accusations nettes valent mieux que des équivoques et des réticences...

PHILIPPE.

Vous avez raison, saint homme... Démentez donc ce que je vais affirmer... N'est-il pas vrai que la guerre sainte n'est, pour votre maître le pape, comme pour les souverains de France et d'Allemagne, qu'un prétexte qui cache des vues toutes d'intérêt personnel?... N'est-il pas vrai que vous ne poussez les seigneurs, les chevaliers et les chrétiens les plus aventureux à se croiser, que pour écarter les têtes et les bras qui vous gênent, afin de courber plus facilement les populations sous votre joug?... N'est-il pas vrai enfin que vous n'éloignez les plus puissants et les plus braves d'entre nous que pour vous emparer, le cas échéant, de leurs richesses et de leurs domaines?... Répondez, homme de Dieu, ne sont-ce pas là les secrets desseins de vos maîtres?...

FOULQUE.

Vos suspicions injurieuses m'affligent, mon fils... Nous n'avons rien fait pour justifier ces reproches... Les vues mondaines que vous nous prêtez sont loin de nos cœurs et de nos esprits... Si quelques princes de la terre pouvaient fonder des espérances sur les tristes nécessités qui nous commandent, le saint-père serait le premier à les condamner... La religion et ses ministres ne connaissent point ces calculs dont vous parlez... L'âme de leur chef surtout ne s'abaisse pas à de si indignes comédies... Le génie et le

5

grand cœur d'Innocent III ne sauraient se plier à de si misérables stratagèmes... L'Église, mon fils, ne songe pas,
dans ses tristesses et dans son humiliation, à se jouer des
sublimes sentiments qu'elle cherche à réveiller chez les
chrétiens... Le vicaire du Christ ici-bas a d'ailleurs répondu d'avance à toutes les accusations que l'on pourrait
porter contre lui et contre ses intentions, en se condam-
nant lui-même à la pauvreté, à la misère... Toutes les ressources que peuvent lui procurer les fidèles de la chrétienté, c'est à la guerre sainte qu'il les consacre avec
empressement... Devant l'exemple à ses frères et aux hommes, il se dépouille sans ostentation pour offrir son obole
en attendant qu'il offre son sang sacré, si cela devient nécessaire... Ne vous laissez donc pas aller, mon fils, à de perfides conseils... Craignez les piéges du démon et les inspirations des méchants qui sont ses esclaves...

TOUS.

Vive le saint-père!... vive la guerre sainte!... vive la
foi!... Nous mourrons tous pour son triomphe!...

PHILIPPE.

Ne croyez pas m'intimider, messeigneurs... J'aime
comme vous notre sainte religion et j'abhorre les infidèles; mais je ne donne pas pour cela tête baissée dans les
piéges de l'ambition hypocrite... Je vous le répète, on
vous trompe... la royauté guette votre départ pour étendre
la main sur vos provinces et les confisquer...

FOULQUE.

Au nom de l'Église, je déclare tous les domaines garan-
tis à ceux qui prendront la croix, et anathèmes les rois ou
princes qui, profitant de l'absence des seigneurs, feraient,
contre leurs intérêts, la moindre tentative...

TOUS.

Vive l'Église!... Vive notre mère!... elle saura défendre
nos femmes, nos enfants et nos biens!

PHILIPPE.

Et si de redoutables monarques la subjuguent, malheureux?...

FOULQUE.

C'est l'Église qui fait les rois, mon fils... les rois ne pourront jamais rien contre elle.

PHILIPPE.

Eh bien, en supposant que vos États ne courront aucun risque, qu'irez-vous faire en Syrie, insensés?... Êtes-vous sûrs que les chrétiens qui l'occupent vous réclament?... Détrompez-vous : ils appréhendent, au contraire, votre arrivée comme une menace pour leur position acquise, ou pour leurs espérances éventuelles... Ce n'est pas Jérusalem que les chefs veulent reprendre, ce sont des avantages nouveaux qu'ils convoitent... Et d'ailleurs, quel que soit votre nombre, quelles chances aurez-vous d'être plus heureux que vos devanciers?... N'aurez-vous pas à lutter, comme eux, contre le climat, son insalubrité, ses révolutions meurtrières?.. Maîtriserez-vous mieux les ardeurs brûlantes, les inondations, les famines et la peste?... Écraserez-vous plus facilement ces générations innombrables qui pullulent sur le sol comme les myriades d'atomes animés qui s'élèvent en vapeur des lacs et des marais?... Dompterez-vous avec plus d'autorité vos passions et vos discordes?.., Apaiserez-vous les funestes rivalités qui vont grandissant toujours entre les deux puissants ordres du Temple et de l'Hôpital?... Préviendrez-vous par quelque miracle les témérités, les défections et les trahisons?... Effacerez-vous dans le souvenir des ennemis et dans la conscience des chrétiens la mort ou la captivité des pèlerins allemands, concertée par les barons syriens, et l'humiliant échec de Thoron, dû à l'insatiable cupidité des Templiers et à la lâcheté de Conrad et des principaux chefs qui s'enfuirent à la nouvelle que Malek-Adel venait au secours de cette

misérable forteresse ?... Non, vous ne viendrez pas plus à
bout de tous ces obstacles que vos devanciers... Comme
eux, vous succomberez à la peine, aux fautes, à la honte...
Vous aurez inutilement enseveli vos cadavres dans les déserts... trop heureux si leur entassement pouvait opposer
un infranchissable barrage aux flots de la barbarie et protéger à jamais l'Europe, car comment se défendrait-elle
d'une invasion, si vous ne lui laissez que des vieillards,
des femmes et des enfants?...

L'assemblée garde un morne silence.

FOULQUE.

Quel démon te pousse donc, homme de peu de foi, pour
jeter ainsi l'hésitation et le découragement dans le cœur
de ces vaillants guerriers accourus ici pour embrasser la
croix?... T'es-tu donné à nos ennemis ou au diable?...
Crois-tu que ces arguments de l'enfer qui passent par ta
bouche l'emporteront irrévocablement sur les cris et les
appels de l'Église de Dieu?... O Seigneur! vous ne le per-
mettrez point... Vous bénirez les efforts de votre serviteur, afin qu'il puisse rétablir la conscience du devoir
dans l'âme de ces chrétiens qui doutent et sont près de
vous abandonner..... Vous dites, noble comte, que les
croisés de la terre sainte n'implorent pas le secours de
leurs frères d'Occident; qu'ils sont dévorés par les coupa-
bles passions de l'égoïsme, de l'avarice et de l'ambition...
que les trahisons et les assassinats les déciment dans leur
propre camp... que les difficultés naturelles ne leur permettront jamais de s'assurer la victoire et de consolider
leur position... qu'il faut, conséquemment, renoncer pour
jamais à ces conquêtes que Dieu ne réserve sans doute qu'à
des générations éloignées?... Oui, mon fils, tout le monde
le sait, les épreuves qui nous attendent au delà des mers
sont rudes et terribles... La juste colère de Dieu le veut
ainsi, car nos péchés et nos crimes ont dépassé toutes les

bornes... Oui, les influences sataniques ne nous épargnent pas plus là-bas qu'ici... De grands scandales ont eu lieu, d'autres désoleront probablement encore le cœur de notre sainte Église... Oui, l'Orient, je le crois, est destiné à devenir le tombeau de beaucoup d'entre nous... Mais sont-ce, je vous le demande, chrétiens, des motifs qui puissent entrer en parallèle avec ceux des outrages faits au Dieu vivant et du salut de vos âmes pour l'éternité?... Méprisez donc la crainte, la prudence et tous les intérêts humains... Couvrez-vous de la croix, ce signe de la victoire dernière, et marchons à la conquête de la patrie de Dieu!...

TOUS.

Oui! oui! Dieu le veut!... Volons en Palestine!...

PHILIPPE.

Allez donc, nobles victimes, allez au ciel!... c'est le seul but que vous puissiez atteindre, si la corruption des temps et de vos frères d'Asie vous le permet encore!...

TOUS.

Vive le saint-père!... Vive la croisade!... Vive à jamais Jérusalem!... Des croix! des croix!...

On apporte une estrade et des croix de diverses couleurs que Foulque distribue. Pendant ce temps, Baudoin, Philippe et la comtesse Marie descendent en avant du théâtre...

BAUDOIN.

Tu as eu tort, mon bon frère, de t'abandonner à ces emportements qui te feraient passer pour un mauvais chrétien, s'il pouvait y en avoir dans notre famille... Tes craintes sont chimériques ; toute la noble conduite du saint-père les dément... Et quant à ce qui concerne le roi de France et l'empereur d'Allemagne, nous laissons assez de braves en Europe pour les contenir... Réconcilie-toi donc avec l'illustre prédicateur de la croisade, afin qu'il ne tombe aucune défaveur sur notre maison...

5.

PHILIPPE.

Ainsi, tu me crois fou, mon frère, ou le jouet d'une indigne moquerie?... Hélas ! l'avenir montrera si mes révélations méritaient que tu en tinsses si peu compte...

MARIE.

Au nom du ciel, mon noble époux, écoutez les avertissements du comte de Namur, votre frère... Si j'en crois l'impression qu'ils m'ont faite, les dangers qu'ils signalent ne sont que trop réels...

BAUDOÍN.

Rassurez-vous, ma chère Marie... Qui obéit à Dieu et à sa conscience n'a rien à redouter... Remplissons nos devoirs, advienne que pourra !

PHILIPPE.

Le sort en est jeté !... nous n'avons plus désormais qu'à prévenir ou parer les coups de nos ennemis... Baudoin l'aura voulu !...

Une certaine émotion se manifeste en ce moment dans la foule et annonce quelque chose d'extraordinaire.

BAUDOIN, à un chevalier.

Qu'y a-t-il, chevalier?

LE CHEVALIER.

Comte, c'est, dit-on, l'ambassade de l'empereur Isaac qui se rend parmi nous.

La députation entre. Les spectateurs se rangent de chaque côté. A droite, Thibaut, Baudoin, Boniface, Philippe, etc. A gauche, le jeune Alexis et sa suite.

SCÈNE IX

LES MÊMES, ALEXIS et sa suite.

L'AMBASSADEUR.

Seigneurs, le puissant roi des Romains nous envoie pour vous recommander le jeune Alexis, et le remettre entre

vos mains, sous la sauvegarde de Dieu... Nous ne sommes
point venus pour vous détourner de votre sainte entreprise,
mais pour vous offrir un moyen sûr et facile d'accomplir
vos nobles desseins... Nous savons que vous n'avez pris
les armes que pour l'amour de Jésus-Christ et de la justice;
nous venons vous proposer de secourir ceux qu'opprime
une injuste tyrannie, et de faire triompher à la fois les lois
de la religion et de l'humanité... Nous vous proposons de
porter vos armes triomphantes vers la capitale de la Grèce,
qui gémit sous un usurpateur, et d'assurer à jamais la conquête de Jérusalem par celle de Constantinople...

Vous savez comme nous combien de maux ont soufferts
nos pères, compagnons de Godefroid, de Conrad et de Louis
le Jeune, pour avoir laissé derrière eux un empire puissant,
dont la conquête et la soumission auraient pu devenir,
pour leurs armes, une source de victoires. Que n'avez-vous
pas à craindre aujourd'hui de cet Alexis, plus cruel et
et plus perfide que ses prédécesseurs, qui s'est élevé au
trône par un parricide, qui a trahi à la fois les lois de la
religion et celles de la nature, qui ne peut échapper à la
punition de son crime qu'en s'alliant aux Sarrasins?...
Nous ne vous dirons point ici combien il est facile d'arracher l'empire aux mains d'un tyran méprisé de ses sujets,
car votre valeur aime les obstacles et se plaît dans les dangers... Nous n'étalerons point à vos yeux les richesses de
Byzance et de la Grèce, car vos âmes généreuses ne voient,
dans cette conquête, que la gloire de vos armes et la cause
de Jésus-Christ...

PIERRE DE COURTENAI, à Renaud.

Il est habile, l'ambassadeur du vieil Isaac... Il sait toucher l'endroit sensible...

L'AMBASSADEUR.

Si vous renversez la puissance de l'usurpateur pour
faire régner le souverain légitime, le fils d'Isaac promet,

sous la foi des serments les plus inviolables, d'entretenir pendant un an votre flotte et votre armée, et de vous payer deux cent mille marcs d'argent pour les frais de la guerre. Il vous accompagnera en personne dans la conquête de la Syrie ou de l'Égypte... Si vous le jugez à propos, il vous donnera dix mille hommes à sa solde, et, pendant toute sa vie, il entretiendra cinq cents chevaliers dans la terre sainte... Enfin, ce qui doit déterminer des guerriers et des héros chrétiens, Alexis est prêt à jurer sur les Évangiles de faire cesser l'hérésie qui souille encore l'empire d'Orient, et de soumettre l'Église grecque à l'Église de Rome...

RENAUD, à Pierre.

Voilà des promesses qui valent mieux que les raisons creuses de Foulque de Neuilly...

PIERRE.

Nous le verrons bien par la suite...

L'AMBASSADEUR.

Tant d'avantages attachés à l'entreprise qu'on vous propose nous portent à croire que vous ne résisterez point à nos prières... Nous voyons dans l'Écriture que Dieu s'est servi quelquefois des hommes les plus simples et les plus obscurs pour annoncer sa volonté à son peuple chéri... Aujourd'hui c'est un jeune prince qu'il a choisi pour l'instrument de ses desseins... C'est Alexis que la Providence a chargé de vous conduire dans la voie du Seigneur, et de vous montrer le chemin que vous devez suivre pour assurer la victoire aux armées de Jésus-Christ [1]...

Ce discours produit une vive impression.

THIBAUT.

Vous avez remarqué, prince, combien nous a touché

---

[1] Ce discours est le même que prononça effectivement l'ambassadeur de l'empereur Isaac.

profondément l'exposé de vos malheurs... Les Grecs, par
leur indifférence coupable pour la sainte cause, ont
sans doute mérité de subir le joug qui pèse sur eux en
ce moment... Les calamités qui ont fondu sur la tête
de votre père sont peut-être aussi une juste expiation
des événements qui l'avaient placé lui-même sur le trône
des Comnène... Mais enfin, chrétiens, nous oublierons
nos légitimes griefs, et ne verrons que l'humanité et le
grand intérêt de la guerre sainte... Nous acceptons vos
offres et vos serments... Nous vous rendrons la couronne
des Césars, et vous nous aiderez loyalement dans notre
sublime entreprise...

ALEXIS.

J'en atteste le Dieu que nous adorons... les promesses
que je vous fais seront religieusement remplies... Nous
vaincrons nos ennemis communs, les infidèles, et nous
donnerons à l'Église de Rome une splendeur et une puissance inouïes...

PHILIPPE.

Qui se fie aux Grecs court grand risque d'être trompé...

L'AMBASSADEUR.

Nous sommes chrétiens comme vous, seigneur, et, comme
vous, nous saurons garder la foi des serments...

PHILIPPE.

Que Dieu vous entende... et vous exauce!... je ne m'as-
surerai pas par moi-même de votre fidélité...

THIBAUT.

Nous le ferons, nous, noble comte de Namur... Nous
sommes moins défiants que vous envers les rois qui nous
demandent ou ont accepté notre alliance... On nous tien-
dra les promesses jurées, parce que nous avons affaire à
de loyaux princes, et que l'on sait, en outre, qu'il ne faut
pas manquer aux lois de l'honneur envers ceux qui s'en
font une religion...

UN CHEVALIER.

La parole de l'empereur, notre confiance en Dieu et dans nos armes nous suffisent...

TOUS.

Oui!... oui!... Nos armes suffiront à tout!...

PHILIPPE.

Pourvu qu'Isaac ne redevienne pas l'allié des Turcs!...

THIBAUT.

Prince, et vous tous, nobles seigneurs qui l'accompagnez, vous voyez quelles sont nos dispositions pour vous... Nous partirons ensemble pour Constantinople, et, par la sainte Vierge mère de Dieu, les vertus et le bon droit remonteront sur le trône de Constantin...

ALEXIS.

Grâces vous soient rendues, messeigneurs!... Mon père va donc voir finir ses souffrances et sa captivité!... Nos peuples, trop indifférents, vont donc apprendre à connaître leurs frères d'Occident!... Ce que vous allez faire, messeigneurs, attirera, croyez-le, les bénédictions du ciel sur vous et sur votre entreprise...

THIBAUT.

Permettez, seigneurs, que nous nous réunissions sur-le-champ en conseil pour délibérer sur les moyens de hâter l'expédition...

Tout le monde s'écoule, excepté Baudoin, Philippe et la comtesse de Flandre.

SCÈNE X

BAUDOIN, PHILIPPE, MARIE.

PHILIPPE, à mi-voix.

.Il se passe évidemment quelque chose d'étrange au milieu de tout ceci... Les intrigues qui se croisent sont si nombreuses et si souterraines, que je me sens disposé à douter de tout, même de la réalité de ce que je viens d'entendre... Cette députation de Constantinople est-elle vraiment une chose arrangée pour enflammer l'ambition des croisés ?... N'a-t-elle d'autre but, comme les projets attribués aux maîtres de l'Occident, que de pousser les plus puissants seigneurs de l'Europe à s'embarquer et laisser ainsi le champ libre à leur ambition ?... Le parti que prend Venise pour l'empereur détrôné n'est-il pas dicté par des intérêts commerciaux sacrifiés par l'usurpateur, qui a préféré s'allier à Gênes et à Pise ?... Ces trafiquants de Vénitiens obéissent-ils à d'autres motifs que ceux de la cupidité[1] ?... Nous sommes décidément environnés de ténèbres et de trahisons... Ne nous éloignons pas, Baudoin .. Ne nous séparons pas, mon frère, c'est le seul moyen de conjurer le danger...

BAUDOIN.

Je ne t'ai jamais vu dans une pareille disposition d'esprit, Philippe... Tu t'es frappé à tort de bruits qui n'ont pas l'importance que tu leur attribues... Lors même que Philippe-Auguste violerait ses traités et aurait l'intention de subjuguer les domaines de ses principaux vassaux absents, pourrait-il jamais réaliser d'aussi odieux projets ?... L'Église et ce qu'il restera de seigneurs en Europe, la raison et la conscience publique, tout se soulèverait contre lui, et sa proie lui échapperait aussitôt... Ce n'est pas tout d'être assez habile pour prendre, il faut être assez fort garder...

[1] Par rivalité contre Gênes, qui visait au monopole du commerce du Levant, et par l'influence du doge Dandolo, que les Grecs avaient autrefois privé de la vue, les Vénitiens poussaient de tous leurs efforts à l'expédition de Constantinople. On assure aussi que le sultan Maleck-Adel, menacé par la croisade, avait fait contribuer toute la Syrie pour acheter l'amitié des Vénitiens et détourner sur Constantinople le danger qui menaçait la Judée et l'Égypte. (Michelet, I, p. 452-3.)

PHILIPPE.

Hélas ! mon noble frère, ta générosité t'abuse, les hommes ne sont ni aussi délicats, ni aussi justes, ni aussi dignes que tu le crois... L'iniquité triomphante les trouve presque toujours indifférents, quand leurs intérêts n'y sont pas directement engagés... Ils s'habituent à l'oppression comme aux préjugés... Ils s'agenouillent devant la tyrannie, pourvu qu'ils pensent qu'elle peut durer... Les grands qui ont été épargnés en profitent pour s'élever plus haut, et, quant aux petits, comme l'abaissement de leurs maîtres immédiats est toujours une joie et une sorte de réparation pour eux, ils ne manquent jamais, au premier moment, d'y applaudir... Quelle usurpation est tombée par le fait de son origine ?... Aucune... Il ne faut donc compter ni sur les grands, ni sur le peuple pour la renverser quand elle est établie... Il n'y a qu'un moyen de l'empêcher, c'est de veiller sans cesse pour la prévenir...

BAUDOIN.

Non, Philippe, non, les hommes ne sont ni si méchants ni si méprisables que tu les fais... Quand ils supportent l'injustice, c'est qu'ils n'en ont pas conscience ou que la révolte leur est impossible ; mais, dans ce dernier cas, l'opinion sait les venger cruellement de ceux qui les opriment... En un mot, sois en persuadé, les peuples ne sont que ce qu'ils veulent être, puisqu'ils ont pour eux la force et l'avenir.... Le pouvoir, quelle que soit sa forme, a toujours son principe en eux... Ce ne sont pas les princes qui changent les peuples en leur imposant leurs volontés ; ce sont les peuples qui modifient les gouvernements en se modifiant eux-mêmes par le développement de leur vie sociale... On ne les subjugue, on n'efface leurs institutions et leurs mœurs qu'autant qu'on leur apporte des progrès nouveaux... La conquête devient alors un bienfait... Avons-nous quelque chose de semblable à redouter de la part du roi de France?... Qu'offrirait-il à nos Flamands, qui vivent dans le travail et l'abondance, tandis que ses peuples pressurés gémissent sous les exigences impitoyables du fisc?... La conquête des Flandres par les Français serait la révolution en permanence parmi nos populations... Or aucun peuple ne vit dans cet état... Rassure-toi donc, encore une fois, la féodalité, qui est une grande famille, conservera tous ses membres, sa force et son unité...

PHILIPPE.

Va donc aussi, toi, ô mon frère! et que nos destinées s'accomplissent!...

MARIE.

Et moi, monseigneur, puis-je être rassurée, quand vous me laissez seule à veiller sur nos enfants et sur leur héritage, pour aller affronter mille dangers, mille morts?... Puis-je être rassurée, quand de tristes pressentiments venaient m'assaillir et m'accabler, avant même que votre frère m'eût ouvert les yeux par ses funestes révélations?... Puis-je être rassurée, quand portant en mon sein le fruit de notre amour, je puis laisser deux orphelins qui tomberont naturellement sous la tutelle de ce même roi dont nous connaissons l'ambition et la rapacité?... Que voulez-vous que je devienne, monseigneur, sans votre bras pour me soutenir, sans votre cœur pour m'aimer?... Ne voyez-vous pas que, pauvre fleur sans soleil, je me flétrirai et tomberai avant le temps?...

BAUDOIN.

Ne vous désolez pas, ma tendre épouse, vous que mon cœur chérit avec ardeur... Je ne saurais non plus vivre sans vous... Vous êtes le rayon et la rosée de mon âme... Si je vous perdais, ces qualités d'esprit et de caractère que l'on veut bien compter pour quelque chose s'évanouiraient aussitôt, je le sens... C'est dans votre amour que je puise l'aliment de ces nobles passions qui m'ont fait distinguer... C'est sur votre sein que j'oublie les vicissitudes attachées

6

aux grandeurs humaines... C'est dans vos conseils que je trouve la sagesse, dans votre bonté que je rencontre la clémence, dans votre grâce que je comprends la réalité de la gloire ! Ne vous désolez donc pas... Je reviendrai bientôt, vainqueur et plus épris encore... heureux d'avoir de nouveaux titres à votre amour...

MARIE.

Puis-je vous aimer plus, mon noble maître ?... N'êtes-vous pas tout pour moi : époux, ami, patrie, religion, divinité même ?... Faut-il mourir pour vous prouver que cette séparation serait au-dessus de mes forces ?... Oh ! ne partez pas, monseigneur, ce serait me frapper d'un coup mortel !...

BAUDOIN.

Puis-je donc manquer à mes serments, Marie ?... Que dirait le monde chrétien ?... Quoi ! le comte de Flandre, un descendant de Charlemagne, l'un des plus puissants seigneurs d'Europe, pouvant montrer dans ses ancêtres les plus mâles vertus, n'ayant jamais forfait à l'honneur, ni manqué au respect dû à notre sainte religion !... Quoi ! le comte de Flandre, qui s'est fait une loi de protéger les faibles, de secourir les pauvres en frères, d'aimer la justice et la vérité par-dessus toutes choses, comme les deux attributs essentiels de Dieu !... Quoi ! Baudoin, neuvième du nom, qui a honoré sa jeunesse par de solides vertus et par de brillants exploits, qui a fait aimer le pouvoir en n'en faisant usage que pour le bonheur de ses semblables !... Quoi ! ce Baudoin !... ce redoutable comte de Flandre a déshonoré tout son passé, trompé les espérances de ceux qui comptaient sur lui, flétri sa gloire en violant ses promesses, et cela par faiblesse ou par égoïsme !... pour défendre ses domaines contre les attaques improbables de Philippe-Auguste ou pour continuer de vivre mollement près d'une femme sans courage qui tremblait pour ses jours!... L'ami des pauvres, le protecteur des faibles, le pieux chrétien, aurait juré de voler au secours de ses malheureux frères qui souffrent mille tourments en Palestine, de se dévouer à la conquête des saints lieux, comme tant d'autres braves chevaliers, et puis il aurait méprisé sa parole, renié ses anciens sentiments?... Vous ne le voudriez pas, Marie... Il ne s'agit plus de politique, mais d'honneur... En demeurant fidèle à mes serments, je suis sûr de votre estime et de votre approbation...

MARIE.

Sacrifiez-moi, j'y consens, monseigneur, mais vos enfants, ces innocentes créatures, que deviendront-ils si nous leur manquons tous deux?...

BAUDOIN.

Le ciel nous conservera pour veiller sur eux, chère épouse... Mais, s'il en décidait autrement, n'avons-nous pas nos frères, notre famille?...

MARIE.

Qu'il soit donc fait comme vous l'avez résolu, monseigneur... Seulement permettez-moi de vous accompagner... C'est la dernière grâce que j'implorerai de vous...

BAUDOIN.

Je ne vous l'eusse pas proposé, Marie, et pour vous et pour notre petite Jeanne ; mais, puisque vous le désirez, j'y consens avec bonheur... Vous partirez avec la flotte de Jean de Nesle pour vous rendre directement à Ptolémaïs, où je vous rejoindrai après la prise de Constantinople... Puisqu'il en est ainsi décidé, ma noble épouse, nous devons remettre nos enfants, nos États, nos intérêts, entre des mains sûres... (Il appelle un chevalier qui se trouve à quelque distance.) Chevalier, mandez, je vous prie, de ma part, mon oncle, mon frère Guillaume, l'archidiacre Bouchard d'Avênes et Foulque de Neuilly... Nous les attendons ici même dans un moment... (A Philippe.) Tu voudras bien, toi aussi, mon digne frère, prendre ta part de tutelle de mes enfants et veiller au gouvernement de mes États, n'est-il pas vrai?...

PHILIPPE.

Je suis à toi, Baudoin, tu le sais... J'eusse donné ma vie pour t'empêcher de partir, car j'entrevois dans l'avenir de grands malheurs si tu ne peux revenir promptement de la terre sainte... Mais, puisque ta volonté est irrévocable, je veillerai sur tout ce qui t'appartient avec autant de soin que toi-même... Tes enfants seront les miens... Tes intérêts me seront chers comme doit l'être le dépôt d'un ami confié à notre honneur...

BAUDOIN.

Digne frère!... Je te reconnais bien!...

MARIE.

Noble cœur!... Vous rendez la paix et l'espérance à mes entrailles maternelles... Sans vous, le remords d'abandonner mes enfants se fût réuni aux chagrins qui m'accablent!...

BAUDOIN.

Quelles craintes pourrions-nous avoir, Marie, quand nous laissons, pour tenir notre place, auprès de nos enfants et de nos peuples, un cœur dévoué comme le sien?...

SCÈNE XI

LES MÊMES, GUILLAUME, BOUCHARD D'AVÈNES, FOULQUE DE NEUILLY, LE CHEVALIER DE BÉTHUNE.

LE CHEVALIER.

Voici, seigneur comte, les nobles personnages que vous avez fait appeler...

BAUDOIN.

Merci, chevalier...

GUILLAUME.

Vous nous avez fait demander, noble frère, et nous nous rendons avec empressement à votre invitation... Notre dévouement vous est connu... Parlez... Quoi qu'il faille faire, nous sommes prêts à obéir...

BAUDOIN.

Je sais, mon frère, que notre mutuelle affection n'a pas besoin de s'informer de la nature des services que nous pouvons nous demander... Tout, jusqu'à notre existence, est commun entre nous... Notre famille est fière de l'exemple qu'elle donne au monde sous ce rapport... Mais il n'est question, pour le moment, que d'un simple témoignage d'estime et d'intérêt qui ne vous engage, du moins quant à présent, à aucun sacrifice et à aucun danger...

BOUCHARD D'AVÊNES.

Parlez, comte... Nous sommes à vous...

BAUDOIN.

Vous le savez, mes amis, le moment du départ est proche... Je comptais laisser mes États entre les mains de la comtesse de Flandre, dont vous connaissez la sagesse et la bonté... Mais ma femme, ma chère Marie, ne veut pas se séparer de moi... Elle viendra donc me rejoindre en terre sainte, ou plutôt m'y devancera, car elle doit partir par la flotte de Hollande, tandis que je partirai par celle que nous armons à Venise... Deux enfants en bas âge et mon comté se trouvent donc privés du même coup de leurs parents et de leur chef... J'ai songé à vous, mes amis, pour vous les confier en attendant notre retour... La Flandre est prospère et calme... Nous sommes en paix avec tous nos voisins... J'ai contracté, vous le savez, une solide alliance avec notre oncle et suzerain Philippe-Auguste... Mes peuples sont attachés à mon sang et respecteront la tutelle

6.

que j'aurai choisie à mes enfants... L'équité dont j'ai toujours fait preuve dans mon gouvernement entretiendra
l'esprit d'ordre et de concorde parmi les Flamands, je
l'espère... Je vous remets donc une tâche exempte de difficultés, simple et agréable à remplir, vous acquérant à tout
jamais ma reconnaissance et l'amour de mes peuples...
Pouvez-vous l'accepter et me promettre d'y faire face comme
de bons et loyaux chevaliers?...

BOUCHARD D'AVÊNES.

Elle nous honore trop, comte, pour que vous puissiez en
douter... Nous sommes prêts à conserver vos droits, à défendre vos intérêts, à élever et protéger vos enfants d'une
manière digne de vous...

GUILLAUME.

Notre frère et suzerain ne l'ignore pas... Nous maintien-
drons l'intégrité de son patrimoine, nous formerons ses
enfants à l'amour et aux vertus de leurs père et mère...
Il ne regrettera pas d'avoir quitté sa patrie pour soutenir
la guerre sainte de son vaillant bras... La comtesse de
Flandre n'aura pas non plus à se reprocher de nous avoir
délégué ses devoirs de mère pour accomplir avec sublimité
ceux d'une épouse courageuse et dévouée...

BAUDOIN.

Je compte si bien sur vous, mes amis, que je quitte
l'Europe et tout ce que j'ai de plus cher avec une parfaite
sécurité... Cependant, comme il faut que cet acte de procuration et de délégation ait tous les caractères d'authenticité convenables, j'ai voulu que notre vénérable père
Foulque de Néuilly fût témoin de mes paroles et de mes
recommandations... C'est lui qui, si besoin en est, certifiera mes volontés aux peuples, et, aux grands, les droits
que je confère à mes illustres parents et amis, de défendre
mes domaines et mes prérogatives... De cette manière nos
conventions seront incontestables aux yeux de tous... L'a-

venir de mes enfants solidement garanti me laisse sans inquiétude et sans remords possibles... J'aurai pris, comme
je le dois, toutes les mesures nécessaires pour assurer l'ordre
et la paix dans mes États...

FOULQUE.

Vous agissez avec sagesse, seigneur comte... le ciel bénira votre prudence... Quant à l'Église, que votre piété
prend à témoin dans ma personne, elle fera respecter vos
droits comme les siens mêmes... C'est un engagement
d'honneur, un devoir de justice auxquels elle ne saurait
manquer sans renier ses propres principes...

BAUDOIN.

Je le sais, mon père... mes frères en sont sûrs aussi, et
c'est là ce qui leur fera accepter sans hésitation le fardeau
que je leur propose...

PHILIPPE.

Je vous ai fait, mon frère, toutes les observations que
j'ai crues justes et utiles... Je vous ai prévenu des intrigues
qui s'ourdissent à l'ombre de cette grande pensée des croi
sades, qui a, jusqu'ici, légitimement passionné les peuples... Je vous ai loyalement dénoncé ce qu'il m'a été permis d'apprendre... Vous mettez votre foi et vos promesses
au-dessus des dangers qui menacent vos intérêts... C'est
une grandeur qui ne m'étonne point de votre part... Vous
nous avez accoutumés à toutes les sortes de générosités...
Accomplissez donc, mon frère, vos nobles desseins... nous
veillerons ici à votre place et nous mourrons, s'il le faut,
pour le maintien de vos droits et de ceux de vos enfants...

BAUDOIN.

Je reçois avec confiance votre promesse, mes amis...
Venez que je vous donne toutes les instructions particulières
qui vous seront nécessaires...

Ils s'éloignent. Pierre de Courtenai et Renaud de Dammartin s'avancent.

SCÈNE XII

PIERRE DE COURTENAI, RENAUD DE DAMMARTIN,
LE CHEVALIER DE BÉTHUNE.

PIERRE.

Eh bien, baron, tu ne te plaindras pas... Voilà, j'espère, une bonne pêche...

RENAUD.

Admirable !... J'ai cru un moment que nous allions prendre nous-mêmes la croix pour tout de bon...

PIERRE.

Et l'on disait que l'enthousiasme était éteint, que les croisades étaient finies, que la crédulité était morte !... C'est-à-dire que si l'on voulait s'en donner la peine, on arriverait facilement à faire émigrer toute l'Europe en Asie !... Il ne s'agirait que de vouloir !...

RENAUD.

Sans doute !... Il y a tant d'inquiétude, tant de vagues aspirations, un si étonnant besoin d'aventures au fond du cœur humain !... Que faut-il avant tout à l'homme ?... Changer de position, courir vers l'inconnu, poursuivre la fortune !... On est toujours prêt à quitter ce que l'on a pour chercher ce que l'on ne connaît point...

PIERRE.

Il faut, du reste, être juste... Ce que l'on a est, en général, si insuffisant !... Sais-tu bien, mon cher, que la vie est une triste chose, même pour nous autres, hauts et puissants seigneurs de ce monde ?... Comment s'écoulent nos jours ?... Dans des intrigues qui ne font qu'allumer de plus en plus notre soif d'ambition... Sommes-nous indépendants ?... nous avons des rivaux, des envieux, des ennemis

qui conspirent sans cesse contre nous... Sommes-nous sous
la protection d'un puissant suzerain?... nous avons alors
un maître dont nous devons servir tous les caprices, sous
peine de tomber en disgrâce... Quant à tous ces pauvres
chevaliers, que sont-ils?... Tout simplement des machines
de guerre vivantes, que l'on emploie jusqu'à ce qu'elles
soient brisées... Que leur importe, à ces soldats, telle ou telle
terre?... La patrie, pour eux, est là où l'on combat... là où
l'on a au moins la chance d'arriver à une position... Par-
lerons-nous du menu peuple et des serfs qui prennent aussi
la croix?... Qu'ont-ils à perdre, ceux-là?... Rien, pas même
la vie... Leur existence en Europe est intolérable... Elle
se résume dans un travail grossier qui ne suffit qu'à peine
à les nourrir, jamais à les affranchir... Que risquent-ils
en se croisant?.. De gagner du butin, des terres, ou de mourir plus tôt... Ne sont-ce pas deux excellentes chances?...
Je ne m'étonne donc que d'une chose, c'est que les populations en masse ne se ruent pas sur l'Orient, comme celles
de la Germanie se ruaient il y a quelques siècles sur les
Gaules, puis sur l'Italie...

RENAUD.

Et puis, cette émigration renferme de si mystérieux at-
traits!... Cette vieille Asie, berceau du monde, pays de toutes les merveilles, terre des mœurs libres et voluptueuses,
source de richesses et de trésors inépuisables, temple de
tous les dogmes et de toutes les sciences, légende des destinées secrètes du genre humain, cette vieille Asie agit si
puissamment sur les imaginations!... Comment ne pas
espérer rencontrer là des trônes d'or et des couronnes de
diamants?... Ah! si au lieu d'être un prétexte, les croisades étaient une affaire sérieuse, habilement et énergi-
ment conduite!...

PIERRE.

Chut!... ce sont là des pensées qui ne doivent pas nous

venir, baron, ou que nous devons garder en nous-mêmes
si elles ont l'imprudence de se présenter à notre esprit...
Nous avons rempli les intentions de notre maître, nous
avons même dépassé ses espérances, en voilà assez pour
être contents de nous... Achevons notre œuvre en donnant
à ce fidèle chevalier, qui nous attend, les instructions qu'il
devra suivre... Écoutez, chevalier...

LE CHEVALIER.

A vos ordres, monseigneur...

PIERRE.

Vous allez accompagner le comte Baudoin en Orient...

LE CHEVALIER.

Oui, monseigneur.

PIERRE.

Il faut que nous sachions tout ce qu'il fera, dira et
pensera...

LE CHEVALIER.

Cela suffit, monseigneur.

PIERRE.

Vous ne négligerez rien pour le populariser dans l'armée, de manière qu'il devienne indispensable aux opérations qui se succéderont...

LE CHEVALIER.

Je n'y manquerai pas...

PIERRE.

Vous capterez de plus en plus sa confiance, afin de pouvoir être mieux au courant de ses idées intimes...

LE CHEVALIER.

Vos ordres seront fidèlement exécutés, monseigneur...
Mais oserai-je, à mon tour, vous adresser une prière?...

PIERRE.

Parlez, chevalier...

LE CHEVALIER.

J'aime le comte comme un père, il est mon maître et

mon bienfaiteur... J'ai besoin que vous m'assuriez qu'il ne
sera rien entrepris contre sa vie !...

PIERRE.

Je vous le promets, chevalier ; seulement il pourra être
nécessaire de lui susciter des embarras dans certains moments, et c'est vous que nous chargerons principalement
de ce soin.

LE CHEVALIER.

Je suis votre esclave, monseigneur... Vous disposerez
de moi comme vous l'entendrez ; je m'estimerai heureux
si ma tâche n'est pas trop lourde et trop odieuse...

RENAUD.

Il n'est jamais odieux de servir ceux qui dirigent les
destinées du genre humain, chevalier... c'est un honneur
que beaucoup ambitionneraient, s'il était possible de l'accorder aux premiers venus... Mais on peut nous surveiller ; restons-en là... Vous avez compris nos ordres ?... rem-
plissez-les ponctuellement ; nous saurons vous récompenser
si la mort vous épargne... Allez, chevalier, que Dieu vous
conserve pour l'avantage de notre cause et pour votre prospérité personnelle...

Le chevalier s'en va lentement.

SCÈNE XIII

PIERRE DE COURTENAI, RENAUD DE DAMMARTIN.

PIERRE.

Viens, baron, nous n'avons plus rien à faire ici... Retournons à la cour du roi de France, pour peser mystérieusement, de là, sur les événements qui vont s'accomplir bientôt sur les rives du Bosphore et dans la Palestine...
Nous aurons d'autant plus de chances de gagner quelque
chose à la partie, que nous n'aurons pas d'enjeu et que

nous tiendrons nous-mêmes les dés... pipés... Les habiles ne
procèdent pas autrement, et le succès, dans le monde, sera
longtemps encore la meilleure de toutes les raisons. Viens,
baron, nous avons bien mérité de la monarchie... ne lui
laissons pas oublier la reconnaissance qu'elle nous doit.

Ils s'en vont.

FIN DU PREMIER ACTE.

ACTE DEUXIÈME

PERSONNAGES DU DEUXIÈME ACTE

BAUDOIN, comte de Flandre, empereur de Constantinople.
ISAAC, empereur de Constantinople.
ALEXIS, fils d'Isaac, partageant l'empire avec son père.
MURZUPHLE, cousin et ministre d'Alexis.
BONIFACE, marquis de Montferrat, roi de Thessalonique.
HENRI, comte de Sarbruck, frère de Baudoin.
DANDOLO, doge de Venise.
UN ASTROLOGUE.
UN MOINE VISIONNAIRE.
BRANAS, riche seigneur grec.
DEUX CHAMBELLANS.
UN GRAND DE L'EMPIRE.
UN ÉLECTEUR vénitien.
UN ÉLECTEUR, partisan de Montferrat.
L'ÉVÊQUE DE SOISSONS.
LE LÉGAT DU PAPE à Constantinople.
UN BARON, aide de camp de Baudoin.
UN CHEVALIER, porteur de nouvelles.
MATELOTS vénitiens.
GRANDS DE L'EMPIRE.
SEIGNEURS, CHEVALIERS, PEUPLE, ESCLAVES.

MARIE, femme de Baudoin, impératrice.
MARGUERITE DE HONGRIE, ex-impératrice, femme de Branas.
AGNÈS, ex-impératrice
DAMES, SUIVANTES, COURTISANES.
ASPASIE, une des femmes de Marie.

Constantinople, 1205.

ACTE DEUXIÈME

Le théâtre représente une grande salle du palais impérial de Constantinople.

SCÈNE PREMIÈRE

ISAAC, ALEXIS, MURZUPHLE, SEIGNEURS de la cour.

ISAAC.

La Providence, dont les voies impénétrables sont sacrées, messeigneurs, a voulu se servir du bras des Latins pour me rétablir sur le trône qu'un frère impie et parricide m'avait ravi... Mes peuples, qui gémissaient sous le joug d'un tyran, vont se réjouir du retour de leurs princes légitimes... Les lois vont reprendre leur empire... L'ordre et la paix vont régner pour ramener la prospérité publique... La patrie, replacée dans les conditions de stabilité qu'assure la succession héréditaire de la couronne, va enfin refleurir comme aux plus beaux temps de son histoire... Je sais, messeigneurs, que votre amour et vos vœux ne m'ont jamais abandonné, même aux plus mauvais jours de la persécution... Je compte sur votre loyal concours pour m'aider à faire face aux difficultés de la situation actuelle...

MURZUPHLE.

Prince magnanime, tous les illustres seigneurs qui se pressent en ce moment autour de vous, bénissent les destins qui vous ont fait remonter sur le trône... La couronne de Constantin, qui s'était souillée au front d'un odieux usurpateur, reprend dès aujourd'hui sa gloire et son éclat. Ce sceptre, qui, arraché de vos augustes mains, soulevait d'interminables tempêtes dans l'empire, va les apaiser, comme la houlette du pasteur connu et aimé de ses brebis fait régner l'ordre et la tranquillité dans le troupeau... Au lieu de rebelles et de traîtres, vous ne trouverez plus, sire, que des cœurs dociles et dévoués. L'adversité a instruit vos peuples... Ils ne renonceront plus au bonheur de vivre heureux et fiers sous votre légitime pouvoir...

TOUS LES ASSISTANTS.

Vive l'Empereur !...

ISAAC.

Je suis touché jusqu'aux larmes, messeigneurs, de l'accueil enthousiaste que vous faites à mon retour... Ah ! combien les douleurs de la captivité me semblaient plus amères en me rappelant ces acclamations qui m'avaient tant de fois salué dans la fortune !...

LES ASSISTANTS.

Vive l'Empereur !... Puisse-t-il nous gouverner longtemps encore !...

Empressement autour des empereurs.

UN SEIGNEUR, à son voisin.

Misérables lâches !... Comme ils se prosternent devant un prince ramené par les armes étrangères !...

UN AUTRE SEIGNEUR.

Et ce Murzuphle qui fut l'agent des cruautés de l'autre usurpateur !...

PREMIER SEIGNEUR.

C'est sans doute parce qu'il a fait crever les yeux à ce vieillard imbécile qu'il n'en est pas reconnu !...

DEUXIÈME SEIGNEUR.

La faveur, en temps de révolution, sera donc toujours le privilége des fourbes et des audacieux !... Isaac, Isaac, cet homme qui t'adule aujourd'hui, après t'avoir trahi naguère, n'hésitera pas à te replonger dans l'abîme, quand son ambition le lui commandera...

PREMIER SEIGNEUR.

N'est-ce pas juste, puisque les souverains ne savent pas mieux choisir leurs amis ?...

ALEXIS, se levant.

Nous aurons, messeigneurs, à nous concerter pour rendre aussi douces que possible les charges inévitables qui vont peser sur l'Empire... C'est à prévenir le mécontentement et à soutenir le courage des peuples que chacun de vous devra travailler avec ardeur... La tranquillité publique dépendra du zèle et de l'habileté que vous saurez déployer dans cette tâche délicate... Mon père et moi, nous saurons reconnaître et récompenser dignement vos services...

MURZUPHLE.

Si beaux que soient les résultats que nous obtiendrons sous ce rapport, sire, nos efforts ne mériteront pas tant de bienveillance, puisque le peuple grec vous adore et volera de lui-même au-devant de vos désirs...

PREMIER SEIGNEUR, à son voisin.

Infâme courtisan !... Il n'attend guère pour reprendre son œuvre de perdition !...

DEUXIÈME SEIGNEUR.

Est-ce que les princes attendent, eux, pour exiger qu'on les couvre du bandeau de la flatterie et de l'erreur?...

SCÈNE II

LES MÊMES, UN CHAMBELLAN.

LE CHAMBELLAN.

Sire, les chefs de l'armée des croisées demandent une audience solennelle à vos majestés impériales... un sujet de la plus haute importance les amène... Ils sollicitent la faveur d'être admis sans retard et en présence des nobles seigneurs qui vous entourent...

7.

ALEXIS.

Dites aux princes latins que les empereurs de Constantinople seront heureux de les voir et de les entendre...

Le chambellan sort.

SCÈNE III

LES MÊMES.

ALEXIS.

Quel événement nouveau est donc survenu dans le camp de nos alliés?... Les chrétiens de la Palestine presseraient-ils leur départ?... La trêve aurait-elle été rompue ouvertement par les infidèles?...

MURZUPHLE.

Cela est peu probable, sire... Mais l'évêque de Rome, si impatient d'étendre sa domination sur notre clergé et sur nous, a sans doute écrit pour presser l'accomplissement des promesses que vous avez faites de replacer l'Église grecque sous son obédience...

ALEXIS, visiblement mécontent.

Le siége de Rome, si lent lui-même dans ses déterminations et dans ses actes, croit-il donc que l'on amène si vite et si facilement un peuple comme le nôtre à subir la suprématie religieuse d'un étranger?...

UN GRAND DE L'EMPIRE.

L'évêque de Rome, Innocent III, est accoutumé à tout soumettre à ses volontés... Maintenant qu'il a une armée dans nos murs, il ne prendra pas de repos qu'il n'ait détruit l'Église grecque...

ALEXIS.

Nous ne la lui laisserons pas détruire... Voilà tout... Nous ferons comme la cour de Rome... Nous gagnerons du temps, et avec du temps on vient à bout de tout...

MURZUPHLE.

Même de ne pas tenir ses promesses?... Vous oubliez que nous sommes sous l'épée des Latins...

ALEXIS.

Eh! qu'importe cette épée, si elle s'épointe et se rouille dans l'inaction?...

UN SEIGNEUR.

Les grecs seront-il d'ailleurs toujours aussi pusillani-mes, aussi aveugles?... Ne reprendront-ils pas leur ancien caractère?... Ne pourront-ils pas un jour se compter?... Ne comprendront-ils jamais que vingt Grecs sont assez pour chasser un Latin?...

ISAAC.

Ne soyons pas ingrats, messeigneurs... Ces Latins, dont le joug nous pèse, nous ont délivrés de l'usurpation et de l'anarchie... C'est grâce à eux que nous avons pu relever un gouvernement fort et mettre un terme à ces insurrections qui venaient à chaque instant troubler la société dans ses plus graves intérêts... Ce sont des bienfaits qui valent une compensation... Donnons-leur d'abord l'or et les secours que nous leur avons promis... Montrons-nous loyaux à leur égard... Demandons-leur quelque temps pour décider la question religieuse, et ils s'éloigneront sans défiance... Nous verrons alors à négocier cette délicate et difficile af-faire qui tient tant au cœur des Grecs...

ALEXIS.

Vous parlez en sage et en homme juste, mon auguste père; mais la situation intérieure de l'empire, et principa-lement de la capitale, nous rendra longtemps encore indis-pensable la présence de l'armée des croisés... J'entrevois donc, dans un prochain avenir, de grandes et nombreuses difficultés...

ISAAC.

Eh bien! mon fils, nous nous en remettrons à la Prov

dence... Elle nous a déjà miraculeusement secourus, elle nous viendra encore en aide...

SCÈNE IV

LES MÊMES, LE CHAMBELLAN, LES PRINCES CROISÉS.

LE CHAMBELLAN.

Sire, voici les princes croisés...

Les princes entrent, saluent et vont se placer devant les siéges qui leur sont désignés.

ISAAC.

Vous nous avez fait dire, princes, que vous aviez à nous faire d'importantes et pressantes communications... Nous sommes prêts à vous entendre et à nous associer aux sentiments qui vous animent...

BAUDOIN.

Nous savons, sire, que nous avons en vous un fidèle et puissant allié... Vous n'êtes point de ces tièdes chrétiens qui voient avec indifférence les vicissitudes de la cause de Jésus-Christ... Les malheurs qui instruisent les hommes vous ont ramené sincèrement à Dieu... Il a béni ce retour et vous a inspiré le désir de soutenir la gloire de son saint nom... C'est ainsi, grand empereur, que vous couronnerez une illustre carrière... Vous aurez servi la religion et l'humanité... C'est deux fois ce qu'il faut pour être immortel dans la mémoire des peuples... Aujourd'hui, sire, la Providence qui étend sa main sur vous, après vous avoir éprouvé, vient vous fournir une occasion de signaler votre zèle et votre piété... Les chrétiens de la Syrie nous appellent... Ils réclament notre bras et notre courage... Nous venons vous dire que nous levons le camp de Galata pour voler à la conquête des saints lieux... Nous emmènerons les dix mille hommes que vous vous êtes engagé à nous adjoindre...

ISAAC.

Quoi ! princes, vous voulez déjà partir ?... Y songez-
vous ?... Pensez-vous donc que la situation de l'empire
vous le permette ?... Mon fils va vous la faire connaître, et
vous renoncerez certainement à un projet qui compromet-
trait les résultats que nous avons si péniblement obtenus et
les espérances que nous avons le droit de concevoir...

ALEXIS.

En effet, nobles princes, vous avez pu croire votre tâche
remplie à l'égard de l'empereur, mon illustre père, dès
que vous l'eûtes replacé sur le trône ; mais elle est à peine
commencée... Vous avez vaincu des rebelles soulevés par
un traître... Il nous reste à persuader les consciences, à
pacifier les esprits, à faire comprendre aux peuples les
avantages à venir du nouvel état de choses... Il nous reste
surtout, princes, à remplir nos engagements envers vous,
et nous ne le pourrons qu'avec votre assistance...

BAUDOIN.

Comment l'entendez-vous, sire ?...

ALEXIS.

Le voici, princes : les Grecs, qui viennent de traverser de
longs bouleversements et d'affreux désastres, sont, sinon
entièrement ruinés, au moins considérablement appau-
vris... Nous n'arriverons à faire face aux dettes énormes
que nous avons contractées qu'autant que nous aurons
la force en main... Sans elle, nous serons méprisés dans
nos demandes d'impôt, et l'empire retombera inévitablement en révolution... Mais il y a une autre question plus
inquiétante encore, c'est celle qui concerne l'unité de l'É-
glise chrétienne... La religion, vous le savez, princes, est
le premier sentiment des peuples... Y toucher, même pour
l'améliorer, c'est les blesser dans ce qu'ils ont de plus
cher... La promesse que nous vous avons faite, peut-être
un peu imprudemment, de réunir l'Église grecque à l'É-

glise latine, et de reconnaître le pape comme unique
et souverain pontife, a donné lieu, dans l'esprit public, à mille interprétations malveillantes et dangereuses...
Les grands, qui sont influencés par le clergé, voient, dans
cet acte, l'abaissement politique, l'abdication de l'empire
de Constantin. Le peuple y voit une violence à sa foi, une
injure faite à son Dieu... Quant aux hommes impartiaux,
ils le considèrent comme une concession au moins inutile
et impolitique... Vous voyez, princes, dans quel sérieux
embarras se trouve le malheureux empereur que vous
avez restauré... Ajouterai-je que les Grecs, par un sentiment de patriotique susceptibilité très-naturel, ne supportent qu'avec impatience l'autorité de l'étranger?... Vous ne
pouvez donc vous éloigner immédiatement de Constantinople sans renverser sur-le-champ votre ouvrage, sans re-
jeter l'empire dans d'horribles convulsions, sans le forcer
à s'allier avec les Sarrasins, sans ajouter immensément,
en un mot, aux difficultés et aux dangers qui menacent
les croisés de la Syrie et de la Palestine...

BAUDOIN.

Après avoir reçu les nouvelles qui nous réclament au
plutôt sur les champs de bataille de la terre sainte, nous
avons dû examiner, sire, la situation dans laquelle se
trouve votre empire... Nous l'avons fait avec indépendance... Nous ne nous sommes dissimulé aucun des dangers qui vous environnent... Nous avons reconnu qu'ils
sont grands... Mais ceux de nos frères croisés sont plus
grands encore... Décimés par les guerres et les fléaux, ils
sont dans l'impossibilité de tenir tête aux infidèles qui se
lèvent de toutes parts et marchent contre eux... Si nous ne
nous hâtons de voler à leur secours, ils sont perdus, pas
un ne réchappera, et les côtes que nous occupons, depuis
Antioche jusqu'à Ascalon, ne verront peut-être plus jamais
de chrétiens... De si graves conjonctures, vous le compre-

nez, sire, ne nous ont pas permis d'hésiter longtemps...
Nous avons dû prendre une prompte et énergique détermination... aller au plus pressé... Or, le plus pressé nous
a paru être le salut de nos frères et la conservation de la
position que nous avons en Syrie... L'empire grec pourra
subir des vicissitudes, des bouleversements même, par
suite de notre retraite... Il ne s'abîmera pas dans la conquête des Sarrasins... Le patriotisme de ses citoyens saura
l'en préserver...

ALEXIS.

Non, prince, vous concevez, des circonstances, une opinion trop favorable... Si vous nous abandonnez, c'en est
fait de nous, et votre ruine ne pourra manquer de suivre
la nôtre... Les peuples qui ont vécu longtemps dans les
troubles, dans les dissensions et dans l'anarchie, ne connaissent plus guère le patriotisme... Fatigués des funestes
expériences qu'ils ont faites, peu leur importe le maître
qui se présente pour les dominer... Ils aiment mieux encore un despotisme humiliant, mais déterminé, que des
éventualités presque certainement désastreuses... Vous
pouvez donc être assurés que, privés de votre appui, les
indes retomberont avant peu entre les mains de quelque
perturbateur qui fera forcément alliance avec les Sarrasins...
Vous vous serez ainsi privés d'une solide base d'opération,
et vous aurez tout sacrifié en jetant toutes vos forces sur le
théâtre d'une guerre incertaine... Nous vous en supplions,
mon vieux père, moi et les grands de l'empire réunis sous
vos yeux, ne nous abandonnez pas, princes... Votre intérêt, comme le nôtre, vous le conseille... Ne jouez pas d'un
seul coup toutes les chances qui vous restent de vaincre ou
du moins de repousser et de contenir nos ennemis... Écoutez la voix de la prudence, si influente ordinairement auprès de vous... Au lieu de lever tout votre camp, divisez-
le... Envoyez-en une partie au secours de vos malheureux

amis, et laissez-nous l'autre quelque temps encore... Vous aurez, de cette manière, concilié tous les intérêts et ménagé les seules chances que vous ayez de sauver la situation...

BAUDOIN.

Vos raisons sont puissantes, sire, et méritent d'être méditées... C'est un point de vue nouveau que vous ouvrez aux délibérations de notre conseil suprême... Je ne vous cacherai point qu'il trouvera en moi un ardent avocat... Je ne négligerai rien pour le faire adopter de mes compagnons d'armes, car je le crois propre à nous procurer les meilleurs résultats... Permettez-nous, sire, de nous retirer pour le soumettre à l'assemblée des chefs de l'armée...

ALEXIS.

Allez, princes, et puissiez-vous amener vos frères d'armes à partager nos convictions sur la ligne de conduite à suivre dans les conjonctures où nous nous trouvons...

Les princes croisés sortent.

SCÈNE V

LES MÊMES, moins les princes croisés.

MURZUPHLE.

Sire, le dessein que viennent de nous annonc[...] chefs de l'armée latine me semblent de nature à provoque[...] entre nous un examen approfondi des conséquences de cette détermination et des moyens que nous aurions à employer pour conjurer les dangers que nous a signalés si éloquemment notre jeune et illustre empereur... J'oserai lui demander la permission de lui soumettre quelques opinions différentes des siennes...

ALEXIS.

Parlez, Murzuphle... Votre expérience et vos rares ta-

lents vous donnent le droit de soutenir, en face de l'empereur lui-même, un autre avis que le sien... Parlez...

MURZUPHLE.

Notre illustre empereur me paraît s'exagérer beaucoup
les dangers de la situation intérieure... Le peuple grec
n'est pas, comme il le croit, démoralisé et abâtardi au
point de mépriser tout sentiment de dignité et de patriotisme... L'honneur national lui est encore cher... Il lui
sacrifierait, je m'en porte garant, ses richesses et sa vie,
sans hésiter... Ce n'est point l'avarice ou la pauvreté qui
lui font trouver les impôts écrasants... Ce n'est pas non
plus l'humiliation de son Église, quoiqu'elle lui soit assurément bien sensible, qui le pousserait à se soulever...
C'est un autre motif plus grave encore pour tout cœur
vraiment grec : c'est la présence d'étrangers insolents qui
se croient maîtres dans nos murs... Voilà, sire, ce qui in-
dispose, ce qui irrite, ce qui indigne toutes les classes de
la société... N'allez pas chercher ailleurs les causes de
cette fermentation qui vous inquiète et menace de nous
déborder...

Eh bien ! sire, si j'ai mis le doigt sur la plaie, si j'ai su
indiquer la véritable source des sourdes agitations qui
troublent l'empire, si les populations n'en veulent réellement pas à votre pouvoir, si elles acceptent avec résignation les circonstances qui sont la conséquence du rétablissement de votre trône; mais si elles sont impatientes du
joug de leurs vainqueurs, n'est-il pas évident que vous ag-
gravez votre position en retenant ici, pour vous soutenir,
l'armée des croisées ?... Que dira le peuple, que diront les
grands qui ont salué avec bonheur le retour de leurs princes chéris, quand ils apprendront que ces odieux Latins,
appelés au secours des pélerins de la Syrie, ne sont de-
meurés qu'à votre instante prière ?... Ne verront-ils pas,
dans ce fait, une défiance injurieuse, un légitime motif

de secouer votre autorité?... N'auront-ils pas le droit de croire venger la patrie en renversant votre pouvoir?... Songez-y, sire, une bonne politique vaut mieux que la force matérielle des épées... Vous serez plus solide en vous appuyant loyalement sur votre peuple, qu'en lui opposant des armes étrangères... Confiant en lui, il vous soutiendra généreusement... Défiant de ses dispositions et de ses sentiments, il n'y aura pas d'armée qui puisse vous soustraire à sa juste colère...

ALEXIS.

Vous pourriez avoir raison, prince, si le peuple grec ne sortait pas de traverser de nombreuses révolutions et s'il n'était pas travaillé par une foule d'ambitieux qui ont tout intérêt à l'égarer...

PREMIER SEIGNEUR, à son voisin.

Le jeune empereur aurait-il deviné le traître?...

ALEXIS.

S'il n'y avait personne entre lui et nous et qu'il fût possible de s'adresser directement à sa raison et à sa conscience, nul doute qu'il ne comprît à l'instant que son repos et son salut dépendent de la stabilité du trône et de ses institutions... Vos opinions et votre politique eussent alors été les miennes... Mais la nation frappée depuis longtemps dans ses moyens d'existence, émue encore des derniers événements qui nous ont ramenés mon père et moi, aigrie par l'attitude malheureusement inévitable que prend toujours la soldatesque après la victoire, agitée souterrainement par les créatures de l'usurpateur et par les meneurs qui, en temps de révolution, croient pouvoir aspirer à tout, même à l'empire...

PREMIER SEIGNEUR, à son voisin.

Il l'a décidément compris...

ALEXIS.

La nation ne s'appartient pas assez pour réfléchir et agir

avec mesure... Elle ne se rendrait pas suffisamment compte de la noblesse de notre conduite... Elle la prendrait pour de la faiblesse et se croirait permis de nous attaquer sans ménagement... Plus tard, quand elle reconnaîtrait son erreur, il ne serait plus temps... Nous serions renversés et, avec nous, l'avenir de l'empire... Nous ne pouvons pas exposer ainsi une société qui marche à la tête de la civilisation... Dussions-nous être calomniés, victimes même de notre dévouement, nous préserverons l'ordre et sauverons la patrie... L'histoire saura faire notre part, si les contemporains nous refusent justice!...

MURZUPHLE.

Je vois avec tristesse, sire, que les Grecs ont perdu votre estime... Cela me présage de grands malheurs pour l'avenir...

ALEXIS.

Non, prince, vous vous trompez... Je ne condamne pas la moralité d'un peuple dont je suis l'un des premiers citoyens... Je suis prudent, circonspect, parce que c'est le premier devoir d'un souverain... Il doit voir et comprendre pour tout le monde, quand il est à la hauteur de sa position... Je ne récuse d'ailleurs ni l'opinion, ni sa souveraineté... Qu'il me soit démontré qu'elle nous appartient et qu'il lui faut, pour se manifester ostensiblement, le sacrifice de l'armée latine, elle ne l'attendra pas longtemps... Nous saurons lui indiquer le chemin de Ptolémaïs... (A Murzuphle.) Vous me comprenez, Murzuphle?...

MURZUPHLE, à Alexis.

Parfaitement, sire... Vous êtes un grand empereur...

ALEXIS.

En attendant, messeigneurs, qu'aucun de vous n'oublie que les Latins sont nos alliés et que nous leur devons, à ce titre, tous les égards extérieurs que nous imposent notre position et une prudente politique... Si le peuple leur est antipathique et ne sait pas dissimuler avec eux, qu'ils trouvent au moins en nous un habile dédommagement... C'est le moyen de gagner du temps, sans compliquer une situation déjà trop difficile et trop embarrassante... Je veux, au surplus, messeigneurs, vous donner moi-même l'exemple en leur offrant une fête splendide... Vous verrez comment votre empereur sait composer son visage, quand l'intérêt public l'exige...

Que l'on dispose donc, ici même, les tables du festin... Que l'or, les cristaux et les fleurs se disputent l'espace !... Que les mets les plus délicats, que les vins les plus généreux et les plus exquis portent au cerveau des convives de voluptueuses hallucinations !... Que les plus belles filles de Constantinople viennent remplir la coupe des héros croisés !... Enfin, que toutes les séductions soient réunies pour frapper de délire ces fiers vainqueurs !... Quand le peuple verra de près leurs faiblesses et leurs vices, il ne voudra même plus prendre la peine de les haïr !...

TOUS.

Bien parlé, sire !... Vivent nos empereurs !... A bas l'étranger !...

Tous sortent.

SCÈNE VI

MURZUPHLE, seul.

Oui, vivent vos empereurs !... combien de temps ?... Une lune... ou deux ?... Pauvres sots ! qui se figurent que la popularité s'improvise !... Pauvres fous ! qui se couronnent de fleurs et boivent sur des décombres qu'ils prennent pour un édifice éternel !... Pauvres dupes ! qui pensent tromper quelqu'un en grimaçant l'hypocrisie !... Vous verrez tous, grands sages, ce que le réveil de demain vous prépare !...

Il sort.

SCÈNE VII

DEUX CHAMBELLANS du palais.

Esclaves portant des tables, des banquettes, des coussins, des tapis, des vases de fleurs, etc., etc. — On dispose tous ces objets.

PREMIER CHAMBELLAN.

Enfin ! l'armée des croisés va donc, décidément, quitter Constantinople !... Il en est temps, la patience du peuple commençait à se lasser !... N'est-ce pas une honte pour l'empire de s'être laissé vaincre et molester par cette poignée d'aventuriers errants, qui ne savent rien que tenir une épée et frapper comme des sourds ?...

DEUXIÈME CHAMBELLAN.

Il n'est pas nécessaire d'en savoir plus long pour battre les gens...

PREMIER CHAMBELLAN.

D'accord... mais convenez que les battus ont alors le droit de se sentir plus humiliés.

DEUXIÈME CHAMBELLAN.

Ma foi, non... battu pour battu, mieux vaut l'être par une brute que par un homme d'esprit... on a au moins la consolation de ne laisser l'avantage qu'à la force... Il n'y a pas de déshonneur à être terrassé par un taureau ; tout le monde trouve cela naturel.

PREMIER CHAMBELLAN.

Comme bon vous semblera... Ce qui importe, c'est que ces maudits Latins du pape vont nous débarrasser... Dieu merci, nos pauvres filles et nos pauvres femmes auront la paix !... Les gaillards, comme ils s'en donnent pour des dévots !... Et dire que les femmes trouvent ces vagabonds-là beaux et aimables !... On a bien raison de dire que nous dégénérons !...

8.

DEUXIÈME CHAMBELLAN.

Mais où avez-vous vu que les croisés nous quittent?...
Il n'est nullement question de cela.

PREMIER CHAMBELLAN.

Comment! il n'est pas question de cela?... La nouvelle
est heureusement très-vraie!... Je ne me consolerais pas
qu'il en fût autrement.

DEUXIÈME CHAMBELLAN.

Vous pouvez alors vous désoler tout à plaisir, car il restera au moins la moitié du camp.

PREMIER CHAMBELLAN.

Ce n'est donc rien d'être délivré de la moitié de ces
damnés?... (A part.) Pourvu que les deux qui courtisent ma
femme et ma fille soient de cette moitié...

DEUXIÈME CHAMBELLAN.

Mais, de quoi vous plaignez-vous, mon cher?... Il y a
bien des Grecs qui voudraient être à votre place...

PREMIER CHAMBELLAN.

Ceux qui ont des femmes laides et désagréables?... Je ne
suis pas dans cette catégorie-là... (A part.) Le drôle de chevalier le sait bien...

DEUXIÈME CHAMBELLAN.

Voyons, mon cher; soyez juste... Si l'armée latine campe
sous les murs de Constantinople, est-ce sa faute?...

PREMIER CHAMBELLAN.

C'est peut-être la mienne?...

DEUXIÈME CHAMBELLAN.

Sans doute... Beaucoup plus que celle de ces pauvres
croisés, qui ne songeaient guère à séjourner ici.

PREMIER CHAMBELLAN.

Voilà qui est curieux!... Prouvez-moi cela, monseigneur...

DEUXIÈME CHAMBELLAN.

Rien de plus facile... Votre jeune empereur n'a-t-il pas

été mendier leur secours?... Quand ils se sont présentés devant vos murs, ne les avez-vous pas laissés entrer?...

PREMIER CHAMBELLAN.

Moi?...

DEUXIÈME CHAMBELLAN.

Vous, comme trois cent quatre-vingt-dix-neuf mille neuf cent quatre-vingt-dix-neuf autres!...

PREMIER CHAMBELLAN.

C'est-à-dire que vous nous faites un crime d'avoir été vaincus!...

DEUXIÈME CHAMBELLAN.

Certainement!.... Avec un peu d'énergie et de patriotisme, vous ne l'eussiez pas été.

PREMIER CHAMBELLAN.

Est-ce qu'un peuple comme le nôtre, qui brille de tant d'éclat dans les sciences et les lettres, ne devrait pas être inviolable?... N'est-ce pas un sacrilége que de porter la guerre chez lui?...

DEUXIÈME CHAMBELLAN.

Il est au moins vrai que ce n'est pas généreux, car les scribes, les grammairiens et les sophistes sont d'ordinaire d'assez mauvais soldats... Vous l'avez assez de fois prouvé...

PREMIER CHAMBELLAN.

Nous nous donnerions bien de garde de nous affubler de ce travers des peuples barbares, qui consiste à passer sa vie dans l'exercice des armes et des combats!...

DEUXIÈME CHAMBELLAN.

Alors, de quoi vous plaignez-vous?...

PREMIER CHAMBELLAN.

De la brutalité de ces chrétiens d'Occident qui, au lieu de venir nous persuader, par de bons arguments, que nous devions reprendre notre empereur détrôné, sont venus, sans formalités, faire le siége de Constantinople, saccager notre capitale et nous piller comme des brigands!...

DEUXIÈME CHAMBELLAN.

Il fallait donc alors leur offrir la discussion, au lieu de vous enfermer dans vos murs... Lorsqu'on veut faire comprendre aux gens que l'on est disposé à les recevoir, on ne leur ferme pas sa porte...

PREMIER CHAMBELLAN.

Allons, vous êtes un mauvais citoyen ; vous ne comprenez ni nos idées, ni nos mœurs...

DEUXIÈME CHAMBELLAN.

Peut-être bien... Mais je saurais défendre ma maison, si l'on venait l'attaquer... Laissons, au surplus, ce sujet sur lequel nous ne pouvons parvenir à nous entendre, et parlons d'autre chose...

PREMIER CHAMBELLAN.

Volontiers... car, aussi bien, vous me faites damner avec vos persiflages sur nos malheurs publics.

DEUXIÈME CHAMBELLAN.

Connaissez-vous quelque nouvelle aventure galante de l'impératrice ?... Vous savez que l'on dit qu'elle est en froid avec Murzuphle et qu'elle voudrait faire les doux yeux au beau comte de Flandre ?...

PREMIER CHAMBELLAN.

Oh ! à qui ne cherche-t-elle pas à faire les doux yeux ?... N'a-t-elle pas importé à Constantinople les monstrueuses dissolutions des grandes dames de Rome ?... On raconte, à ce sujet, des choses qui dépassent toute imagination...

DEUXIÈME CHAMBELLAN.

Je connais ces récits.... Et vous voulez qu'une nation qui laisse ainsi dégrader ses mœurs et avilir les femmes puisse trouver du courage pour repousser un ennemi audacieux ?... C'est comme si vous demandiez des vertus viriles aux histrions qui se sont, dès leur jeunesse, énervés dans des voluptés mortelles... Il n'y a qu'un moyen de

faire des citoyens, c'est d'avoir une éducation publique sage
et juste, des mœurs pures et austères... C'est ainsi que l'on
nourrit et développe les âmes... Hors de cette atmosphère
vivifiante, elles languissent et ne tardent pas à s'éteindre...

PREMIER CHAMBELLAN.

Une éducation publique sage et forte, c'est bien aisé à
dire !... Mais comment voulez-vous la réaliser avec un
peuple qui est constamment en révolution ?... Pour s'instruire et se moraliser, il faut vivre dans l'ordre et dans la
paix... L'emportement des esprits, le tumulte des passions,
le déchaînement de toutes les violences, n'ont jamais produit la raison et la vertu...

DEUXIÈME CHAMBELLAN.

Ce que vous dites là est juste, vénérable ami... Seulement il s'agit de savoir si les peuples s'agitent par caprice
ou par nécessité...

PREMIER CHAMBELLAN.

Il n'y a jamais de nécessité à attaquer et à détruire les
gouvernements...

DEUXIÈME CHAMBELLAN.

Les gouvernements comprennent et remplissent donc
toujours leurs devoirs ?...

PREMIER CHAMBELLAN.

Corrige-t-on les gens en les supprimant ?...

DEUXIÈME CHAMBELLAN.

Les rectifie-t-on en adorant leurs vices ?...

PREMIER CHAMBELLAN.

Ne peut-on reprendre, avertir et conseiller ?...

DEUXIÈME CHAMBELLAN.

Et par quels moyens, quand on ne peut ni parler, ni
écrire ?...

PREMIER CHAMBELLAN.

Il est toujours possible de faire entendre d'utiles vérités,
quand on sait s'y prendre...

DEUXIÈME CHAMBELLAN.

En effet, vous avez les oiseaux parleurs que vous chargez
d'être indépendants et courageux pour vous...

PREMIER CHAMBELLAN.

Eh! mais ce moyen en vaut bien un autre...

DEUXIÈME CHAMBELLAN.

Qui ne serait pas meilleur que lui... Quelle dignité!...
Le premier peuple du monde qui en est réduit à faire jeter des épigrammes politiques dans les rues par des per-
roquets!...

PREMIER CHAMBELLAN.

L'opinion arrive au moins ainsi à l'oreille des grands,
sans danger pour personne...

DEUXIÈME CHAMBELLAN.

Oui, quand on ne découvre pas le propriétaire de l'oi-
seau... A propos, j'ai endendu de bien singuliers colloques
entre quelques-uns de ces malheureux volatiles... Empereurs, impératrice, Grecs et Latins y étaient qualifiés d'une
rude façon... J'ai eu plaisir à voir la conscience publique
secouer ainsi en l'air ses hontes et ses souillures... Cela m'a
prouvé, une fois encore, que c'est toujours en vain que le
despotisme et la lâcheté se liguent pour étouffer la justice
et la raison... Celles-ci, quand l'humanité leur manque,
ne sont jamais en peine de se susciter des témoins... Dieu
donne la parole aux bêtes, quand les hommes le sont trop
pour oser s'en servir...

PREMIER CHAMBELLAN.

Ce sont là malheureusement des signes trop certains de
notre décadence!... l'Empire s'en va!...

DEUXIÈME CHAMBELLAN.

A qui la faute!...

SCÈNE VIII

LES MÊMES, MURZUPHLE.

MURZUPHLE.

Eh bien! chambellans, avez-vous donné vos ordres pour que la fête offerte par nos illustres empereurs aux chefs de l'armée croisée dépasse en magnificence tout ce que l'on a vu jusqu'aujourd'hui à Constantinople, la ville aux splendeurs sans pareilles?...

DEUXIÈME CHAMBELLAN.

Nous osons croire, monseigneur, que nos dispositions feront honneur à l'empire, et que nos illustres maîtres seront contents... Voyez!...

MURZUPHLE.

En effet, c'est bien... Vous avez compris nos désirs... (Au premier chambellan.) Qu'avez-vous donc, chambellan?... Je ne trouve guère votre visage en rapport avec la solennité qui se prépare...

PREMIER CHAMBELLAN.

Je suis attristé, monseigneur... De sombres pressentiment m'assiégent, comme s'il devait arriver, avant peu, de grands malheurs... L'esprit de turbulence qui circule dans le peuple, la méchanceté humaine, et l'oppression de notre patrie par d'insolents vainqueurs, me font prévoir d'imminentes catastrophes...

MURZUPHLE.

C'est par les catastrophes que les empires se régénèrent, chambellan... C'est par elles que la fortune met plus d'équité dans la distribution de ses faveurs... Sans les catastrophes, les honneurs, les dignités, les richesses seraient toujours pour les mêmes... Heureusement le destin met ordre à tout cela...

DEUXIÈME CHAMBELLAN, à part.

Païen!... matérialiste!... Misérable fou!... Tu penses
pourtant pouvoir la fixer, toi, cette fortune que tu veux
détourner des autres!...

PREMIER CHAMBELLAN.

Hélas! monseigneur, la hauteur de votre esprit et l'é-
nergie de votre caractère vous font considérer tout cela
d'un œil calme... Pour moi qui suis vieux et moins sage, je
ne peux me défendre d'une grande inquiétude...

MURZUPHLE.

Moi, chambellan, j'ai foi dans mon étoile, et je méprise
les événements... Je ne vois qu'une chose : en tirer, quels
qu'ils soient, le meilleur parti...

DEUXIÈME CHAMBELLAN, à part.

Nous verrons bien si le succès couronnera toujours tant
d'infamie!...

SCÈNE IX

LES MÊMES, ALEXIS et sa suite.

MURZUPHLE.

Sire, je vous attendais avec impatience pour vous com-
muniquer d'importantes nouvelles...

ALEXIS.

Qu'y a-t-il, prince?... Parlez...

MURZUPHLE, à mi-voix.

Sire, la colère fermente dans les rangs du peuple... On
s'apprête de toutes parts à écraser les Latins... J'ai eu beaucoup de peine à contenir les chefs, qui déclarent qu'il n'y
a pas d'autre moyen de délivrer Votre Majesté des graves
embarras où elle se trouve... On veut frapper aujourd'hui
même les princes croisés lorsqu'ils sortiront du festin que
vous leur donnez... Je n'ai rien voulu autoriser, sire, sans

avoir pris vos ordres... J'ai cru comprendre que vous n'êtes pas moins impatient que nous de secouer le joug des Latins... Dites un seul mot... je saurai faire le reste, en assumant sur moi seul la responsabilité des événements...

ALEXIS, à mi-voix à Murzuphle.

La réponse des chefs de l'armée des croisés sera celle que vous demandez, prince... S'ils persistent à lever leur camp, le bras du peuple nous est inutile... S'ils en font partir sur-le-champ la moitié, la nuit prochaine nous délivrera de l'autre... Puisse ce sacrifice apaiser l'irritation du peuple et nous le rendre favorable !...

MURZUPHLE, à mi-voix.

Très-bien, sire... Toutes les mesures seront prises...

ALEXIS, aux seigneurs de sa suite.

Messeigneurs, les princes latins ne peuvent tarder à se rendre parmi nous... Tout est prêt, vous le voyez, pour les recevoir dignement... Qu'ils trouvent en vous tous l'esprit, la grâce, la courtoisie qui distinguent notre race et notre civilisation... Votre empereur vous saura gré de vous surpasser vous-mêmes... Les étrangers qu'il fête rediront à l'Europe qu'il n'est pas au monde de peuple plus brillant et plus aimable que le nôtre... Ils sont habitués à vaincre par les armes... Montrons-leur que nul ne saurait nous enlever la palme dans l'art de la séduction...

MURZUPHLE.

Vous n'aurez rien à regretter, sire... Votre cour sera plus étincelante que jamais...

SCÈNE X

LES MÊMES, LES PRINCES LATINS.

ALEXIS.

Je vous sais gré, princes, de vous être rendus à mon invitation... Cette fête, qui vous est dédiée, resserrera, je

l'espère, les liens précieux qui nous unissent déjà de cœur
et d'intérêt...

BAUDOIN.

Nous sommes honorés, sire, de l'accueil plein de bienveillance et de distinction que vous nous faites... Permettez-moi de vous apprendre de suite que les chefs de notre
armée se sont empressés de déférer à vos désirs... La moitié de notre camp restera à votre disposition jusqu'à ce
que votre pouvoir soit suffisamment affermi...

ALEXIS, jetant un coup d'œil à Murzuphle.

Je n'attendais pas moins, prince, de la générosité des
héros qui ont sauvé, par leur bravoure, l'empire grec
d'une décadence certaine... Vous ne pouviez pas laisser
votre œuvre inachevée... Prenez place, messeigneurs, et
buvons à la restauration de l'empire et à la gloire de nos
nobles alliés...

Les convives se placent. — De jeunes et belles filles circulent autour des tables.

ALEXIS.

Savez-vous, messeigneurs, que la vie est une douce
chose quand elle se partage entre le devoir de faire le
bonheur des peuples et toutes les jouissances qui grandis-
sent les passions!... Vous ne trouverez peut-être pas cette
pensée très-chrétienne ; mais je suis sûr que vous n'hési-
terez pas à proclamer avec moi qu'elle a bien sa source
dans la nature... N'est-ce pas, Murzuphle?...

MURZUPHLE.

La vraie philosophie parle par votre bouche, sire...

BAUDOIN.

Vous êtes, en effet, plus philosophes que chrétiens, vous
autres, messeigneurs, qui vivez sous un ciel de feu...
Vous appliquez plus votre sagesse à la terre qu'aux choses
éternelles...

ALEXIS.

N'avons-nous pas raison?... Est-il besoin de se préoccu-

per d'avance d'une existence qui ne doit plus finir?...
Nous tâchons prudemment d'oublier ce but suprême que
nous atteindrons toujours trop tôt... Nous concentrons
toute notre sollicitude sur cette vie trop passagère, bien
convaincus que nous aurons toujours le temps de songer
aux affaires de l'autre, quand nous y serons...

BONIFACE.

Nous ne sommes, nous, ni si tranquilles, ni si con-
fiants... Nous croyons que l'éternité mérite plus de souci
qu'un instant qui passe comme l'éclair...

BAUDOIN.

Le pâle soleil d'Occident ne nous donne pas d'ailleurs toutes les illusions brillantes que le vôtre vous
envoie avec ses rayons... Plus près de la douleur que vous
et plus tristes d'humeur, nous traitons moins légèrement
les vérités que nous enseigne la foi... Avons-nous tort?...
L'Église soutient que non...

ALEXIS, tendant sa coupe.

Oh! nous avons aussi nos esprits mystiques et nos consciences ombrageuses!... Nous avons nos astrologues qui
lisent dans les astres des révélations que tous les événements les plus contradictoires peuvent justifier, et nos visionnaires qui habitent, par anticipation, le séjour merveilleux des anges...

BAUDOIN.

Et vous riez de toutes ces choses, sire?...

ALEXIS, tendant sa coupe.

N'est-ce pas ce qu'il y a de mieux à faire?...

MURZUPHLE.

A quoi servirait-il d'y rêver?...

UN SEIGNEUR GREC.

A noyer la lumière dans l'ombre, à éteindre le génie
dans la démence!...

DANDOLO.

Comment! vous appelez démence la foi à la toute-puis-
sance de Dieu !... Il n'a donc jamais fait de miracles pour
vous?...

MURZUPHLE.

Si... puisqu'il nous a soumis des multitudes de sots qui
s'estiment trop heureux de nous couvrir d'or et de nous
servir à genoux!...

BAUDOIN.

Vous blasphémez, prince... En nous remettant la conduite de nos semblables, Dieu a voulu que nous prissions
une lourde part de leur fardeau et non que nous l'aug-
mentassions... Quiconque voit autrement les obligations du
pouvoir est indigne d'en être dépositaire...

ALEXIS, tendant sa coupe.

Vous prenez les choses de bien haut, cher comte... Je
comprends que vous soyez béni dans vos États...

BAUDOIN.

Et moi, sire, je m'explique que vos sujets n'aient pas
pour vous tout l'amour qu'ils vous doivent... Les maximes
de votre ministre ne le veulent pas...

MURZUPHLE.

Les Grecs ont pour l'empereur un amour sans bornes,
comte... Nous pouvons le savoir mieux que des étrangers...

BAUDOIN.

Peut-être, prince... Il y a des yeux qui ne savent ou ne
veulent pas voir...

ALEXIS, tendant sa coupe.

Assez, messeigneurs... Nous sommes d'accord sur les
grands intérêts qui concernent l'empire... Ne troublons
pas une harmonie aussi précieuse pour les uns que pour
les autres... Nos vues théoriques peuvent différer... Cela
importe peu, puisque les faits nous réunissent... N'em-

ployons pas un temps qui doit être consacré au plaisir, en
de vaines disputes... (Levant sa coupe.) A vous, comte de
Flandre, le modèle des princes !... ne gardez pas rancune
à mon cousin Murzuphle... Son cœur vaut mieux que sa
langue...

BAUDOIN.

A vous, sire, le plus indulgent des monarques !...

ALEXIS.

Il faut bien l'être pour ses amis...

BONIFACE.

Il sont si rares !...

ALEXIS.

Comment trouvez-vous nos femmes, messeigneurs?...
Vous en avez de bien belles dans vos contrées; mais,
avouez qu'elles ne sont pas aussi séduisantes que nos Grecques?... Quels yeux ! voyez... Il faut que le pouvoir de leurs
charmes soit bien puissant pour que mon oncle l'usurpateur
ait cru qu'il lui suffirait, pour vous vaincre, de rassembler
toutes les courtisanes de Constantinople !...

UN SEIGNEUR GREC.

C'était sans doute sur la sensibilité de ces austères chrétiens d'Occident qu'il comptait...

AUTRE SEIGNEUR GREC.

C'est probable...

AUTRE SEIGNEUR GREC.

C'est que les principes les plus rigides n'empêchent pas
toujours les tentations de la chair...

AUTRE SEIGNEUR GREC.

La preuve, c'est que les plus grands saints ont été les
plus éprouvés et ont commis souvent les plus énormes
fautes...

AUTRE SEIGNEUR GREC.

Sans le péché, où serait le mérite de la pénitence?..

9.

BAUDOIN.

Nous ne sommes pas des saints, messeigneurs... Nous connaissons toutes nos faiblesses et nous en demandons pardon à Dieu... Nous sommes même si peccables, qu'il nous arrive trop souvent de manquer de patience et de charité envers les faibles...

MURZUPHLE.

C'est mal cela, seigneur comte...

BAUDOIN.

Aussi m'en confessé-je très-humblement...

ALEXIS, riant.

Je ne sais trop si je dois vous absoudre...

HENRI.

A votre gré, sire... Vous n'ignorez pas que nous savons prendre, si bon nous semble, ce que l'on nous refuse...

MURZUPHLE.

Nous nous en sommes toujours doutés, comte de Sarbruck... Mais ce dont nous sommes sûrs, c'est que cela n'arrive qu'à ceux qui veulent bien y mettre quelque bonne volonté...

HENRI.

Nous ne prenons pas toujours la peine de les consulter...

MURZUPHLE.

Eh bien ! vous finirez par rencontrer des gens qui pourront vous y contraindre et qui pourront aussi vous donner le déplaisir de contrarier de trop douces habitudes...

HENRI.

Nous ne le croyons pas, prince, et vous non plus assurément...

MURZUPHLE.

Je crois tout ce que je dis, comte...

HUGUES DE SAINT-POL.

Le prince Murzuphle nous a bien fait voir, au siége de

Constantinople, qu'il sait empêcher de prendre ce qu'il ne veut pas donner!...

HENRI.

Oh! il n'a rien perdu alors, Hugues, au contraire... Il était le favori subalterne d'Alexis l'oncle... Il est le favori tout-puissant d'Alexis le neveu!...

HUGUES.

Il a bien fallu que le neveu payât les services rendus à l'oncle... Alexis ne serait pas encore empereur si son père Isaac avait conservé la vue !

ALEXIS.

Princes, vous outragez l'empereur!... Ma vengeance ne se fera pas attendre!...

MURZUPHLE.

Laissez donc, sire... C'est le vainqueur insolent qui demande que le vaincu le chasse...

LES CROISÉS.

Insolent!...

MURZUPHLE.

Ces nobles chevaliers se trompent ou se flattent, quand ils vous promettent pour quelque temps encore leur superbe protection !...

ALEXIS.

Vous avez raison, Murzuphle, cette arrogance est insupportable...

PLUSIEURS CROISÉS.

Il est fou !...

UN SEIGNEUR.

Eh non! il est ivre...

ALEXIS.

C'est payer mille fois trop cher un service sans importance, puisqu'il est vrai que mon peuple, comme vous me l'avez prouvé, devait me rappeler lui-même avant peu dans son sein... (S'adressant aux croisés.) Ne l'oubliez point,

princes, c'est là le secret de cette victoire facile que vous
avez remportée... Les Grecs ne vous ont laissé pénétrer dans
leurs murs que parce qu'ils voulaient me rendre le trône...

DANDOLO.

Vous oubliez, vous, sire, que l'ingratitude porte malheur aux rois...

ALEXIS.

Suis-je donc ingrat pour vous apprendre un fait que
vous paraissez ignorer?... Faut-il vous laissez croire que
je vous dois tout, quand votre concours n'est qu'un acci-
dent de mon impatience et que c'est vous, au fond, qui
trouvez en moi une protection aussi puissante qu'ines-
pérée?...

HENRI.

N'allez-vous pas bientôt nous demander de vous payer
tribut?...

MURZUPHLE.

Peut-être y aurait-il justice...

HUGUES.

L'empereur et son ministre plaisantent avec infiniment
de bon goût...

ALEXIS, tendant sa coupe.

Vous trouvez, comte de Saint-Pol?... Nous savons que
vous êtes dans l'habitude de ne douter de rien... Pourriez
vous néanmoins nous assurer que votre redoutable armée
d'une vingtaine de mille hommes défera les quelque cent
mille Sarrasins qui vous attendent?...

HUGUES.

Nous avons bien vaincu les quatre cent mille habitants
de Constantinople, protégés par leurs imprenables murailles!...

ALEXIS.

Vous n'avez pas de mémoire, comte... Je viens de vous
en dire la raison; il n'y a qu'un instant...

HUGUES.

Elle ne m'a effectivement guère frappé, sire...

MURZUPHLE.

Elle vous reviendra sans doute bientôt à l'esprit, comte...

HUGUES.

Vous pensez ?... Nous verrons bien !...

BONIFACE.

Souffrez, sire, que je vous témoigne mon étonnement de ce que je vois et de ce que j'entends. Est-ce pour faire éclater la haine aveugle des Grecs contre nous que vous autorisez, que vous encouragez même de votre exemple toutes ces allusions envenimées?... S'il en est ainsi, c'est un jeu dangereux que vous jouez, sire... Vous pouvez y perdre votre couronne...

ALEXIS.

Ma couronne, marquis, ne dépend pas, heureusement, des princes latins qui viennent courir les aventures en Orient...

BONIFACE.

Vous manquez, sire, aux lois de l'hospitalité... Je m'en afflige pour votre père, pour l'empire...

ALEXIS.

Affligez-vous-en, marquis... Pleurez mes péchés; cela m'évitera la peine de le faire...

Murzuphle sort.

SCÈNE XI

LES MÊMES, moins MURZUPHLE.

HUGUES.

Voyons, sire, maintenant que votre cher cousin et ministre n'est plus là pour tendre votre orgueil et vous exciter contre vos anciens amis, dites-nous franchement ce qui se passe...

HENRI.

Vous savez que nous vous sommes dévoués, malgré vos étourderies... Procédons sans détours...

ALEXIS.

Vous avez raison, messeigneurs, c'est toujours une faute de se fâcher entre gens qui ont besoin les uns des autres... Ce démon de Murzuphle embrouille tout... Je ne sais de quel pouvoir il dispose, mais je ne peux me défendre de son influence, tout en le détestant au fond du cœur... Je ne suis pas sans défiance de lui, et je fais tout ce qu'il veut... Je le méprise, je le redoute, et je lui abandonne entièrement mon pouvoir... Est-ce paresse ou lâcheté?... Je l'ignore... Mais, en vérité, je voudrais bien être délivré de cet homme... Je vous crains moins, vous autres, malgré tout le mal qu'on me dit de vous... Si vous étiez moins odieux à mon peuple, nous vivrions longtemps, j'en suis certain, en bonne intelligence...

BAUDOIN.

Et qui vous en empêche, sire?... Ne sommes-nous pas de loyaux chevaliers?... Avons-nous exigé d'autres conditions que celles que vous êtes venu nous proposer vous-même?...

ALEXIS.

Non... je n'ai pas cela à vous reprocher...

BAUDOIN.

De quoi pouvons-nous donc être suspects à vos yeux?...

ALEXIS.

Murzuphle ne vous aime pas et me fait peur de vous... Il vous montre toujours avec l'arrière-pensée de me dépouiller de l'empire...

DANDOLO.

N'avons-nous pas nos vœux qui nous lient?... Était-ce pour Constantinople que notre flotte devait faire voile, avant que vous vinssiez réclamer nos secours?...

ALEXIS.

Je ne vous dis pas le contraire; mais Murzuphle est si clairvoyant!...

HUGUES.

Murzuphle, sire, est un traître qui vous conduit à l'abîme... Avec toutes les qualités d'un bon prince qui pourrait rendre ses peuples heureux, vous laisserez retomber l'empire dans d'affreuses convulsions...

ALEXIS.

Oh! alors, princes, ne m'abandonnez pas... Délivrez-moi de Murzuphle pour me conserver l'empire!...

UN SEIGNEUR GREC, à mi-voix.

Sire, vous oubliez là la majesté impériale...

ALEXIS tendant sa coupe.

Que dis-tu, toi?... S'il n'y a plus d'empire, qu'est-il besoin de majesté impériale?...

LE SEIGNEUR GREC, à mi-voix

De grâce, sire, pour votre père, pour vous-même, n'abaissez pas la dignité du sceptre!...

ALEXIS.

Tu me fais rire, toi, avec tes airs désolés... Sais-tu où elle est la dignité du sceptre?... elle est dans la force et dans la sécurité... Si les princes latins me disent qu'ils sont plus puissants que Murzuphle et qu'ils peuvent me conserver l'empire, tandis qu'il me le ferait perdre, n'ai-je pas raison de les supplier de ne pas m'abandonner?... Ne m'abandonnez donc pas, bons et chers princes latins... Je doublerai, je triplerai la somme que je dois vous remettre... Je partagerai, je vous déléguerai même, si vous le voulez, le suprême pouvoir... Pourvu que je sois empereur, que je garde la pourpre, que je vive au milieu des splendeurs qui m'environnent, je ferai ce que vous voudrez.

BAUDOIN.

Calmez-vous, sire... la protection des croisés ne vous sera

pas stérile, si vous savez accomplir vos devoirs et tenir vos serments... Nous saurons briser toutes les trames dont le but serait de vous renverser et de replonger l'empire dans l'anarchie.

ALEXIS, pleurant.

Excellents princes !... Moi qui ai pu vous méconnaître, vous accuser, vous trahir !... Comment donc expierai-je une si noire ingratitude !...

LE CHEVALIER DE BÉTHUNE.

Nous ne sommes donc plus, sire, d'odieux aventuriers, qu'il faut chasser honteusement de Constantinople ?...

ALEXIS.

Non, mes amis, vous êtes mes appuis, mes protecteurs... Nous ne nous séparerons jamais !... Nous ferons ensemble la conquête de la terre sainte, de l'Égypte, de l'univers !... Je vous donnerai d'immenses richesses, je vous ferai rois !...

BAUDOIN, à mi-voix.

Est-il possible, juste ciel ! d'avilir à ce point la majesté impériale ?...

HUGUES.

Voilà les sentiments que nous aimons à vous voir, sire... Mais sont-ils bien sincères ?... Qui nous prouve, quand vous avez dit le contraire, en commençant le festin, que c'est bien là le fond de votre pensée ?...

ALEXIS.

Ce qui le prouve, comte, c'est le vin !... L'homme à jeun peut dissimuler... Dans l'ivresse, il parle suivant son cœur...

HUGUES.

Mais, si à jeun vous croyez utile de dissimuler encore, comment pourrons-nous compter sur vous ?...

ALEXIS.

Vous ne voulez plus que je change, comte ?... c'est facile, je ne sortirai pas de l'ivresse...

UN CHEVALIER.

Nous avons, sire, des matelots vénitiens qui poussent jusque-là le culte de la franchise... Tous les jours, les vins généreux de l'archipel leur ouvrent le cœur et leur délient la langue; il faut voir alors de quelles superbes vertus ils brillent!...

ALEXIS.

Vraiment?... Ce sont des braves... Qu'on les amène, je veux boire avec eux!...

UN SEIGNEUR GREC.

Y songez-vous, sire?...

ALEXIS.

Apparemment, puisque je les demande. Les Grecs ne savent pas mieux boire que combattre... Voyons les Vénitiens!... Celui qui me vaincra dans cette noble joute portera ma couronne dans mes banquets.

LES SEIGNEURS GRECS.

Sire!...

ALEXIS.

Silence, esclaves!... Puisque vous ne savez rien imaginer pour les plaisirs de votre empereur, il faut bien qu'il cherche lui-même à ranimer ses passions par de nouveaux incidents... Mon oncle avait raison de récompenser magnifiquement ceux dont le génie inventif avait découvert quelques voluptés inconnues... Si l'homme est fait pour le bonheur, la multiplicité et le raffinement des plaisirs ne constituent-ils pas l'art le plus utile?... Il était original, ce cher oncle... Je me souviens qu'il éleva à une prodigieuse fortune et aux plus hautes dignités de l'empire de pauvres diables qui avaient été assez heureux pour inventer un accessoire de bain, une essence de toilette, un mets, une sauce, ou toute autre jouissance sensuelle [1]...

[1] « L'amour passionné qu'il avait pour les femmes, la table, le luxe, la mollesse, le rendaient méprisable, » dit Laurent Échard. (*Hist. rom.*

C'était une excellente idée d'encourager les recherches
dans cette voie. Je veux y revenir et surpasser l'usurpateur... Eh bien, ces fameux Vénitiens, où sont-ils donc?...
S'est-on voulu moquer en me vantant si fort leurs exploits?... Je punirais les audacieux!...

UN SEIGNEUR.

Ils sont là, sire, et entreront si vous le désirez... Mais...

ALEXIS.

Pas de réflexions, obéissez!...

On fait entrer les matelots vénitiens.

SCÈNE XII

LES MÊMES, LES MATELOTS VÉNITIENS.

ALEXIS.

Marins, on m'a assuré que vous êtes des buveurs sans
pareils... L'empereur de Constantinople, qui est grand en
toutes choses, ne permet à aucun de ses sujets de le surpasser, même à table... Celui d'entre vous qui videra
mieux ma coupe que moi ceindra pendant tout le festin
ma couronne, et je le traiterai en roi... Quel est celui qui
accepte le défi?...

UN MARIN.

Moi!... Et comme personne, à ce combat pas plus qu'à
un autre, ne m'a jamais vaincu, je commence par me
couronner!... (Il ôte la couronne de dessus la tête d'Alexis et la pose
sur la sienne.) Toi, sire, contente-toi, pour le moment, de mon
bonnet de laine!... (Il met son bonnet à l'empereur et l'enfonce
ridiculement. On rit [1].)

depuis la translation de l'empire par Constantin.) À son avénement, il
avait cru devoir prodiguer les trésors pour faire oublier son usurpation
et ses crimes. Quiconque lui procurait une jouissance nouvelle était
assuré d'obtenir de brillantes récompenses.

[1] Ce fait est historique. Michaud et plusieurs autres auteurs le men-
tionnent. «Alexis, livré aux douceurs de sa nouvelle fortune, dit Lau-

ALEXIS.

Mais tu n'as pas encore gagné la gageure, brute!... Ote
vite ma couronne et replace-la sur ma tête, ou je vais t'apprendre à respecter l'empereur...

LE MARIN.

L'empereur!... Tu n'as donc pas compris que c'est moi
qui le suis jusqu'à ton prochain réveil?... Allons, dors ou
obéis-moi, toi qui commandes ordinairement à tous!...

ALEXIS.

Es-tu donc déjà ivre au point de ne rien entendre,
brute?... Faut-il que je te plonge ce fer dans les flancs
pour te rappeler à la raison?....

Il tire un poignard de sa ceinture.

LE MARIN, lui arrêtant le bras.

Ton roi ne te permet pas ce plaisir... Tu t'en priveras,
si tu ne veux pas qu'il te brise les os...

ALEXIS, furieux.

A moi, gardes!... (Personne ne bouge.) Eh bien! traitres, ne
suis-je pas votre maître?...

LE MARIN.

Ne vois-tu pas que tu n'es même plus l'égal des marins
de Venise?...

DANDOLO.

Vous venez d'abdiquer la dignité impériale, prince...
Vos sujets et vos amis sont consternés d'un si déplorable
spectacle...

ALEXIS.

Mes sujets?... mes amis?... Je n'en ai pas, puisqu'on
me laisse insulter par ce grossier matelot!... Mais je me
vengerai de semblables affronts!...

rent Échard, ne pensait qu'à s'acquitter envers ceux qui la lui avaient
procurée et à goûter les plaisirs. Il passait quelquefois plusieurs jours
de suite à table, au jeu et dans les divertissements, où il oubliait les
bienséances convenables à la majesté impériale, s'attirant par là le
mépris de ses sujets. »

SCÈNE XIII

LES MÊMES, ISAAC ET QUELQUES SEIGNEURS, UN CONFIDENT
ET UN CHAMBELLAN.

ISAAC.

Qu'y a-t-il donc, mon fils?... Le palais retentit de vos
clameurs... On m'apprend que vous oubliez et votre rôle
et votre rang!... Et quel moment choisissez-vous pour
cela?... Celui où l'usurpateur du trône de votre père, profitant de nos dissensions et de nos embarras, marche sur
Constantinople!... Voulez-vous donc, mon fils, ajouter à
mes infortunes le supplice du déshonneur?... Si votre
bras, affaibli par les excès, ne peut me défendre, laissez-
moi du moins mourir dignement!... C'est une consolation
qui me sera chère à ma dernière heure...

ALEXIS, rappelé à la raison.

Que dites-vous, sire?... L'usurpateur Alexis ose marcher contre nous?... Cette nouvelle me rappelle à moi-
même et aux devoirs qui me sont imposés... Vous n'irez
point, sire, exposer vos jours précieux au fer des satellites
du tyran... C'est moi qui punirai son insolente audace et
purgerai l'empire de cette bande de factieux!... Pardonnez-
moi, sire, mes folies et mes crimes... Je vais les réparer ou
mourir avec gloire...

ISAAC.

Vous avez de grands torts à me faire oublier, mon
fils... Bénissez l'occasion qui s'offre à vous de recouvrer
mon amour et l'estime des Grecs...

BONIFACE.

Et nous, messeigneurs, retournons au camp de Galata,
nous tenir prêts à tout événement....

Ils sortent tous, excepté Isaac, Baudoin et deux personages de la suite du
vieil empereur. Baudoin s'arrête sur le péristyle et contemple la mer.

SCÈNE XIV

ISAAC, BAUDOIN, DEUX CHAMBELLANS.

ISAAC, à lui-même.

Malheureux fils!... Décidément la fortune m'abandonne!... Tout conspire contre moi!... Le poids de mes
années, ma vue que le crime a éteinte, la fièvre qui agite
mes peuples, les scandales de mes propres enfants, l'œuvre ténébreuse des traîtres, les embarras d'une occupation
étrangère... tout m'accable à la fois!... Que puis-je, infortuné vieillard, contre tant d'adversités?... Attendre et me
résigner à mourir!... Les compagnons de ma triste solitude
m'avaient pourtant annoncé d'autres destins!... (S'adressant
à son chambellan.) Ne sont-ils pas par là dans le palais, Hippolyte?...

HIPPOLYTE.

Je vais m'en informer, sire...

Il sort.

SCÈNE XV

ISAAC, BAUDOIN, UN CHAMBELLAN.

ISAAC.

Hélas! la science de mes pauvres amis me console et me
soutient... Je ne les ai jamais consultés dans mes chagrins
ou dans les circonstances difficiles, sans en obtenir de rassurantes prédictions ou de bons conseils... Dieu ne veut
pas que les hommes sincères et croyants soient privés absolument d'avertissements et de lumières [1]...

---

[1] Isaac était encore plus méprisé que son fils, à cause de ses supersti-
tions et par la confiance qu'il avait à certains moines imposteurs, qui lui

10.

LE CHAMBELLAN.

Surtout quand ils portent la destinée des peuples, sire...

ISAAC.

Guidez-moi vers un siége, mon ami...

Il va s'asseoir à gauche, en face d'un splendide portique. Baudoin, qui ne s'est pas aperçu de la présence d'Isaac, s'avance pensif.

BAUDOIN.

Aucune nouvelle de Marie!... Aurait-elle péri avec les navires de la flotte, qui se sont perdus?... Juste ciel! épargnez-moi une aussi terrible épreuve!... Si mes enfants doivent perdre un des auteurs de leurs jours, prenez ma vie, Seigneur; mais épargnez leur mère, cette douce femme dont le cœur est tout amour et tout dévouement... La ravir à la terre, ne serait-ce pas m'appeler en même temps à vous?... Ne privez pas du même coup, mon Dieu! de pauvres enfants de leurs soutiens...

Son attention est attirée par le retour d'Hippolyte et des deux personnages qu'il amène. Il s'arrête pour écouter et observer.

SCÈNE XVI

LES MÊMES, HIPPOLYTE, UN ASTROLOGUE, UN MOINE.

HIPPOLYTE.

Je n'ai pu rencontrer que deux de vos bons amis, sire; mais ce sont votre grand astrologue et le plus favorisé de vos visionnaires...

ISAAC.

Oh! mes chers amis, vous ne m'avez jamais été si nécessaires qu'aujourd'hui!... Mon âme est dans un abatte-

promettaient que bientôt il recouvrerait l'usage de la vue, qu'il guérirait de la goutte et qu'il serait changé en un homme tout divin. (Laurent Echard.) Il vivait en même temps entouré de magiciens.

ment déplorable... Mon cœur déborde d'amertume... Il
me semble que je touche à un de ces moments où les destinées de l'homme vont s'abîmer dans l'éternité... Je ne
crains pas plus la mort que les revers, mes amis ; mais je
voudrais au moins savoir ce que je dois attendre de la
fortune dans cet instant suprême... Quel est celui de vous
qui se sent le mieux disposé à m'instruire?...

L'ASTROLOGUE ET LE MOINE.

Moi, sire...

ISAAC.

Tous deux!... Bon signe, mes amis... A toi d'abord,
astrologue...

L'ASTROLOGUE.

Ne craignez vous pas, sire, que les extravagances que
va vous débiter après moi ce moine vous fassent oublier les
révélations de ma science?...

LE MOINE.

Belle science!... celle du démon!... Ne vois-tu pas que
l'empereur se moque de tes jongleries?...

L'ASTROLOGUE.

Misérable imposteur!...

ISAAC.

Mes amis, mes amis, de grâce!... Vous me désolez avec
vos querelles... Qu'importe que vos prédictions partent
d'un principe différent, puisque j'y ai confiance...

LE MOINE.

Non, sire, vous ne sauriez, sans impiété, ajouter foi aux
discours de ce suppôt de l'enfer...

L'ASTROLOGUE.

Vous ne sauriez, sans manquer de raison, mettre les sot-
tes rêveries de ce moine sur la même ligne que la science...

ISAAC.

Encore! mes amis... Vous avez donc juré de me désespérer?... Finissons ces querelles; votre empereur vous l'or-

donne... Parle, toi, astrologue, qu'as-tu trouvé par tes observations et tes calculs?...

L'ASTROLOGUE.

J'ai vu, sire, que votre pouvoir ne sera fort et que votre gloire ne brillera de tout son éclat que lorsque les Latins auront quitté Constantinople...

ISAAC.

Mais puisque mon fils veut qu'ils restent encore...

L'ASTROLOGUE.

Sachez vouloir aussi de votre côté, sire... N'êtes-vous pas le seul maître?...

ISAAC.

Hélas! je devrais l'être... Mais, vieux et aveugle, ne suis-je pas à la merci de tout le monde?...

L'ASTROLOGUE.

C'est que vous le voulez bien, sire... Quand on a l'autorité du pouvoir, l'expérience et la moralité des intentions, on peut tout, même chasser un mauvais fils!...

ISAAC.

Plus bas, astrologue, plus bas! on pourrait t'entendre... ce serait de nouvelles vicissitudes qui m'en reviendraient... Tu sens bien qu'Alexis ne m'efface pas partout pour abdiquer, sur mon ordre, le pouvoir qu'il exerce en vertu de notre mutuelle situation...

L'ASTROLOGUE.

Alors, sire, votre autorité est ruinée sans remède... Il ne vous reste plus qu'à gémir en silence de l'amoindrissement auquel on vous condamne... J'avais bien vu, dans mes opérations, que vous n'auriez pas le courage de rompre les liens de votre servitude... Malheureux empereur!...

ISAAC.

Il n'y a donc pas de salut pour moi, astrologue, si je ne ressaisis d'une main ferme les rênes de l'empire?...

L'ASTROLOGUE.

Non, sire...

ISAAC.

Comment faire? mon Dieu!...

L'ASTROLOGUE.

Vous choisir un ministre populaire...

ISAAC.

Le puis-je, entouré de gens intéressés à me tromper?...

L'ASTROLOGUE.

Sans doute...

ISAAC.

Et comment, encore une fois?...

L'ASTROLOGUE.

En me consultant...

ISAAC.

Parle donc, malheureux!...

L'ASTROLOGUE.

Oh! mais il faut que je consulte moi-même mon art...
A minuit, les astres m'apprendront qui je dois vous dési-
gner, sire...

ISAAC.

Toujours des retards!... Allons, moine, à toi... m'an-
nonceras-tu des choses plus rassurantes?...

LE MOINE.

Je devrais commencer, sire, par vous démontrer l'impuissance de cet art imposteur et le néant de cette prétendue science...

L'ASTROLOGUE.

Je te défends, moine ignorant, d'attaquer les résultats
de mes calculs, auxquels tu ne comprendras jamais rien...

ISAAC.

Tais-toi, astrologue... Le moine ne t'a pas interrompu...
Laisse-le me dire ce qu'il a vu par la céleste protection des
anges...

L'ASTROLOGUE.

Il n'a vu que les fantômes de son imagination malade et déréglée !...

ISAAC.

Te tairas-tu, maudit ?...

LE MOINE.

Vous l'avez appelé par son nom, sire... Les mauvais esprits de l'enfer ne peuvent entendre la voix des saints sans grincer des dents...

L'ASTROLOGUE, riant.

Ah! ah! ah! ah! tu te donnes pour un saint, moine crasseux ?... Voilà une humilité qui devra t'assurer une bonne place parmi les élus...

ISAAC.

Arriveras-tu au fait, moine, au lieu d'exciter cet astrologue hargneux ?...

LE MOINE.

Sire, m'y voici... Vous savez qu'il nous est donné à nous autres visionnaires, race de prophètes, établie entre Dieu et l'humanité, pour l'instruire... vous savez qu'il nous est donné de voir, sous forme emblématique, les événements qui doivent s'accomplir ici-bas dans tel ou tel temps ?...

ISAAC.

Va donc, moine.. Tu m'as dit tout cela cent fois...

LE MOINE.

J'ai demandé, dans mes prières, d'être instruit, sire, des événements qui concernent l'empire et votre auguste personne... Les anges se sont empressés de m'ouvrir le monde spirituel... L'œil de mon intelligence a pénétré jusque dans le domaine des causes... Je voyais dans le ciel obscur, au fond d'une aride vallée, un faux soleil qui avait usurpé la place du véritable... La lune perdait son éclat et déclinait à l'horizon... Les étoiles, à peine visibles, filaient aussi les unes après les autres... La terre, sans végétation, était couverte d'une foule d'animaux immondes... Au milieu d'eux, se dressait un gigantesque serpent portant sur la tête une couronne impériale... Les hideux habitants de cette région désolée dansaient autour du reptile couronné et chantaient en chœur : « Voici notre prince!... Voici celui qu'éclaire l'astre nouveau!... Devant lui s'inclinent et disparaissent la lune et les étoiles, car il est lui-même la lumière suffisante!... Nous ne voulons pas d'autre flambeau, d'autre principe générateur!... »

ISAAC.

Voilà, sur mon âme, une étrange vision, moine... Et tu en as pénétré le sens?...

LE MOINE.

Nous lisons dans les emblèmes du monde spirituel comme dans un livre, sire...

ISAAC.

Voyons, moine, explique-moi tout ceci...

LE MOINE.

La vallée aride et remplie d'animaux impurs, que j'ai vue, sire, représente votre empire désolé par la misère et la famine, troublé par les intrigues et les clameurs des mauvaises passions... Le grand serpent couronné, c'est l'égoïsme qui règne en souverain sur le monde et que les cœurs corrompus adorent comme un Dieu... Le faux soleil, c'est le pape, qui, dans son orgueil impie, se pose comme l'astre suprême des âmes et des empires... La lune sans éclat qui s'affaisse, c'est la foi qui s'éteint et disparaît dans les esprits... Enfin, les étoiles qui s'obscurcissent en filant, ce sont les vertus que l'ignorance et le mal font choir...

ISAAC.

Et que conclure de cet affligeant spectacle, moine?...

LE MOINE.

Que c'en est fait de votre pouvoir et de l'empire grec,

sire, si vous trahissez notre Église en la soumettant à l'évêque de Rome...

ISAAC.

Et les engagements contractés, moine ?...

LE MOINE.

Votre fils avait-il le droit de les prendre, sire ?...

ISAAC.

L'empereur n'est-il pas le pontife suprême ?...

LE MOINE.

Oui, sire, pour conserver la foi, non pour la vendre...

ISAAC.

Les Latins ne sont-ils pas chrétiens comme nous ?...

LE MOINE.

Non, sire ; car les vérités de la théologie ne brillent pas
dans leur doctrine comme dans la nôtre...

ISAAC.

Parce qu'ils n'admettent pas, comme nous, que le Saint-
Esprit procède du Père seulement et non du Fils ?...

LE MOINE.

D'abord, sire... Ensuite, parce qu'ils veulent attribuer à
leur Église une suprématie qui n'appartient qu'à la nôtre...

ISAAC.

Ce sont là des rivalités d'ambition et pas autre chose,
moine...

LE MOINE.

Ces rivalités-là entraînent les empires, car elles divisent
presque toute l'humanité, sire...

ISAAC.

Eh bien ! que veux-tu que nous y fassions ?...

LE MOINE.

Que vous restiez dans votre camp, sire, au lieu de vous
rendre dans celui de vos ennemis...

ISAAC.

En un mot, que je manque aux promesses jurées...

LE MOINE.

Oui, sire, puisqu'il faut vous le dire, parce que ces promesses-là sont la violation d'autres infiniment plus sacrées...

ISAAC.

Moine, tu es l'organe du patriarche... C'est lui qui est l'ange à qui tu dois tes miraculeuses visions...

LE MOINE.

Peut-être, sire... car le patriarche est lui-même l'organe de Dieu...

BAUDOIN, intervenant.

Pardonnez-moi, sire, si j'ai assisté à vos conférences intimes, et si je me permets de les interrompre en ce moment...

ISAAC, surpris.

Qui êtes-vous, seigneur?...

BAUDOIN.

Baudoin, comte de Flandre et de Hainaut, l'un des plus ardents défenseurs de votre couronne...

ISAAC.

Je vous connais, comte... La réputation de vos grandes vertus est venue jusqu'à moi...

BAUDOIN.

Ma seule vertu, si c'en est une, consiste à tout sacrifier au devoir, sire...

ISAAC.

Oui, assurément, c'en est une, comte, aujourd'hui surtout que l'on sacrifie si volontiers le devoir à tout... Vous étiez donc là, comte?... Vous devez me regarder comme un vieillard bien faible d'esprit... Que voulez-vous?... Le malheur nous rend superstitieux malgré nous...

BAUDOIN.

Je respecte les sentiments qui vous font agir, prince infortuné... Je comprends que vous invoquiez le ciel, même l'enfer pour éclaircir les mystères d'un avenir qui s'enveloppe de nuages menaçants... Mais, sire, j'oserai vous le dire, en présence de ceux-là mêmes qui possèdent si injustement votre confiance, vous vous préparez de nouvelles déceptions, de nouveaux regrets... En un mot, on vous trompe, sire... Ces deux hommes appartiennent à vos ennemis et travaillent à vous perdre...

L'ASTROLOGUE ET LE MOINE.

Vous nous calomniez, seigneur !...

ISAAC.

Vous êtes bien sévère, seigneur comte... Ces hommes sont de vieux amis qui ne m'ont jamais abandonné...

BAUDOIN.

Ce sont deux traîtres, payés, l'un par quelque ambitieux qui veut arriver au pouvoir sous votre nom... l'autre, par le patriarche de Constantinople, qui défend les intérêts de son orgueil en entravant la réunion des deux Églises...

L'ASTROLOGUE.

Alors, vous ne croyez pas à ma science, seigneur ?

LE MOINE.

Alors, vous niez les miracles ?...

BAUDOIN.

Ta science, à toi, n'est qu'imposture... Et toi, moine, apprends que les secours merveilleux que nous envoie la Providence ne passent jamais par la main de misérables traîtres...

ISAAC.

Monseigneur !... monseigneur !... n'attirez pas le malheur sur votre tête en méprisant les puissances occultes...

BAUDOIN.

Les puissances occultes, sire, n'ont de force que dans les imaginations malades... Ce qui vient de Dieu est éclatant comme la lumière de son soleil, bienfaisant comme la chaleur qui développe la vie...

L'ASTROLOGUE.

Vous ne penserez pas toujours ainsi, seigneur... Le

temps approche où, touché de l'aile du malheur, vous re-
douterez la science qui lit dans les destinées, et peut y jeter,
à son gré, soit le trouble, soit l'harmonie...

BAUDOIN.

Va-t'en, blasphémateur!... Rends-moi grâce de ne pas
t'ôter sur-le-champ le moyen d'empoisonner d'autres esprits!...

L'astrologue s'en va.

SCÈNE XVII

LES PRÉCÉDENTS, MOINS L'ASTROLOGUE.

LE MOINE.

Vous venez de faire une bonne action, monseigneur, en
humiliant l'orgueil de ce damné...

BAUDOIN.

Tu trouves, moine?... Alors, sors aussi de ma présence,
car tu ne vaux pas mieux que lui...

LE MOINE.

Malheur à qui repousse les hommes de Dieu, monseigneur!...

Il sort.

SCÈNE XVIII

ISAAC, BAUDOIN, LES DEUX CHAMBELLANS.

BAUDOIN.

Sire, ma loyauté vous est connue... Prêtez donc une
oreille attentive à ce que je vais vous dire... Vous êtes entouré d'embûches... Ceux qui se prétendent vos plus dévoués serviteurs sont ceux qui vous abusent le plus indi-
gnement... L'empire ne peut se tranquilliser, votre pouvoir
s'asseoir solidement, qu'autant que vous aurez imposé aux
factions, rétabli l'ordre et l'équité dans l'administration,

contraint les grands à donner l'exemple des vertus et du
patriotisme... Choisissez donc parmi les citoyens les plus
considérables les hommes d'intelligence et de mœurs austères... Confiez-leur hardiment la réformation de l'empire...
N'écoutez pas les courtisans qui viendront crier au danger,
à l'imprudence... Marchez, sans vous détourner, dans cette
voie... Au bout sont le succès, la puissance et la gloire !...

ISAAC.

Hélas ! mon cœur me dit que vos conseils sont ceux d'un
homme de bien, éclairé par la sagesse... Malheureusement
je ne puis les suivre... Je partage, ou plutôt j'ai laissé
l'empire à mon fils... C'est lui qui dispose de tout... Que
j'essaye de ressaisir mes droits et mon autorité, il deviendra
le premier factieux de Constantinople... Merci donc de vos
bonnes intentions à mon égard, seigneur ; mais je vois
qu'il faut glisser sur la pente jusqu'à l'abîme !...

SCÈNE XIX

LES PRÉCÉDENTS, ALEXIS, MURZUPHLE, SEIGNEURS
de sa suite.

ALEXIS.

Sire, l'empire est, une fois encore, sauvé des menaces
de l'usurpation... Les rebelles, qui s'approchaient de la capitale, se sont dispersés à la vue de nos légions pleines
d'enthousiasme... Cette déroute nous servira mieux auprès
de l'opinion des Grecs que la victoire la plus sanglante,
car elle révèle notre droit et notre force en même temps que
la faiblesse et l'illégitimité de notre ennemi... L'amour du
peuple, du véritable peuple, de celui qui travaille et verse
son sang pour la patrie, nous est acquis désormais... Tran-
quillisez donc votre vieillesse, mon père... votre trône est
maintenant inébranlable...

ISAAC.

Je vous rends grâce, mon fils, de la noble et énergique conduite que vous venez de tenir... Je n'attendais pas moins de votre bravoure et de celle des vaillants guerriers qui composent nos milices... Je pense, comme vous, que l'esprit et le cœur des Grecs ne demandent pas mieux que de nous rester fidèles; mais nous avons, pour conserver cette précieuse garantie, de justes sacrifices à faire... Nous devons nous montrer dévoués aux intérêts publics et équitables en toutes choses... Nous devons surtout nous appliquer à donner aux grands et aux peuples l'exemple de toutes les vertus... Enfin, sagesse, modération, courageuse impartialité, économie sévère dans l'administration, telles sont les indispensables conditions à remplir pour fonder l'ordre, la paix, la sécurité... Ne l'oubliez jamais, mon fils... C'est ainsi seulement que vous serez digne de régner !...

MURZUPHLE.

Sire, l'empereur votre fils a prouvé aujourd'hui que sa prudence et ses talents égalent son courage... Une deuxième fois sauveur du trône, il saura le maintenir dans sa gloire et en élargir successivement les bases... Félicitez-vous, sire, d'avoir pour appui un bras invincible qui fait, à juste titre, l'admiration des Grecs...

ISAAC.

Prince, je rends à mon fils l'hommage qui lui est dû ; mais je dois aussi lui parler en père et en roi... Mon expérience et mes malheurs me donnent le droit de croire à la bonté de mes conseils...

SCÈNE XX

LES PRÉCÉDENTS, UN GUERRIER grec.

LE GUERRIER, accourant.

Sire, de grands événements se préparent à Constantinople... Le peuple, indigné de la disparition des statues
qui ornaient nos temples, se soulève de toutes parts... Une
partie s'est transportée sur le port pour incendier la flotte
vénitienne... D'ici vous pouvez en apercevoir les flammes...

BAUDOIN.

C'est une trahison !... Nous saurons la punir '..

Il sort précipitamment.

SCÈNE XXI

LES PRÉCÉDENTS, MOINS BAUDOIN.

ISAAC.

Qu'ai-je entendu, grand Dieu !... Quoi! nous n'échap-
pons à un danger que pour tomber dans un autre?... M'expliquerez-vous, mon fils, les causes de tout ceci ?...

ALEXIS.

Nous avons cru, mon père, Murzuphle et moi, le moment favorable pour acquitter nos dettes vis-à-vis des Latins, sans surcharger le peuple... Nous avons imaginé de
faire fondre quelques-unes des statues d'or et d'argent
consacrées au culte...

ISAAC.

Malheureux !... Vous nous perdez en voulant nous sauver !... C'est ainsi que fit l'usurpateur pour acheter la paix
de l'empereur d'Allemagne... On dira que nous avons
comme lui, par lâcheté, violé les temples et les tombeaux !...
Hélas ! les arrêts du destin sont donc irrévocables !...

MURZUPHLE.

Rassurez-vous, sire... Celui qui a fait fuir une armée organisée et disciplinée de rebelles, par sa seule présence, saura bien dissiper quelques groupes de turbulents sans armes et sans résolution... Retirez-vous dans vos appartements, sire... Dans peu d'instants nous viendrons déposer à vos pieds le rameau de la paix.

Isaac sort en levant les mains au ciel.

SCÈNE XXII

LES PRÉCÉDENTS

MURZUPHLE, à Alexis.

Nous n'avons pas un moment à perdre, sire... Le mouvement qui éclate au sein de la populace a été concerté par moi et mes amis... La flotte vénitienne va être dévorée par les flammes avant que les croisés aient pu organiser leurs secours... Mes lieutenants veillent et vont profiter de la consternation et du désordre de nos ennemis pour les écraser... Les Grecs vous attendent... Venez vite, sire, vous placer à leur tête... L'occasion est décisive...

ALEXIS.

Mais si les choses tournent mal?... Si nous sommes abandonnés par les Grecs et vaincus par les Latins?...

MURZUPHLE.

Pouvez-vous le supposer, sire?... Le peuple vous idolâtre, vous venez de vous illustrer, et les Latins ne sont guère que dix mille!... D'ailleurs, n'aurons-nous pas la ressource de soutenir que nous avons marché contre les révoltés?... Venez, sire, le temps presse...

ALEXIS.

Allons, Murzuphle, tu connais les Grecs, ils t'aiment et t'obéissent... je te remets ma destinée!...

Au moment où ils vont sortir, le palais est envahi.

SCÈNE XXIII

LES PRÉCÉDENTS, BAUDOIN, CHEVALIERS, GUERRIERS.

BAUDOIN.

Arrêtez! princes parjures!... Vos projets ont échoué...
Il ne vous reste plus qu'à recevoir le châtiment de votre
crime !...

MURZUPHLE, changeant de visage.

Quel qu'il soit, ce châtiment sera juste, comte, car on
n'a jamais plus lâchement trahi des bienfaiteurs et des
alliés !... Je vous ai combattu, mais je ne serais pas des-
cendu à vous égorger par ruse...

ALEXIS.

Comment?...

MURZUPHLE, à Alexis.

Oui, traître, tu déshonores en ce moment la dignité
impériale et tu exposes ta malheureuse patrie aux plus
terribles représailles !...

ALEXIS.

Mais, infâme !...

MURZUPHLE, aux soldats de sa suite.

Saisissez-le, guerriers!... Pour moi, je vais apaiser la
sédition ou mourir en allié fidèle...

On s'empare d'Alexis, Murzuphle sort.

SCÈNE XXIV

LES PRÉCÉDENTS, MOINS MURZÚPLHE.

ALEXIS, à Murzuphle, qui s'éloigne.

Voilà donc le rôle que tu jouais près de moi, indigne !...

SCÈNE XXV

LES PRÉCÉDENTS, BRANAS, MARGUERITE DE HONGRIE,
AGNÈS.

On emmène Alexis au moment où ils entrent.

BRANAS, aux princes croisés.

Héros magnanimes, vous voyez devant vous deux prin-
cesses infortunées et un seigneur sincèrement attaché à
l'ordre, qui ne se sont pas crus en sûreté loin de votre
puissante protection... Nous avons quitté le palais de Bu-
coléon dans la crainte de le voir piller... Nous venons
implorer votre bienveillance contre une foule exaltée, furieuse, qui considère les révolutions comme un retour à
l'égalité, comme une légitime réparation des maux qu'elle
endure... Vous ne souffrirez pas, seigneurs, que des personnes de notre rang et de notre fortune soient abandon-
nées à la merci d'esprits égarés qui se plongent dans tous
les excès en croyant obéir à la justice... Vous ne laisserez
pas la société se dissoudre et s'anéantir dans des convulsions qui ne respectent pas plus les existences que les pro-
priétés... En un mot, après avoir mis un terme aux abus
du despotisme, vous contiendrez la multitude pour la
sauver d'elle-même... C'est un nouveau bienfait que
l'empire vous devra, une nouvelle gloire que vous aurez
acquise...

BAUDOIN.

Vous n'espérez pas trop de nous, seigneur... Soldats de
la religion et de la cause de Dieu, nous nous efforcerons
toujours, en effet, de faire régner l'équité sur la terre...
Les hommes de paix, les faibles et les femmes n'implore-
ront jamais en vain notre secours... Soyez donc sans inquiétude sur votre vie et vos biens... Nous nous en portons
garants vis-à-vis du peuple de Constantinople...

BRANAS.

Merci, princes... Vous êtes des hommes justes et selon Dieu... Vos entreprises méritent d'être bénies...

BAUDOIN.

. Nous l'espérons, seigneur... Mais nous espérons aussi que les riches et les puissants de l'empire, tels que vous, sauront comprendre qu'ils se doivent à la patrie, selon la haute position qu'ils occupent... Le peuple, seigneur, ne doit pas toujours supporter toutes les charges... Il est pauvre, il a peine à vivre du travail de ses mains, il faut le ménager... C'est en voyant ses supérieurs et ses maîtres donner aussi l'exemple du dévouement à la chose publique, qu'il reviendra à de meilleurs sentiments et se résignera sans murmurer aux misères de sa condition... La jalousie, la haine, la brutalité des classes inférieures naissent bien souvent de l'insensibilité, de l'égoïsme, de la dureté des grands... Dieu nous a placés haut pour être vus de tous... Que notre conduite soit équitable et digne d'admiration, et nous ne rencontrerons qu'amour dans tous les cœurs...

MARGUERITE DE HONGRIE.

La sainteté même parle par votre bouche, prince... C'est avec de pareilles maximes que l'on moralise les peuples.. C'est avec une telle pratique qu'on les attache au devoir et qu'on les conduit au bonheur...

BRANAS.

Oui, assurément, c'est en faisant revivre le sentiment du devoir que l'on contiendra les peuples... Mais le pourra-t-on désormais?...

BAUDOIN.

On le pourra toujours, seigneur, moyennant que l'on s'appuie sur le droit de l'humanité...

SCÈNE XXVI

LES PRÉCÉDENTS, MURZUPHLE, suivi de gardes.

MURZUPHLE, couvert de la pourpre.

Princes, l'agitation du peuple est calmée... Mais la multitude, indignée du rôle dangereux que lui faisait jouer un traître, m'a contraint d'accepter la pourpre... Je n'ai pas trouvé d'autre moyen de mettre un terme à l'anarchie qui menaçait l'empire... C'est dans les moments difficiles que les bons citoyens doivent montrer leur dévouement... Vous m'approuverez sans doute, princes, de sacrifier mon repos au salut de mon pays... Vous pourrez, du reste, compter sur la fidélité aux promesses qui vous ont été faites... Je tiendrai à honneur de mériter votre estime et votre amitié...

BAUDOIN.

L'empereur Alexis a commis de grandes fautes assurément, prince... Mais nous ne pouvons laisser à la populace de la capitale le droit d'imposer à l'empire tout entier ses favoris... Notre conduite, en renversant l'usurpateur, a déjà été l'objet d'un sévère jugement de la part de celui qui seul a le droit de faire et de défaire les rois... Nous ne pouvons paraître céder aux entraînements du caprice et de la passion... Le père des fidèles nous condamnerait de traiter avec cette légèreté le premier empire du monde... D'ailleurs, si le peuple a de justes reproches à faire à Alexis, en est-il de même pour Isaac?... Ce vieillard vénérable n'a-t-il pas le premier blâmé son fils de ses excès et cherché à le ramener dans une voie meilleure?... N'a-t-il pas réclamé sans cesse l'observation de la justice?... Nous pourrions donc consentir à enlever le pouvoir à Alexis, qui en

est effectivement indigne... Nous ne le pourrions pas pour
Isaac qui a su honorer la pourpre...

MURZUPHLE.

Comte, mon cœur partage votre sentiment... Isaac a
droit à mes respects... Je plains sa destinée... Mais il est
vieux et infirme, il est père... C'en est trop pour qu'il
puisse convenir à la situation... Seul, il ne peut soutenir
le poids du gouvernement... Sa main débile ne tardera
pas à laisser tomber le sceptre... Une foule d'hommes perfides et corrompus l'entoureront pour le tromper et le perdre... Réuni à son fils à qui il aura pardonné, nous verrons renaître les abus et les mécontentements... Vous aurez
un moment comprimé les révolutions; mais elles repren-
dront leur cours avec une fureur plus grande... Il faut à
l'empire un autre chef et une autre direction, comte... Il
lui faut un homme qu'il connaisse et qu'il aime, qui ait
sa confiance, mais qui sache se faire obéir... Je n'ose croire
que le ciel m'a départi toutes les rares qualités que les
temps rendent indispensables au chef de notre nation...
Mais cette nation m'a librement choisi... elle m'a confié
ses destins... Il y aurait lâcheté à moi de refuser un si pé-
rilleux honneur...

BONIFACE.

Le premier devoir du patriotisme, prince, vous ne pouvez l'ignorer, est de conserver la paix entre les citoyens...
Or, votre élévation au trône la troublerait infailliblement...
Elle serait la justification de toutes les prétentions, un
ferment d'incessantes discordes... Aussi n'hésitons-nous
pas à croire que vous y renoncerez, au moins temporaire-
ment... Laissez-nous, prince, sonder la situation... Rap-
portez-vous-en à notre sagesse et à notre prudence désintéressées...

Si l'empire vous désire bien réellement, s'il a besoin de
vos services, nous serons les premiers à aider à votre éta-

blissement.... Mais il faut que nous puissions agir en toute connaissance de cause...

MURZUPHLE.

Je vois, messeigneurs, que ma parole ne vous suffit point et que vous nourrissez contre moi une outrageuse défiance... Ainsi, vous, étrangers, venus d'hier dans nos murs, sans connaissance de nos mœurs politiques et de nos intérêts, vous prétendez, pour vous immiscer dans nos affaires, jouer à notre profit le rôle de modérateurs... Vous vous dites nos alliés, et vous nous traitez en peuple conquis... Vous vous dites les défenseurs de l'ordre, et vous entretenez perfidement l'anarchie parmi nous... Vous semblez vous faire scrupule de laisser tomber un empereur que le peuple rejette, et vous n'avez pas craint de nous dépouiller, de mettre nos temples au pillage, d'opprimer notre religion !... En un mot, vous affectez une mensongère impartialité quand il s'agit d'une dignité qui, appartenant au peuple, m'est donnée par le peuple, et vous vous établissez en même temps juges souverains, arbitres suprêmes de notre présent et de notre avenir !... A qui voulez-vous donc en imposer, seigneurs?... Pas à moi, sans doute, qui vous ai depuis longtemps devinés?... Ah! vous croyez éterniser votre domination sur nous?... Vous vous abusez, grands politiques!... Le terme en est venu... Amenés par un traître et combattus par un tyran sans talents et sans courage, vous avez pu pénétrer dans la cité de Constantin... Elle vous servira de tombeau, car vous n'en sortirez plus !... (Se tournant vers ses gardes.) A moi, guerriers ! Qu'on saisisse ces hommes et qu'ils soient gardés à vue jusqu'à ce que j'ordonne ce qu'il en faudra faire... (Les chefs croisés veulent résister.) Pas de résistance, messeigneurs! elle vous coûterait la vie!... Vos troupes, que, sous prétexte de les employer au rétablissement de l'ordre, j'ai fait envelopper par la multitude, sont, à l'heure qu'il est, désarmées et

12*

jetées garrottées en prison... C'est moi maintenant qui
aurai à régler votre rançon, messeigneurs... Je vous préviens qu'il me la faudra bonne!...

BAUDOIN.

Tu couronnes d'une digne manière tous tes forfaits, infâme!... Après avoir servi de bourreau à un usurpateur
cruel et sanguinaire... après l'avoir trahi pour t'attacher
à ses victimes revenues au pouvoir... après avoir aussi
trahi celles-ci à leur tour, en poussant l'une dans ses su-
perstitions, l'autre dans ses débauches et ses excès... après
avoir trompé le pauvre peuple, qui, dans ses souffrances,
croyait à tes paroles perfides et à tes promesses... après
avoir foulé aux pieds tout ce que les hommes ont de plus
respectable, jeté d'ignorantes populations dans la discorde
pour voler une couronne... voilà maintenant que tu em-
ploies la ruse et la violence contre les soldats de Jésus-
Christ!... Ce dernier trait manquait à ton histoire!...
Glorifie-toi, prince Murzuphle, tu as prouvé qu'une longue
carrière de vices et de crimes peut être parfois couronnée
par un constant succès!...

SCÈNE XXVII

LES PRÉCÉDENTS, HENRI, CHEVALIERS.

HENRI, fendant la foule.

Tu te trompes, frère... Le crime est toujours frappé tôt
ou tard... La justice de Dieu le veut ainsi... Ce noble empereur va en être un nouvel exemple!... Nous avons, grâce
à la juste défiance qu'il nous inspirait depuis longtemps,
déjoué toutes ses intrigues, fait échouer tous ses projets!...

MURZUPHLE.

Tu mens, chien!...

HENRI.

Cette parole te coûterait la vie si le supplice n'attendait

pas ta tête... Mais je ne veux pas priver le peuple d'un si réjouissant spectacle... Je méprise donc ton démenti et ton injure comme toi-même... Oui, messeigneurs, les vastes desseins de cette tête impériale se sont évanouis comme des rêves d'enfant... Il a suffi, pour cela, de percer l'obscurité de cette âme fermée à tout bon sentiment... Il a suffi de démasquer quelques fourbes et de soustraire la partie crédule des populations à ses entraînements et à ses violences... Maintenant, le peuple, contenu et désabusé, bénit notre prudence et maudit le conjuré coupable...

MURZUPHLE.

Une fois encore, te dis-je, tu mens!... Le peuple m'aime et ne souffrira pas que d'insolents aventuriers portent la main sur moi!...

HENRI.

Oh! certainement le peuple t'aime!... Tu vas voir comme il tendra les bras quand nous te précipiterons du haut de ta colonne triomphale!... Emmenez cet homme, chevaliers, d'importantes délibérations réclament nos instants...

On emmène Murzuphle et ses amis.

SCÈNE XXVIII

LES PRÉCÉDENTS, MOINS MURZUPHLE ET SA SUITE.

HENRI.

Nous sommes arrivés, messeigneurs, à une de ces crises où les empires se régénèrent ou s'abîment... Le peuple de Byzance, indécis et exalté, fatigué de ses incessantes convulsions et effrayé de ne point en apercevoir le terme, demande à grands cris un chef qui puisse guérir ses maux et le sauver de ses propres fureurs... Il cherche parmi les grands une main assez forte pour soutenir le sceptre de Constantin... Mais les grands se sont affaiblis, comme lui-même, dans la corruption universelle... Il n'en trouve pas

un qui lui inspire confiance entière... Si nous n'interve-
nons, son choix va s'égarer sur l'un des deux princes Ducas
et Lascaris... Tous deux, sans doute, sont dignes par leur
valeur des suffrages des Grecs; mais leur grande jeunesse et leur hostilité bien connue contre nous doivent
nous faire redouter de nouvelles et sérieuses difficultés si
l'empire leur échoit... Voyez, seigneurs, vous qu'une
expérience et une prudence consommées n'abandonnent
jamais, ce qu'il y a à faire dans d'aussi graves conjonctures...

DANDOLO.

Les fautes multipliées du jeune empereur m'avaient
fait prévoir, messeigneurs, que nous serions obligés d'en
venir un jour au partage de l'empire grec... Nous n'avons
plus que ce moyen de le conserver comme point d'appui
pour nos opérations d'Orient... Si l'empire nous échappe
et que les secours d'Occident nous manquent, notre ruine
est consommée... La nécessité nous fait donc une loi de
donner la couronne à l'un de nous... Désignons chacun
un certain nombre de nationaux et confions-leur le soin
d'élire celui qu'ils jugeront devoir être le plus utile sur
le trône de Constantin... Celui-là, de concert avec les chefs
de l'armée, déterminera les royaumes et principautés qui
relèveront de l'empire... De cette manière, l'unité ne sera
pas rompue, et nous pourrons tirer du territoire et des
populations toutes les ressources qui nous seront nécessaires, en cas d'insuffisance de forces ou d'échecs contre les
Sarrasins... Si ce plan vous agrée, messeigneurs, désignons nos grands électeurs et retirons-nous pour qu'ils
donnent sur-le-champ un chef à cette malheureuse nation
si agitée par les tempêtes politiques...

BAUDOIN.

Je suis convaincu, noble duc, que vous venez d'exprimer la pensée qui nous anime tous...

TOUS.

Oui! oui! nommons un empereur de Constantinople!...

DANDOLO.

Choisissons donc six Français et six Vénitiens, afin qu'ils
élisent celui qu'ils jugeront le plus digne d'occuper le trône
dans l'intérêt commun...

Dandolo, Baudoin et Montferrat désignent six ecclésiastiques français et six
nobles vénitiens, qui se groupent à droite[1].

DANDOLO.

Si ces choix sont ratifiés par tous les chevaliers présents,
laissons ces nobles frères délibérer en liberté...

MONTFERRAT.

Je n'en vois pas de plus intelligents de nos intérêts et
de plus dignes de nous représenter... Pensez-vous tous
ainsi?...

TOUS.

Oui! oui!... ils ont notre confiance!...

DANDOLO.

Alors, seigneurs et chevaliers, suivez-moi... Allons prier
le Saint-Esprit de les éclairer de ses divines lumières...

Tous sortent, excepté les électeurs et quelques chevaliers.

SCÈNE XXIX

LES DOUZE ÉLECTEURS, CHEVALIERS de service[2].

UN VÉNITIEN.

C'est du choix que nous allons faire, messeigneurs, que

---

[1] Les électeurs français étaient : les évêques de Soissons, de Troyes,
d'Alberstadt, de Bethléem, qui avait le titre de légat, l'archevêque d'Acre
et l'abbé de Loces, en Lombardie, depuis patriarche d'Antioche. Ceux
de Venise étaient les principaux officiers de la nation.

[2] Toutes les raisons données dans cette scène, par les divers électeurs
qui y prennent part, sont rigoureusement historiques.

dépendront l'avenir de l'empire Grec et la conquête de la
terre sainte... Il faut, pour porter la couronne de Constantin, un grand nom... pour gouverner son empire tombé
en décadence, un vigoureux génie et une grande prudence... Ce n'est pas l'amour de ma république et de ma
nationalité qui me dirige... Mais je ne vois que notre illustre doge qui puisse aspirer légitimement à nos suffrages...

UN PARTISAN DE MONFERRAT.

Le génie, les grands talents, la haute expérience, la
gloire sans pareille de votre illustre chef, sont assurément
au-dessus de tout éloge, seigneur... Mais il n'y a pas, dans
la question qui nous occupe, que les personnes à considérer... Il y a surtout la puissance nationale... Les États,
pour vivre dans une mutuelle sécurité, ont besoin d'une
certaine pondération... Celui qui devient trop puissant
tend, par la force même des choses, à absorber les autres;
car les sociétés, comme les individus, n'existent qu'à la
condition de se développer... La république de Venise, pro-
digieusement riche par son commerce, redoutable et invincible par sa robuste constitution politique, étend déjà
partout ses colonies et ses alliances... Ajouter l'empire grec
à ses innombrables possessions, c'est lui donner le sceptre
du monde et faire de toutes les nations ses vassales... Dans
l'intérêt de la justice, du progrès et de l'humanité, et au
point de vue d'une sage politique, le devons-nous?... Je
ne le pense pas, messeigneurs, et vous vous rangerez, je
n'en doute pas, à mon avis, en pesant avec réflexion les
raisons que je viens de vous déduire... Si je cherche, en
dehors du doge de Venise et du marquis de Montferrat,
quel peut-être le candidat français, je rencontre le comte
de Flandre... Mais le comte Baudoin, malgré sa bravoure,
son noble caractère et ses admirables vertus, réunit-il bien
tous les titres indispensables au prince qui doit gouverner
l'empire grec?... Non, messeigneurs; son titre, malgré la

gloire de sa lignée, n'est point assez illustre.... Il n'y a donc
que le noble et très-puissant marquis de Montferrat qui
puisse sérieusement fixer notre choix... Chef habile de
notre sainte expédition, les Grecs se sont accoutumés à le
reconnaître comme leur maître... En le nommant, nous
comblerons donc à la fois les vœux de notre armée, ceux
de la nation conquise et de tous les princes de l'Occident...

L'ÉVÊQUE DE SOISSONS.

Je ne veux pas contester, seigneurs, les titres des deux illustres candidats en faveur de qui vous venez de parler...
C'est principalement à Henri Dandolo que Venise doit cette
fortune qui s'est élevée si haut... Son génie politique donnerait, j'en suis sûr, à l'empire de Constantin, un éclat plus
resplendissant encore que celui de ses plus grands jours...
Personne non plus ne voudrait disputer au marquis de
Montferrat les éminentes qualités qui le distinguent et le
recommandent... Sa sagesse et sa modération répareraient,
je le crois, pour les Grecs, les malheurs de la guerre et
parviendraient à leur faire bénir leur défaite... Malheureusement ces deux candidatures sont absolument impossi-
bles, à cause des dangers ultérieurs qu'elles recèlent...
Non-seulement Venise deviendrait trop menaçante pour
les autres nations, si son doge était jamais empereur de
Constantinople; mais que deviendrait sa république elle-
même entre les mains d'un homme qui disposerait d'une
pareille puissance?... Qui pourrait répondre que Venise,
aujourd'hui reine des mers, ne deviendrait pas, par la suite,
une des simples villes de cet empire?... Si nos frères les
Vénitiens aiment sincèrement leurs institutions et sont
réellement jaloux de leur liberté, je livre ces réflexions à
leur patriotisme... Quant au marquis de Montferrat, dont
les possessions touchent au territoire de Venise, celle-ci le
verra-t-elle sans ombrage devenir empereur d'Orient?...
Le supposer serait admettre qu'elle a perdu l'intelligence

de son ambition ou qu'elle veut abdiquer son rang et ses avantages... Une politique prudente écarte donc, au même titre, l'un et l'autre de ces deux candidats... Mais, dites-vous, le comte de Flandre n'a point d'illustration suffisante pour monter sur le trône de Constantin... Je cherche, messeigneurs, sans le trouver, ce qu'il peut y avoir de fondé dans vos préventions... Le comte de Flandre, qui descend de Charlemagne, est parent des plus puissants monarques de l'Occident. Ses États, par leur population laborieuse et brave, par leurs richesses, par le système plein de sagesse du gouvernement qui les régit, valent mieux cent fois que maints royaumes que l'on vante... Les princes les plus puissants, vaincus souvent par lui, se félicitent et s'honorent en ce moment de son alliance... Partageant sans cesse les fatigues et les dangers des soldats, il en est chéri comme le modèle des héros... Il a su mériter l'estime des Grecs, qui, au milieu même des désordres de la conquête, l'ont toujours célébré comme le champion de la chasteté et de l'honneur... Le comte de Flandre n'est donc pas moins digne que ses émules d'occuper le trône de Byzance... Constantin ne saurait rougir de sang de Charlemagne... Au point de vue politique, je n'ajouterai qu'un mot, messeigneurs : L'élection du comte de Flandre ne peut raisonnablement porter ombrage à aucune puissance et aura l'éminent avantage d'intéresser à la gloire et au maintien du nouvel empire la nation belliqueuse des Flamands et des Français...

UN AUTRE ÉLECTEUR.

Je pense, messeigneurs, qu'une plus longue discussion est inutile parmi nous... Le temps presse, l'armée et le peuple attendent... Votons chacun selon notre conscience... Je vais recueillir les noms...

Il recueille successivement le vœu de chacun des électeurs, qui, à l'exception du Vénitien, nomment Baudoin. S'adressant alors à un chevalier de service :

Chevalier, allez dire aux princes et aux chevaliers de l'armée que l'élection est terminée, qu'ils peuvent se présenter pour en apprendre le résultat...

Le chevalier sort.

SCÈNE XXX

LES PRÉCÉDENTS.

L'ÉLECTEUR.

Nous avons été bien inspirés, soyez-en sûrs, messeigneurs, en faisant tomber notre choix sur le comte de Flandre...

L'ÉVÊQUE DE SOISSONS.

C'est un nom qui réunira toutes les sympathies...

UN VÉNITIEN.

C'est un empereur qui achèvera la conquête de la terre sainte...

UN AUTRE ÉLECTEUR.

Nous venons de voter le bonheur et la gloire de l'empire grec !...

SCÈNE XXXI

LES PRÉCÉDENTS, LES CHEFS DE L'ARMÉE, CHEVALIERS, SOLDATS, PEUPLE.

L'ÉVÊQUE DE SOISSONS.

Messeigneurs, guerriers de l'armée du Christ ! cette heure de la nuit qui vit naître le Sauveur du monde donne naissance à un nouvel empire, sous la protection du Tout-Puissant... Vous avez pour empereur Baudoin, comte de Flandre et de Hainaut [1].

[1] Formule historique de la proclamation.

DE TOUTES PARTS.

Vive Baudoin!... Vive l'empereur!... Vive l'empire!...

BAUDOIN.

Princes, guerriers, peuple!... en plaçant sur ma tête la première couronne du monde, Dieu m'a sans doute réservé à de grandes épreuves!... Je les accepte avec résignation... Puissent-elles n'être pas inutiles à la sainte cause que nous avons embrassée, aux peuples qui vont vivre sous mon autorité, et à moi-même!... Dieu, en appelant les rois à le représenter sur la terre, leur impose pour premier devoir d'être justes et bons... Je tâcherai de ne jamais l'oublier...

Le légat du pape lui donne la pourpre. Deux chevaliers portent le laticlave des consuls et l'épée impériale. Baudoin est élevé sur un bouclier d'or.

LE LÉGAT.

Rendons grâces à Dieu!... Il est digne de régner [1]...

DE TOUTES PARTS.

Il en est digne!... Il en est digne!...

LE LÉGAT.

N'oubliez pas, sire, que la vie passe comme une ombre et que les grandeurs humaines ne sont que néant... Employez votre temps à bien faire et n'usez du pouvoir que dans l'intérêt de vos peuples...

BAUDOIN.

Je prierai Dieu, mon père, de m'aider de sa grâce, et notre sainte Église de m'éclairer de ses conseils...

TOUS.

Vive la croix!... Vive l'empereur!...

BAUDOIN.

Je crois prudent, messeigneurs, de faire camper cette nuit l'armée dans Constantinople... Il ne faut pas que nos ennemis indisposent l'opinion et puissent réunir les fac-

---

[1] Cette formule est encore historique.

tieux.... Veillez donc à l'ordre et à la sécurité pendant que je pourvoirai moi-même, dans ce palais, à l'organisation politique de l'empire... Demain, nous aviserons aux grandes mesures qui doivent assurer notre conquête et la féconder...

Tous sortent, excepté Baudoin et quelques chevaliers.

SCÈNE XXXII

BAUDOIN, QUELQUES CHEVALIERS dans le fond.

BAUDOIN.

Je vais donc enfin peser d'un poids immense dans les destinées du monde?... Elles prendront désormais, je l'espère, un essor tout nouveau!... Cette civilisation à demi payenne encore des Grecs, qui donne lieu à tant de misères et à tant de vices, va enfin subir l'influence du vrai principe évangélique, principe d'amour destiné à faire de tous les hommes une famille de frères!... Quelle gloire d'être appelé à régénérer et à transformer définitivement le vieux monde!... Ah! que les efforts de cette noble tâche me seront doux!... Vous me fortifierez pour la remplir, Seigneur!... Avec votre divine protection toutes les difficultés s'aplaniront!... Et toi, Marie!... quel bonheur!... quel juste orgueil ne ressentiras-tu pas de voir ton époux grandir en puissance pour multiplier ses bienfaits?... Quelle ne sera pas la joie de ton noble cœur de soutenir mes travaux de tes adorables vertus!... d'attirer sur l'empire et sur mes entreprises les bénédictions du ciel!... Ah! voici que se lève enfin pour moi la véritable existence du chrétien : la lutte, l'épreuve, l'accomplissement du bien!... Mais où es-tu? pauvre Marie!... Quelle terre foulent tes pieds en ce moment?... Quels échos répètent tes soupirs et tes ennuis?... Quelle fatalité te retient loin de moi, quand mes compagnons d'armes me décernent le prix de ma va-

leur et de mes services?... Marie! Marie!... chère épouse !
me seras-tu rendue?...

SCÈNE XXXIII

LES MÊMES, UN BARON.

LE BARON.

Vous avez ordonné, sire, que toute nouvelle qui arriverait de Ptolémaïs vous fût sur-le-champ transmise... Un
chevalier, qui se prétend porteur de renseignements sur la
flotte de Hollande vient d'entrer dans Constantinople...
Vous plaît-il de le voir?...

BAUDOIN.

Assurément, baron... à l'instant même!...

Le baron sort.

SCÈNE XXXIV

LES PRÉCÉDENTS.

BAUDOIN.

Enfin!... vous voici donc, nouvelles tant désirées!...
Je vais savoir où est Marie, la voir bientôt peut-être?... O
félicité!... Vous me comblez, Seigneur!... Mon âme saura-
t-elle supporter sans ivresse tant de bonheurs réunis?...
Qu'il est lent à venir, ce chevalier!... Ignore-t-il donc qu'il
tient en ses mains la vie de l'empereur de Constantinople?... (Faisant quelques pas.) Mais où est-il?... Grand Dieu !
que les indifférents sont cruels!...

SCÈNE XXXV

LES MÊMES, LE BARON, LE CHEVALIER.

LE BARON.

Sire, voici le chevalier...

BAUDOIN.

Ah!... Soyez le bienvenu, chevalier... Vous m'apportez des nouvelles de la comtesse de Flandre?.. Parlez vite... Où est-elle?... Quand arrivera-t-elle à Constantinople?...

LE CHEVALIER.

Sire, la comtesse de Flandre n'avait pas encore paru à Ptolémaïs quand j'en suis parti... Plusieurs vaisseaux de la flotte de Jean de Nesle, sur l'un desquels elle se trouvait, ont été séparés des autres par une horrible tempête... On ignore encore ce qu'ils sont devenus...

BAUDOIN.

Ne me trompez pas, chevalier!... J'ai du courage... Sont-ils perdus?...

LE CHEVALIER.

Il a été impossible jusqu'à présent de l'apprendre, sire... Ils ont pu être jetés sur des côtes inconnues ou pris par des pirates... Peut-être même n'étaient-ils que retardés quand j'ai quitté le camp...

BAUDOIN, à lui-même.

Infortunée Marie!... Et c'est moi qui t'ai entraînée dans ces régions lointaines... (Au baron.) Baron, courez vite auprès du commandant de la flotte vénitienne et dites-lui que l'empereur lui demande trois vaisseaux bien armés pour aller à la recherche de l'impératrice...

LE BARON.

J'y cours, sire...

BAUDOIN.

Mais j'oubliais que vous m'apportiez des nouvelles, chevalier... Qu'y a-t-il?... Nos frères nous demandent sans doute des secours?... Peut-être de nouveaux désastres sont-ils venus les désoler?...

LE CHEVALIER.

En effet, sire, nos frères de la Palestine sont dans une grande perplexité... De toutes parts, les Sarrasins s'ar-

13

ment contre nous... Leurs soldats sont plus nombreux que les grains de sable du rivage... Nous n'avons à leur opposer que des troupes malades et épuisées... Nous ne sommes pas sans crainte, malgré notre bravoure et notre foi... Nos chefs m'envoient vers vous, sire, pour presser votre marche vers les contrées que nous occupons...

BAUDOIN.

Vous venez, chevalier, dans un moment où malheureusement nous avons encore bien besoin ici d'une force imposante... Dix mille hommes sont partis hier pour vous rejoindre... C'est tout, c'est plus peut-être que ce que nous pouvons vous donner... En effet, ce qui nous reste sera sans doute obligé de se diviser dans les provinces... Vous voyez quels dangers nous courrons, s'ils survient quelque soulèvement ou quelque difficulté... Il faut donc que le courage et la fermeté suppléent au nombre pendant quelque temps... Retournez à votre camp... Dites à nos frères que l'empire grec est à nous et que Baudoin en est le chef; qu'il nous faut quelques mois pour l'affermir et que nous irons nous réunir à eux dès qu'il y aura possibilité; ce qui, je l'espère, ne tardera pas trop...

LE CHEVALIER.

Le secours qui est en marche calmera suffisamment nos inquiétudes, sire... Avec lui, nous saurons tenir tête aux infidèles, si nombreux qu'ils soient... Si nous ne pouvons pas vaincre nous-mêmes, nous saurons du moins vous ménager la victoire...

BAUDOIN.

Vivons dans cette espérance, chevalier...

Le chevalier sort.

SCÈNE XXXVI

LES PRÉCÉDENTS.

BAUDOIN.

Marie, ma chère Marie a peut-être été engloutie dans les flots!... Me voilà seul pour supporter les épreuves qui s'apprêtent!... De graves difficultés ne peuvent manquer de survenir dans l'empire... Si nous sommes contraints de nous épuiser pour réduire les factions, que deviendront nos amis de Palestine et de Syrie?... Et si notre expédition échoue encore comme les précédentes, qui surmontera le découragement de nos peuples d'Occident?... O Philippe! noble frère, aurais-tu mieux compris que nous tous la situation et l'avenir?...

SCÈNE XXXVII

LES PRÉCÉDENTS, PRINCES ET CHEVALIERS.

LE BARON.

Sire, d'inquiétantes nouvelles viennent d'arriver des provinces de l'empire... Les Bulgares, que l'empereur Alexis a laissés imprudemment s'avancer sur ses frontières, se sont emparés d'Andrinople, et se préparent, secondés par des mécontents, à marcher contre nous... Leur armée est nombreuse... Devons-nous les attendre ou aller à leur rencontre?...

BAUDOIN.

Ce que vous m'apprenez là est-il bien certain, baron?... Comment les Bulgares, qui se sont jusqu'à présent tenus dans la neutralité, prennent-ils aujourd'hui parti contre nous?... Auraient-ils avec les factieux de Constantinople de secrètes accointances?...

LE BARON.

Les factieux de Constantinople n'existent plus, sire... Murzuphle, se croyant maître de l'empire après son accla-mation par la populace, a étranglé de ses propres mains Alexis... Nous avons, nous, condamné le traître et le meur-trier à être précipité du haut de la colonne la plus élevée de la ville... Le vieil Isaac est mort subitement en appre-nant sa ruine... Quant aux chefs subalternes du parti grec, nous les tenons en lieu sûr... L'entreprise des Bulgares ne s'appuie donc que sur les calculs ambitieux de leur roi... Joanice est un fourbe hardi et cruel, qui sait emprunter tous les masques, pratiquer toutes les tra-hisons pour arriver à ses fins... Que devons-nous faire, sire?...

BAUDOIN, réfléchissant.

Réunir nos forces, marcher à sa rencontre et le con-traindre d'accepter le combat... Ces barbares, sans doute mal armés, quoique assez aguerris, ne soutiendront pas le choc de nos phalanges... Ce coup audacieux ne laissera pas aux factions des provinces et de la capitale le temps de se reconnaître, de s'organiser et de se réunir à nos en-nemis... Approuvez-vous mes plans, seigneurs?...

UN BARON.

Nous avons pensé qu'un puissant moyen de retenir les populations et de les attacher à votre gouvernement serait, sire, de vous montrer à elles... Lorsqu'elles verront cette noble face et qu'elles entendront cette voix où vibre l'hon-neur... lorsqu'elles reconnaîtront que leur nouvel empe-reur n'est point un ambitieux corrompu, comme ses pré-décesseurs, mais un héros plein de grandeur, et dévoué, avant tout, aux intérêts de l'humanité, nul doute qu'elles

ñe passent de l'indifférence ou de l'hostilité à l'enthousiasme... Pendant que vous accomplirez cet utile voyage,
sire, nous nous porterons au-devant des Bulgares avec
nos meilleures troupes... Soyez sûr qu'ils hésiteront à
nous présenter le combat...

BAUDOIN.

Votre avis est bon, messeigneurs... Je tâcherai, en le
suivant, d'organiser profitablement les ressources de l'empire... Puisque nous voulons le sauver, il est bien juste
qu'il contribue en quelque chose à nos efforts... Avant
d'entreprendre cette nouvelle expédition, mes braves compagnons d'armes, nous avons à récompenser vos services
et à pourvoir au gouvernement des diverses parties du territoire... Nous avons cru devoir attribuer à chacune des
deux nations ce qui peut le mieux lui convenir... La Bi-
thynie, la Romanie, Thessalonique, toute la Grèce, depuis
les Thermopyles jusqu'au cap Sunium et les plus grandes
îles de l'Archipel, passeront sous la domination des Français... Les Cyclades, les Sporades, les îles de la côte orientale
du golfe Adriatique, les côtes de la Propontide et celles du
Pont-Euxin, les rives de l'Hèbre et du Vardas, les villes de
Cypsèdes, de Didymomique, d'Andrinople, les contrées ma-
ritimes de la Thessalie, etc., appartiendront aux Vénitiens...
Notre noble frère le marquis de Montferrat, à qui les terres
situées au delà du Bosphore et l'île de Candie constitueront
un royaume, veillera au partage des possessions françaises...
Le puissant duc de Venise, que nous créons despote ou prince
de Romanie et que nous dispenserons, par insigne faveur,
de rendre à l'empereur foi et hommage, réglera les parts
des nobles chevaliers ses compatriotes... Maréchal de Champagne, vous êtes désormais maréchal de Romanie... Vous,
comte de Saint-Pol, je vous fais connétable de l'empire...
Maintenant séparons-nous, messeigneurs, vous pour rassembler l'armée qui doit marcher contre Joanice, moi pour

13.

visiter les principales provinces de l'empire, avant de vous réjoindre...

Au moment où ils vont sortir, une femme se présente ; elle est pâle, amaigrie, se soutient à peine.

SCÈNE XXXVIII

LES PRÉCÉDENTS, MARIE.

MARIE.

Reconnaissez-vous votre dame, mon noble époux ?...

BAUDOIN.

Marie !... (Ils se jettent dans les bras l'un de l'autre.) Revenez-vous du ciel, ma chère âme ?...

MARIE.

Non, mon noble époux, c'est plutôt de l'enfer que je sors, car j'ai souffert tous les tourments depuis que nous nous sommes séparés...

BAUDOIN.

Et je n'étais pas là pour vous protéger ou pour partager vos douleurs !...

MARIE.

J'étais soutenue par l'espérance de vous revoir un jour, mon doux seigneur...

BAUDOIN.

Chère épouse !... dans quel état je vous revois !... Ah ! que l'incertitude de votre sort m'accablait !... Combien ces grandeurs nouvelles m'eussent été insupportables sans vous !... Mais vous m'êtes rendue !... Je ne veux plus songer qu'à notre mutuel bonheur... Chère et tendre Marie !... c'est maintenant que la gloire va me devenir précieuse, puisqu'elle vous inondera de ses rayons !...

MARIE.

Le cœur de votre Marie ne s'endurcira pas dans les pom-

pes impériales, mon noble seigneur... Elle considérera que
les devoirs de sa charité seront plus étendus et qu'elle ne
pourra mieux vous faire honneur que par une plus parfaite bonté et de plus grandes vertus!...

BAUDOIN.

Ange adorable!... c'est Dieu qui te ramène à moi!...
Il n'a pas voulu, ce Dieu dont j'ai si ardemment embrassé
la cause, que mon cœur demeurât désolé et sans force au
milieu de mon œuvre... Il n'a pas voulu que mon âme, ce
noble fruit de son amour, fût flétrie par les atteintes d'un
chagrin sans remède!... De quelles grâces vous comblez
votre indigne serviteur, ô mon Dieu!...

MARIE.

Oui, mon seigneur, le Dieu des chrétiens nous protége,
car il lit dans notre pensée... Il sait que nous ne cherchons
que sa gloire, que nous ne poursuivons qu'un triomphe,
celui de ses saintes volontés!...

BAUDOIN.

Allons rendre grâce à ce Dieu, messeigneurs, de l'heureux retour de l'impératrice de Constantinople... Que les
voûtes de Sainte-Sophie retentissent de nos chants!... Que
les prières de la plus pure et de la plus sainte des femmes
attirent sur nous tous les bénédictions du Très-Haut!...
Demain, rafraîchis et fortifiés par ces pieux exercices, nous
nous mettrons en marche contre l'ennemi... Maintenant
que l'impératrice veille sur nos destinées, nous n'avons
plus rien à craindre... Le victoire et l'avenir sont à nous!...
A Sainte-Sophie! messeigneurs...

TOUS.

A Sainte-Sophie!... Gloire à Dieu!... Vive l'impératrice!..

FIN DU DEUXIÈME ACTE.

ACTE TROISIÈME

PERSONNAGES DU TROISIÈME ACTE

BAUDOIN, empereur de Constantinople.
ISMEN, ombre de l'ancien magicien de Jérusalem.
LE MARÉCHAL de Romanie.
JOANICE, roi des Bulgares.
LE CHEVALIER DE BÉTHUNE.
OFFICIERS de l'armée croisée.
CHEFS ET SOLDATS bulgares.

MARIE, impératrice de Constantinople.
LA REINE des Bulgares.
ASPASIE, femme de Marie.
SUIVANTES.

amp d'Andrinople, 1205.

ACTE TROISIÈME

Le camp de Baudoin en vue d'Andrinople. Il fait encore nuit, Baudoin est seul dans sa tente.

SCÈNE PREMIÈRE

BAUDOIN, CHEVALIERS aux portes de la tente.

BAUDOIN.

Les passions diviseront donc toujours les hommes!... Les plus hautes intelligences, les plus grands cœurs ne sauront donc pas mieux s'en affranchir que le vulgaire!... Ces ressorts divins que l'auteur des choses a mis au fond de l'âme humaine tourneront donc sans cesse à sa honte et à sa damnation, tant que l'œuvre du Christ ne sera pas accomplie!... Tout sera donc enfin pierre d'achoppement pour cette pauvre humanité déchue, même ce qui devrait le plus contribuer à sa vraie gloire!... O orgueil!... ô ambition!... tristes fruits d'une dignité qui ne veut pas croire à son néant! combien vous aveuglez les malheureux mortels!... Ils ne s'aperçoivent pas que votre culte les avilit au lieu de les élever, les dégrade au lieu de les ennoblir!... Ils ne comprennent pas que cet amour des fausses grandeurs est le prisme enchanteur dont se sert le démon pour séduire les faibles!... Faiblesse, erreur, séduction!... tels sont, hélas! les trois mots qui résument toute l'histoire de l'homme tombé!... O Seigneur! je vous rends grâce de m'avoir tendu la main pour me soutenir dans le sentier si glissant de cette vie !... Car, vous le savez, vous devant qui notre âme ouvre ses plus profonds replis, ce n'est pas pour une pompe menteuse et pour un vain renom que j'ai accepté le premier rang parmi les princes de la terre... J'ai eu d'autres vues qu'une puérile satisfaction, d'autres projets que celui d'illustrer ma race et ma descendance... J'ai reçu, Seigneur, le sceptre impérial comme un fardeau qui devait soulager les peuples, comme un pouvoir dont l'usage devait être utile à tous, grands et petits... Permettrez-vous que j'accomplisse ma tâche telle que je l'ai conçue et sans me laisser décourager par les clameurs de l'ignorance et de la malignité?... Envoyez donc alors, Seigneur, votre esprit de force, de sagesse et d'amour à mes nobles compagnons d'armes!... Que la division se retire d'eux, que la confiance renaisse parmi nous, que le concert et l'unité se rétablissent dans nos efforts.... C'est ainsi que nous pourrons étouffer les factions qui déchirent l'empire et vaincre les infidèles...

S'adressant à un des chevaliers qui veillent à l'entrée de sa tente.

Chevalier, mandez sur-le-champ le maréchal de Romanie... (*Le chevalier s'en va.*)

Voyons s'il ne lui est pas arrivé quelques nouvelles... Montferrat! Montferrat! était-ce de toi que je devais attendre tant d'inquiétudes?... Ton grand caractère devait-il fléchir si déplorablement devant d'injustes et absurdes soupçons?...

SCÈNE II

BAUDOIN, LE MARÉCHAL DE ROMANIE.

LE MARÉCHAL.

Sire, je me rends à votre appel...

BAUDOIN.

Je suis inquiet des événements de l'intérieur, maréchal... La rupture imprudente, coupable du roi de Thessalonique m'alarme plus que les innombrables soldats de Joanice... Avez-vous appris quelque chose des dispositions de Montferrat?...

LE MARÉCHAL.

Le roi de Thessalonique, sire, est un homme sage qui reconnaîtra que ses amis l'ont abusé en lui montrant sous un jour hostile votre visite dans ses États...

BAUDOIN.

Mais cette visite, n'avais-je pas le droit de la faire?... Le royaume de Thessalonique, comme toutes les autres provinces de l'empire, ne me doit-il pas foi et hommage?...

LE MARÉCHAL.

Assurément, sire... Le marquis de Montferrat lui-même ne saurait le contester... Mais vous savez comme les langues perfides enveniment tout... On a fait entendre au marquis que votre intention secrète était de lui reprendre le royaume qui lui était échu... sa loyauté a été indignée à cette idée...

BAUDOIN.

La mienne ne devrait-elle pas l'être, qu'il ait pu me supposer capable d'une lâcheté pareille?...

LE MARÉCHAL.

J'en conviens, sire... Mais il y a, dans la vie, de malheureux moments où l'on croit volontiers au mal et où l'on se laisse emporter comme des fous à la colère et au ressentiment... Soyez assuré néanmoins, sire, que le roi de Thessalonique aura honte de ses projets de vengeance et qu'il rentrera dans la raison et le devoir...

BAUDOIN.

Puissiez-vous dire vrai, maréchal!... En attendant, nos forces ici sont très-insuffisantes et nos ennemis tirent habilement parti de nos dissensions...

14

LE MARÉCHAL.

Ils apprendront, par là, à estimer plus haut encore notre courage, sire...

BAUDOIN.

Vous pensez donc, maréchal, que le marquis de Montferrat va faire sa paix avec nous et nous envoyer très-prochainement des secours?...

LE MARÉCHAL.

Je n'en doute pas, sire... Et si Joanice diffère encore quelques jours à nous offrir le combat, il est perdu, malgré ses nombreuses cohortes...

BAUDOIN.

Allons, maréchal, puissent les choses tourner comme vous dites, quant au roi de Thessalonique ; mais nous ne devons point espérer que la colère du roi des Bulgares soit patiente, après le dédain que nous avons fait de son amitié... Nous avons en lui un ennemi irréconciliable... Il nous poursuivra jusqu'à la consommation de sa ruine ou de la nôtre... Nous devons donc nous disposer à combattre avec acharnement... C'est ici qu'il faut vaincre ou mourir... Ne négligez rien, maréchal, pour enflammer le courage de nos guerriers...

LE MARÉCHAL.

Tous feront leur devoir et se comporteront en héros, sire...

Le maréchal se retire.

SCÈNE III

BAUDOIN, seul.

Le maréchal a raison, les princes n'ont pas de plus dangereux ennemis que les flatteurs... Les flatteurs gâtent tout... Rien ne les arrête... ni l'intérêt de celui qu'ils encensent, ni le repos de la patrie, ni même l'existence des empires... Le courtisan ne voit que l'heure présente... Pour obtenir les faveurs de son maître, participer au trésor public, revêtir une dignité nouvelle, il immole sans hésiter l'avenir et toutes ses promesses... Qu'importe le lendemain au courtisan qui n'est pas sûr d'en jouir?... Pourquoi ménagerait-il l'idole du moment?.... Toutes les puissances, quelles qu'elles soient, ne sont-elles pas égales à ses yeux?... Misérable chose que la grandeur!... Elle engendre, comme la misère, le parisitisme et la vermine... Les princes et les rois sont dévorés comme les pauvres... La seule différence entre eux, c'est que le pauvre cherche et détruit sa vermine, tandis que les grands font pulluler la leur et ne l'engraissent jamais assez !... Mais le marquis de Montferrat, ce noble et intelligent chevalier, ce sage chrétien qui sait voir le monde tel qu'il est et l'estimer ce qu'il vaut, a-t-il pu tomber sérieusement dans les piéges de cette tourbe de flatteurs qui environnent tout trône ancien ou nouveau?... A-t-il pu oublier sa clairvoyance, sa sagesse, pour écouter les discours de la malveillance et de l'envie?... Non, cela est impossible... Encore une fois, le maréchal a raison, le roi de Thessalonique reconnaîtra ses torts et les réparera...

Pendant ce monologue de Baudoin un vieillard s'est introduit dans sa tente.

SCÈNE IV

BAUDOIN, LE VIEILLARD.

LE VIEILLARD, interrompant Baudoin.

Et quand le roi de Thessalonique reviendrait à toi de cœur, qu'en résulterait-il ?... Aurait-il maintenant le temps de t'envoyer des secours?... Ne t'en flatte pas... En te brouillant avec lui, tu as joué ta couronne d'hier et tu l'as perdue... Le destin, qui, dans ses éternels arrêts, t'avait

condamné à une chute mémorable, ne t'a élevé si haut
que pour qu'elle fût plus terrible...

BAUDOIN.

Qui es-tu donc, téméraire vieillard, pour oser tenir ce
langage à l'empereur de Constantinople?...

LE VIEILLARD.

Je suis un vieil ennemi de ta race et de ton Dieu...

BAUDOIN.

Apprends, vieillard, que ma race et mon Dieu n'ont
d'ennemis que ceux que tolère leur mépris...

LE VIEILLARD.

Je sais que ta race est brave et que ton Dieu est puissant... Je n'ignore ni leur orgueil, ni leur jalousie ; mais
il est des ennemis moins faciles à vaincre et à détruire que
tu ne l'imagines...Je suis du nombre... Prends-en donc ton
parti... Tu ne peux rien contre moi... Je connais ton passé
et ton avenir... Je puis t'annoncer ce qui t'arrivera... Je
puis dérouler devant toi les événements qui se rapportent
à la cause que tu as embrassée... Je puis enfin t'ouvrir le
livre où sont écrites tes destinées... Le veux-tu?...
Parle...

BAUDOIN.

Tu es donc magicien?...

LE VIEILLARD.

Peut-être...

BAUDOIN.

Tant pis si tu l'es, car je ne crois pas à ton art...

LE VIEILLARD.

Je le sais...

BAUDOIN.

Tu es au moins sagace...

LE VIEILLARD.

Je suis mieux que cela...

BAUDOIN.

Oui, tu sais tout, s'il faut t'en croire..

LE VIEILLARD.

Comme tu dis, je sais tout...

BAUDOIN.

Eh bien! garde ta science et me laisse la paix...

LE VIEILLARD.

Je ne suis point venu pour cela...

BAUDOIN.

Alors, que te faut-il?...

LE VIEILLARD.

Quelques moments d'entretien...

BAUDOIN.

Et si je ne voulais pas te les accorder?...

LE VIEILLARD.

Je saurais t'y contraindre...

BAUDOIN.

Vieillard, tu es plaisant...

LE VIEILLARD.

Tu es d'un goût facile, toi...

BAUDOIN.

Oui, ton audace me plaît... Elle me décide à te donner audience... Mais abrégeons, car le jour va paraître, et des soins plus sérieux me réclameront tout entier.

LE VIEILLARD.

Abrégeons, j'y consens... je suis peu dans l'usage de conférer à la lumière... je ne visite que la nuit ceux que je favorise de mes entretiens...

BAUDOIN.

C'est plus solennel et moins compromettant...

LE VIEILLARD.

C'est conforme aux ordres de mon maître...

BAUDOIN.

Soit... Enfin, que veux-tu m'apprendre?... J'écoute...

14.

LE VIEILLARD.

Il y a plus d'un siècle déjà que vos ancêtres sont venus
dans nos contrées sans réussir à nous en chasser... Plusieurs générations dorment dans les sables de la Palestine,
de la Syrie et de l'Égypte... Peuples et climat, nous nous
sommes constamment défendus avec avantage contre vous...
Nous continuerons, et vous n'implanterez jamais votre règne odieux parmi nous...

BAUDOIN.

Ce sont là des prédictions assez vagues... Elles n'expo-
seront pas ta réputation à pâlir... J'ai entendu dernièrement à Constantinople des intrigants de ton métier qui
étaient plus audacieux et plus précis...

LE VIEILLARD.

Je le sais... Tu leur as dit, comme à moi, que tu ne
croyais point à leur science...

BAUDOIN.

Il paraît que tu fais partie de leur bande...

LE VIEILLARD.

Non... J'étais présent à votre entretien devant le vieil
Isaac... Je suis partout où l'on s'occupe de magie...

BAUDOIN.

Je te plains... Tu es condamné à voir et à entendre bien
des sottises...

LE VIEILLARD.

Pas tant que tu le supposes... Te souviens-tu de l'adieu
que t'a jeté l'astrologue de l'empereur Isaac, quand tu
l'as chassé de ta présence?...

BAUDOIN.

Les paroles de tes pareils ont assez peu d'importance
pour moi...

LE VIEILLARD.

« Le temps approche, t'a-t-il dit, où, touché de l'aile

du malheur, tu redouteras la science qui lit dans les destinées et peut y jeter, à son gré, soit le trouble, soit l'harmonie... »

BAUDOIN.

Eh bien?...

LE VIEILLARD.

Eh bien! ce temps s'est approché si vite qu'il est presque présent... Le malheur plane sur ta tête, il te touche de son aile fatale, bien que tu ne le sentes pas...

BAUDOIN.

Magicien, tes phrases vides et emphatiques me fatiguent et m'importunent... Si tu n'as rien de mieux à me dire, tu peux chercher un autre auditeur...

LE VIEILLARD.

Mais ce que je t'annonce est pourtant assez sérieux... Mille autres à ta place y songeraient avec inquiétude... Il est vrai que tu es à la fois trop philosophe et trop chrétien pour croire aux paroles d'un homme qui prétend pénétrer l'avenir... Vous n'admettez guère, vous autres dévots, de concurrence à votre Dieu dans la science des destinées... Cependant Lucifer, mon maître, en sait là-dessus autant que lui... Si ton Dieu a le domaine du ciel, mon démon, à moi, a celui de la terre...

BAUDOIN.

Enfin, que me veut-il, ton démon?...

LE VIEILLARD.

Il veut te détourner de cette crédulité qui te fait descendre au rang des esprits faibles...

BAUDOIN.

Ah! l'idée est bouffonne... Et quel moyen compte-t-il employer pour cela?...

LE VIEILLARD.

L'influence des événements arrêtes par le destin...,

BAUDOIN.

Et ton démon a la folie de croire que Baudoin succombera aux épreuves qui l'attendent?...

LE VIEILLARD.

Il en est sûr...

BAUDOIN.

Fussent-elles les plus terribles qu'ait pu imaginer l'enfer, ton maître se trompe, esclave...

LE VIEILLARD.

Nous verrons ton courage à l'œuvre...

BAUDOIN.

Il saura mépriser les efforts de toutes vos légions de fantômes...

LE VIEILLARD.

Si tu avais voulu pourtant!...

BAUDOIN.

Quoi?...

LE VIEILLARD.

T'unir à nous...

BAUDOIN.

J'avais ouï dire que les diables avaient de l'esprit...

LE VIEILLARD.

Quelle gloire tu aurais recueillie!...

BAUDOIN.

Tes séductions sont bien misérables!...

LE VIEILLARD.

Nos légions auraient combattu pour toi, comme elles ont combattu pour les Sarrasins depuis un siècle...

BAUDOIN.

Tu oublies donc que si vous prêtez votre infernal concours aux infidèles, les anges nous couvrent de leur protection?...

LE VIEILLARD.

Les anges vous ont-ils assuré la victoire?...

BAUDOIN.

Tes démons nous ont-ils ôté la persévérance ?...

LE VIEILLARD.

Les anges vous ont-ils instruits à la prudence et à la vertu ?...

BAUDOIN.

Tes démons ont-ils obscurci notre foi ?...

LE VIEILLARD.

Conviens donc alors que l'issue de la lutte est au moins douteuse...

BAUDOIN.

Elle peut l'être pour vous, damnés, qui ne croyez qu'au mal... Elle ne saurait l'être pour nous qui savons que l'éternité appartient seule au bien...

LE VIEILLARD.

Tes opinions changeront à cet égard, grand empereur... Les revers se chargeront, encore une fois, de t'instruire...

BAUDOIN.

Les revers peuvent révolter les méchants... Ils ne font qu'épurer ceux qui cherchent sincèrement Dieu...

LE VIEILLARD.

Apprête-toi donc à recevoir la pâle auréole des anges, puisque tu dédaignes l'un des plus beaux royaumes de notre empire, car c'est aujourd'hui même que vont commencer des épreuves qui ne finiront qu'au bout du quatrième lustre... Tu verras, pendant ce long intervalle de temps, combien est redoutable notre puissance, et tu comprendras ce que peuvent espérer les folles générations que vous entraînez à votre suite...

BAUDOIN.

Je verrai la religion grandir, les cœurs se moraliser, et la fureur de ton infernal maître tomber de plus en plus dans l'impuissance...

LE VIEILLARD.

Non, Baudoin, tu n'assisteras pas à ce spectacle : c'est Ismen, le vieux magicien de Jérusalem, qui te le prédit... Quoi que fassent Dieu et les hommes, le monde nous appartiendra toujours...

BAUDOIN.

Tu oses, vil imposteur, te faire passer à mes yeux pour ce vieillard extraordinaire qui conseillait Soliman et à qui on attribuait tant de miracles, lors du siége de la ville sainte par Godefroi de Bouillon?...Tu es donc immortel?...

ISMEN.

Le roi des enfers, plein d'admiration pour mes vastes et merveilleuses connaissances, m'a pris pour un de ses ministres... Mon art et mon pouvoir se sont encore accrus depuis que la mort m'a ravi aux conditions terrestres... Ah! les hommes ne savent pas ce qu'ils perdent en refusant d'adorer Lucifer!... Ils deviendraient aussi puissants qu'ils sont faibles et malheureux !...

BAUDOIN.

Ce n'est pas quelques vaines jouissances d'un moment que recherche le chrétien, mais le bonheur éternel, magicien... Porte donc ailleurs tes séductions grossières et tes piéges.. Portes-y aussi tes menaces et tes épouvantements... Nos ancêtres les ont méprisés... Comme eux, je les méprise... Va-t'en, damné !... Va cacher ton honteux amour du mal !... Le jour va paraître... La lumière du soleil est trop pure pour éclairer tes immondes conjurations... Va-t'en soulever l'enfer... Dieu et ses anges le confondront dans son orgueil et dans ses crimes... Au nom du Christ, retire-toi...

Il tire son épée, dont il touche Ismen, qui s'évanouit.

SCÈNE V

BAUDOIN, OFFICIERS DE L'ARMÉE.

BAUDOIN.

Eh bien ! maréchal, des secours nous arrivent-ils ?...
Vous a-t-on signalé, sur les routes, la présence de quelques cohortes ?...

LE MARÉCHAL.

Non, sire... Rien encore ne paraît, et aucunes nouvelles
ne nous ont été transmises...

BAUDOIN.

Eh bien ! nous remporterons seuls la victoire... Notre
gloire en sera plus belle... Depuis un siècle que nos pères
combattent les infidèles, ils n'ont jamais été si redoutables
que lorsqu'ils ont été en petit nombre... Nous suivrons
leur exemple et nous tâcherons de les égaler... N'est-ce
pas votre avis, messeigneurs ?...

TOUS.

Nous marcherons sur vos traces, sire...

BAUDOIN.

Seulement, mes amis, comme notre situation nous commande la prudence, écoutez bien mes instructions... Nous
n'offrirons par le combat aux Bulgares. Il n'est plus temps...
Nous les attendrons dans notre camp... Nous ne nous laisserons pas attirer dans leurs embuscades... Nous resterons
impassibles en présence de leurs sorties... Nous nous bornerons à les repousser, s'ils se présentent jusqu'à nos re-
tranchements et les attaquent... En un mot, nous ne donnerons rien aux chances d'une partie si inégale... Nous
fatiguerons l'ennemi jusqu'à ce que nos forces réunies nous
permettent de l'écraser... La défaite complète des Bulgares
est la tranquillité de l'empire, ne l'oublions pas...

LE MARÉCHAL.

Tous les guerriers de l'armée, sire, comprennent l'utilité, dans les circonstances actuelles, de s'associer à la circonspection de leur illustre chef... Vous serez obéi...

SCÈNE VI

LES PRÉCÉDENTS, LE CHEVALIER DE BÉTHUNE.

LE CHEVALIER.

Sire, un certain mouvement de troupes se remarque aux portes d'Andrinople et dans la plaine... Des escadrons semblent se disposer pour marcher sur notre camp... L'armée n'attend que vos ordres pour agir...

BAUDOIN.

Comment! ces barbares oseraient déjà nous attaquer!... Tant d'audace mérite un juste châtiment!... Un grand jour se prépare peut-être, nobles chevaliers... Soyons dignes des circonstances et de la cause que nous servons... A nos postes, mes amis!... Suivez-moi et que chacun de vous fasse son devoir avec héroïsme...

Ils sortent tous, excepté le chevalier qui a apporté la nouvelle.

SCÈNE VII

LE CHEVALIER DE BÉTHUNE, seul.

Pauvres croisés!... noble empereur! quel coup va fondre sur vous!... Que de sang va couler sur ces sables stériles qui ne recèlent que la mort pour les Européens!... O souverains de l'Occident! soyez heureux... Votre ambition va enfin recueillir le prix de ses longs et laborieux efforts!... Et vous, saints martyrs, apprêtez-vous à recevoir la palme d'immortalité!... Votre glorieuse tâche touche à sa fin !... Ah ! faut-il que les fautes des chrétiens aient obligé la justice de Dieu à reculer encore dans un lointain avenir la conquête de la terre sainte !... Noble empereur ! ton règne ne devait-il briller un jour que pour disparaître le lendemain !...

SCÈNE VIII

LE PRÉCÉDENT, L'IMPÉRATRICE, suivie de ses femmes.

Elle entre dans la tente impériale aux derniers mots du chevalier.

L'IMPÉRATRICE, s'approchant précipitamment.

Que dites-vous, chevalier ?... De qui parlez-vous ?... S'agit-il de l'empereur, mon auguste époux ?... Courrait-il des dangers ?... Le sort de la bataille serait-il incertain ?... La fortune semblerait-elle pencher en faveur de nos ennemis ?... Oh ! ne me cachez rien, chevalier... Si le malheur nous frappe, ne craignez pas de m'en montrer toute l'étendue... Mon cœur est résigné à tout... Je ne suis point accourue ici, poussée par de fâcheux bruits et par de funestes pressentiments, pour que l'on hésite à me dire la vérité !... Où est l'empereur ?... Conduisez-moi près de lui, où je vais le chercher seule et au hasard dans la mêlée !...

LE CHEVALIER.

L'empereur, entouré de ses officiers, est à la tête de son armée, illustre princesse... Les Bulgares s'avancent vers notre camp pour nous provoquer vraisemblablement ; mais le combat n'est sans doute pas encore engagé... La prudence de notre général égale son courage... Il n'exposera ni sa personne ni ses soldats dans une poursuite téméraire... Rassurez-vous donc, illustre princesse... Vous ne pouvez tarder à apprendre l'issue favorable de cette journée... J'aurai moi-même le bonheur, si vous l'ordonnez,

15

d'aller chercher les nouvelles qui doivent calmer vos esprits...

L'IMPÉRATRICE.

Allez, chevalier... Volez sur les traces de l'empereur, et revenez vite dissiper mes alarmes...

Le chevalier sort.

SCÈNE IX

L'IMPÉRATRICE, SES FEMMES.

L'IMPÉRATRICE.

Le combat n'est pas encore engagé !... Quels sont donc les traîtres qui ont fait courir, à Constantinople, des bruits si alarmants?... C'est donc ainsi, ô mon Dieu ! que ta sainte cause est livrée à la merci des méchants !... O mon noble époux ! à combien de poignantes épreuves est exposé votre grand cœur !... Mais votre mâle courage et votre admirable génie viendront à bout de tous les obstacles... Vous êtes trop indispensable à la cause de Dieu, de la religion et des peuples, pour succomber sous la trahison ou sous le glaive !... Vous triompherez pour que la justice ne soit pas éclipsée de la terre !... Vous triompherez pour soutenir de votre courage tous ces vaillants héros qui ont pris et prendront la croix !... Mais le chevalier ne revient pas... Que se passe-t-il donc?... (Elle va au fond de la tente pour voir si elle découvrira quelque chose. S'adressant à une de ses femmes :) Voyez donc, Aspasie, si quelqu'un ne s'approche pas pour nous informer de l'état des choses... (Aspasie sort). Ce retard me présage-t-il quelque désastre?... O mon Dieu ! vous qui veillez avec sollicitude sur toutes les créatures, même les plus infimes, permettrez-vous qu'il arrive malheur à une tête qui porte la première couronne du monde?... (Elle ne peut contenir son agitation.) Personne !... Pas de nouvelles !... Le combat s'est sans doute engagé avec acharnement... Oh ! quelles angoisses!... Que de sang, mon Dieu! pour acheter une victoire qui n'aura rien de décisif sur les destinées de l'empire et l'issue de la croisade!...

SCÈNE X

LES PRÉCÉDENTES, LE CHEVALIER, ASPASIE.

LE CHEVALIER, accourant.

Princesse!... peut-être il en est temps encore, partez, retournez à Constantinople... (Aux gardes du dehors.) Vite! un cheval à l'impératrice!...

L'IMPÉRATRICE.

Qu'y a-t-il, chevalier?... La défaite de notre armée?...

LE CHEVALIER.

Tout n'est peut-être pas encore désespéré, princesse... Mais nous ne pouvons vous laisser exposée aux dangers qui menacent le camp...

L'IMPÉRATRICE.

Ces dangers ne sont-ils pas mille fois plus grands pour l'empereur mon époux?...

LE CHEVALIER.

Les héros peuvent combattre et se défendre, princesse ; mais des femmes!...

L'IMPÉRATRICE.

Les femmes savent mourir quand il le faut, chevalier!...

LE CHEVALIER.

Princesse!... au nom du ciel! n'ajoutez point à nos alarmes en bravant inutilement les hasards de la lutte...

L'IMPÉRATRICE.

Elle est donc terrible!... (Le chevalier se tait.) Et vous voulez que je fuie en lâche, abandonnant mon époux à une mort certaine?... Quel conseil me donnez-vous donc, chevalier!...

LE CHEVALIER.

Celui de nous conserver au moins notre impératrice...

L'IMPÉRATRICE.

Vous n'aurez pas d'impératrice, si vous ne devez plus avoir d'empereur !... Je reste... Que dis-je ?... je cours où est mon époux !... Je veux lui faire un rempart de mon corps ou expirer à ses côtés, s'il n'est déjà plus...

LE CHEVALIER.

Princesse !... de grâce !... ne jetez pas la stupeur dans nos rangs en persistant à demeurer... En sûreté, vous prierez pour nous, et Dieu exaucera vos prières... Au milieu de nous, l'idée de votre salut préoccupera notre courage et diminuera ses chances de succès...

L'IMPÉRATRICE.

Vains discours, chevalier... Conduisez-moi sur le lieu du combat, ou j'y cours sans vous... Suivez-moi, amies !...

LE CHEVALIER.

Apprenez donc toute la vérité, infortunée princesse... Notre armée est cernée par la multitude des barbares de Joanice... Un carnage affreux est fait de nos soldats, qui combattent en héros, sans espoir d'échapper à la mort... Dans quelques heures le dernier aura peut-être expiré...

L'IMPÉRATRICE.

Que dites-vous ? ô ciel !... Et mon époux ? et l'empereur ?...

LE CHEVALIER.

Hélas ! princesse... accablé par le nombre, mais invincible comme un Dieu, il est tombé vivant au pouvoir de Joanice...

L'IMPÉRATRICE.

Juste ciel !... il respire !... Soyez béni, mon Dieu !...

LE CHEVALIER.

Oui, madame, il respire, mais il est prisonnier... pri-

sonnier d'un roi cruel qui voudra venger les affronts qu'il
a reçus de l'empereur de Constantinople...

LE CHEVALIER.

Oui, madame, notre empereur, espérons-le, nous sera
rendu... Mais il faut pour cela que vous retourniez en toute
hâte dans la capitale pour faire négocier la rançon de votre
époux... Songez qu'il restera peut-être seul de toute
l'armée...

L'IMPÉRATRICE.

Moi!... abandonner mon époux vaincu et dans les
fers!... Non, chevalier, ma place est près de lui... Mes
prières et mes larmes feront plus, croyez-le, que les am-
bassadeurs les plus habiles... Joanice accordera à mon
amour ce qu'il refuserait aux plus puissants de Constantinople...

LE CHEVALIER.

O noble et courageuse impératrice! vous vous perdrez
sans sauver votre époux... En vous tenant tous deux entre
ses mains, le roi des Bulgares se croira maître de l'empire
et se montrera inflexible... Qui sait même s'il ne considérera pas un double crime comme indispensable à l'exécution de ses projets... Fuyez, princesse, fuyez!... L'intérêt
de l'empereur vous l'ordonne... Ne compromettez pas, par
un dévouement sublime, mais imprudent, les dernières
chances qui nous restent dans cette triste situation...

L'IMPÉRATRICE.

L'intérêt qui ne s'accorde pas avec l'honneur et le dévouement est un mauvais calcul, chevalier... L'empereur
est captif... Je partagerai son sort... J'adoucirai l'amertume de ses jours, en attendant sa délivrance... Si le bar-

15.

bare odieux qui l'a abattu en lançant un monde sur lui se montre inaccessible à la générosité, je serai là pour distraire sa grande âme de ses douleurs et contenir son indignation... Si Dieu, dans ses décrets éternels, a décidé que le premier empereur latin de Constantinople doit périr victime de sa gloire et de sa foi... je serai là encore pour partager son supplice... Nos derniers regards transformeront notre martyre en extase céleste!...

LE CHEVALIER.

Hélas! c'en est donc fait!... Tout s'écroule à la fois, et fortune et triomphes!...

SCÈNE XI

LES PRÉCÉDENTS, TROIS SOLDATS BULGARES.

En voyant entrer les soldats ennemis, l'impératrice et ses femmes se rangent à droite. Le chevalier se tient à côté d'elles en avant.

PREMIER SOLDAT, appelant ses camarades.

Par ici, mes amis... Voici la tente de l'empereur!... A nous la meilleure part du butin!...

DEUXIÈME SOLDAT, s'avançant vers les femmes.

Moi, je prends les jeunes Grecques...

TROISIÈME SOLDAT.

Moi, je retiens les armes!...

PREMIER SOLDAT.

Et moi, c'est l'or qu'il me faut... L'or qui procure tout, armes, femmes et festins!... Mais, au fait, elles sont belles, ces Grecques... Le général chrétien n'a pas mauvais goût... ni toi non plus, camarade... Je n'accepte pas vos conventions... Nous partagerons tout, et le sort nous distribuera ces ravissantes créatures... De cette manière, nul n'aura de regret, et nous resterons bons amis... (A part.) Je tâcherai bien d'aider un peu la fortune... Elle n'aime pas qu'on soit indifférent à son égard...;

DEUXIÈME SOLDAT.

Il n'est plus temps, camarade... Il ne fallait pas consentir à ce que nous t'avons proposé...

PREMIER SOLDAT.

Mais s'il n'y a point d'or?...

DEUXIÈME SOLDAT.

Tant pis pour toi...

PREMIER SOLDAT.

J'aurai donc pénétré le premier ici et je vous aurai appelés pour rien?...

DEUXIÈME SOLDAT.

Cela ne me regarde pas...

PREMIER SOLDAT.

Cela me regarde beaucoup, moi... Je vais te le prouver... (Il se met en garde.)

TROISIÈME SOLDAT.

Eh bien ! n'allez-vous pas vous battre?... Est-ce ainsi
que l'un de vous deux entend réduire la part de l'autre?...
Vous êtes bien de véritables barbares !...

PREMIER SOLDAT.

Que t'importe, à toi?... Ce n'est pas ton affaire !...

TROISIÈME SOLDAT.

Si fait... puisque j'hériterai, comme le survivant, du
défunt...

DEUXIÈME SOLDAT.

Raison de plus pour nous laisser faire...

TROISIÈME SOLDAT.

A quoi bon? puisque j'ai un moyen plus simple d'arranger les choses à la satisfaction commune...

PREMIER ET DEUXIÈME SOLDAT.

Alors, parle donc, de suite !...

TROISIÈME SOLDAT.

Je n'ai même pas besoin de parler pour cela...

PREMIER SOLDAT.

Alors agis.

TROISIÈME SOLDAT.

A la bonne heure!... Vous vous disputez ces femmes... Je tranche la difficulté!... Je prends la plus belle et vous abandonne tout le reste...

A ces mots, il s'empare de l'impératrice.

LE CHEVALIER.

Arrête, misérable!... Ne porte pas la main sur l'impératrice de Constantinople!...

TROISIÈME SOLDAT.

L'impératrice?... Je joue de bonheur!... Je ne croyais pas mon lot si précieux!... Je m'en tiens à ce qui est dit, camarades...

L'IMPÉRATRICE.

Oseras-tu bien, infâme, soutenir le mépris de l'impératrice?...

TROISIÈME SOLDAT.

Tu le verras bien!

LE CHEVALIER, se précipitant sur les soldats.

Malheureux!... Vos outrages vont vous coûter cher!...

Les soldats l'attaquent avec fureur et le blessent. Il tombe.

PREMIER SOLDAT.

Tu vois que le prix n'est pas trop élevé!... La peine de te passer une fine lame au travers du corps!...

LE CHEVALIER.

Lâches bourreaux!... Nos frères de Constantinople vengeront tant d'infamie!...

Il semble s'évanouir.

TROISIÈME SOLDAT.

Allons, belles dames, il faut nous suivre... marchons... De si riches conquêtes commandent la prudence...

L'IMPÉRATRICE.

Tremblez, impies!... Votre roi saura comment vous avez traité l'épouse d'un empereur et d'un héros!...

TROISIÈME SOLDAT.

Le roi Joanice, madame, ne nous punira pas d'avoir imité son exemple... Sortons d'ici, il le faut...

Les soldats entraînent l'impératrice et ses femmes.

LE CHEVALIER, d'une voix éteinte,

Hélas! et ne rien pouvoir!...

SCÈNE XII

LE CHEVALIER, toujours évanoui, BAUDOIN, prisonnier, JOANICE, LA REINE, PLUSIEURS CHEFS ET SOLDATS BULGARES.

Pendant toute cette scène, la reine des Bulgares dévore Baudoin des yeux.

JOANICE.

Tu es donc en ma puissance, grand empereur qui as vaincu les Grecs et jeté au loin l'épouvante dans l'esprit des Sarrasins!... Que vais-je faire de toi?... J'eusse préféré te voir frappé mortellement dans le combat...

BAUDOIN.

Ta victoire est assez loyale pour que tu la couronnes d'un assassinat!... Tu as égorgé nos soldats, attirés dans une embuscade, en mettant dix barbares contre chacun d'eux... Tu peux bien m'immoler à ta soif de sang... Je t'appartiens... Dispose de moi...

JOANICE.

Il faut que je consulte mes intérêts... J'ignore encore si je gagnerai plus à te tuer qu'à te laisser vivre... En tout état de choses, tu es mon prisonnier... Mon orgueil jouira de te savoir là dans l'incertitude et dans les transes...

BAUDOIN.

Ton orgueil, comme tous les orgueils, se trompera... Je

serai aussi tranquille dans les fers que sur mon trône... Il
y a une chose que tu ne sais pas, Joanice : c'est que l'âme
du véritable chrétien est, partout et toujours, absolument
indépendante... C'est cette liberté qui constitue la divine
vertu du christianisme... Fais donc de mon corps ce que
tu voudras, mais ne te flatte pas d'atteindre mon âme...
elle est hors de ta portée comme de celle de tout homme...

JOANICE.

Le vent qui souffle dans les hautes régions de l'atmosphère n'est à craindre pour personne... on ne redoute que
celui qui, rasant la terre, peut détruire les moissons et
renverser les édifices... Il m'importe donc peu que ton esprit s'en aille planer sur les sommets de la pensée... Ce que
je ne veux pas, c'est que tu puisses t'en servir contre moi...

BAUDOIN.

Crois-tu donc que l'amour de la justice et de l'indépendance s'envoleront d'ici-bas avec le souffle qui m'anime?...
Me regardes-tu comme l'unique ennemi du despotisme?...
Penses-tu te débarrasser de tout danger sérieux en m'anéan-
tissant?... Insensé! rien ne saurait soustraire les choses
aux lois fatales qui les régissent... Il est dans l'essence de
l'iniquité de périr par son propre principe, comme il est
dans celle du bien d'aspirer à l'éternité...

JOANICE.

Tu veux, ce me semble, me faire la leçon?... Tu oublies
qu'un signe de ma main peut rendre à jamais ta bouche
muette...

BAUDOIN.

Feras-tu taire aussi les événements?...

JOANICE.

J'abattrai, s'il le faut, la tête du genre humain pour
obtenir le silence et laisser parler seules mes volontés souveraines!... Rien ne m'arrêtera dans mes projets, qui sont
de soumettre le monde!...

BAUDOIN..

Tu passeras, pauvre fou, avant même que d'avoir jeté les fondements de ton édifice d'extravagance... Il ne restera de toi qu'un nom exécré et maudit!...

JOANICE.

Empereur déchu de Constantinople, tu es devant ton vainqueur!... Sois humble et dispense-toi de ces vaines récriminations... Tu as mieux à faire de ton temps... Peut-être pourrais-tu regretter bientôt de l'avoir si mal employé... (S'adressant à ses soldats.) Soldats, vous me répondez sur votre tête du prisonnier impérial...

Il sort suivi de la reine qui ne peut détacher son regard de Baudoin. Un officier et plusieurs soldats restent pour garder l'empereur.

SCÈNE XIII

BAUDOIN, LE CHEVALIER DE BÉTHUNE, LES SOLDATS.

BAUDOIN.

Vous aviez donc décidé, dans votre suprême sagesse, d'abandonner aujourd'hui vos serviteurs, ô mon Dieu!... Que votre volonté soit faite!... La faible créature, qui n'est rien sans vous, ne murmurera point contre vos éternels décrets!... Elle sait qu'ils ont l'ordre et le bien pour fin...

LE CHEVALIER, l'interrompant.

Sire!...

BAUDOIN.

Qui m'appelle?...

LE CHEVALIER.

Moi, sire...

BAUDOIN, se retournant.

Toi, mon pauvre chevalier?... (Se penchant.) Tu es blessé?... Comment t'es-tu traîné ici!...

LE CHEVALIER.

C'est ici même que j'ai été blessé, sire... Mais il ne s'agit pas de cela... Je vais mourir... Ne vous occupez pas de moi...

BAUDOIN.

Mon pauvre chevalier !... Voyons ta blessure... Peut-être n'est-elle pas mortelle...

LE CHEVALIER.

Sire... l'impératrice est ici...

BAUDOIN.

L'impératrice !... Délires-tu ?...

LE CHEVALIER.

Non, sire... pas encore... L'impératrice est venue pour vous rejoindre... De grossiers soldats se sont emparés d'elle et l'ont emmenée pour l'outrager...

BAUDOIN.

L'impératrice ?... Et quelle direction a-t-elle prise ?...

LE CHEVALIER.

J'ai voulu la défendre...

BAUDOIN.

Et tu as été victime de ton dévouement !... noble chevalier !...

LE CHEVALIER.

Hélas ! je mourrais heureux si je pouvais être sûr qu'elle sera sauvée...

BAUDOIN.

Et ces soldats, quel chemin ont-ils pris ?... De grâce, chevalier, renseigne-moi !...

LE CHEVALIER, montrant la droite.

Ils se sont dirigés par là...

Il retombe sans mouvement.

BAUDOIN.

Oh ! je vais l'arracher de leurs mains ou mourir !...

Il veut s'élancer du côté indiqué, mais les soldats lui barrent le chemin.

Place, soldats, à l'empereur de Constantinople !...

Les soldats ne bougent pas. Il veut les forcer ; ils lui opposent leurs armes.

C'est juste!.. J'oubliais que vous êtes des bourreaux!...
O mon Dieu! vos épreuves commencent à dépasser mes
forces!...

SCÈNE XIV

LES MÊMES, LA REINE DES BULGARES, UN OFFICIER.

L'officier qui accompagne la reine fait reculer les soldats qui gardent Baudoin.
Celui-ci est plongé dans un morne abattement.

LA REINE.

Je t'ai vu, noble héros, et ton sort m'a touchée... Je
t'apporte des consolations... Écoute-moi... (Baudoin demeure
impassible.) Le roi, mon époux, est un ennemi implacable...
Tu as blessé son orgueil en repoussant son alliance... Maintenant qu'il t'a vaincu, et que ses forces lui permettent de
ne rien redouter des tiens, il se vengera longuement et
cruellement ; peut-être même te condamnera-t-il au dernier supplice... Je puis te sauver au péril de mes jours...
Le veux-tu?...

BAUDOIN.

Votre générosité me pénètre de reconnaissance, princesse... Mais je ne consentirai pas à vous entraîner dans
ma perte... Ce serait une mauvaise action ; car une reine
qui comprend ainsi que vous les devoirs de l'humanité,
promet de nombreux services à toutes les infortunes... Je
subirai, pour moi, les conséquences de ma défaite... Si le
roi des Bulgares se déshonore par une lâcheté sans exemple parmi les nations civilisées, cela le regarde... Mais il y
a un être que la Providence m'a confié et qui est devenu
l'ange visible de ma vie... C'est sur lui que j'appellerai
vos bontés... Promettez-moi, quoi qu'il arrive, de veiller
à son salut...

LA REINE.

Ta destinée est la seule qui m'intéresse, prince... Le

16

service que je t'offre exige un grand pouvoir et d'habiles précautions... Toi sauvé, tout le reste ne sera plus rien...

BAUDOIN.

Je comprends toute l'étendue de votre bienveillance, princesse... Mais il y a une existence qui m'est plus chère que la mienne, c'est celle de l'impératrice...

LA REINE.

Que peut avoir à craindre l'impératrice dans sa capitale?... N'aura-t-elle pas toujours le temps de fuir, si Joanice se présente pour l'assiéger?...

BAUDOIN.

Hélas! reine, l'impératrice n'est pas dans sa capitale... Accourue ici sur de perfides nouvelles, sans doute, de féroces soldats s'en sont emparés...

LA REINE.

Il ne lui sera fait aucun mal...

BAUDOIN.

Ce n'est point assez, reine... Il faut qu'elle soit libre à l'instant même...

LA REINE.

Eh bien! elle va l'être...

BAUDOIN.

Il faut que j'aie la certitude qu'elle est retournée à Constantinople...

LA REINE.

Tu l'auras... Mais, si je te rends un si important service, que feras-tu pour moi, en retour?...

BAUDOIN.

Parlez, reine... Dictez vous-même les conditions...

LA REINE.

Tu n'as pas pensé, sans doute, que j'étais venue à toi sans raisons... D'autres grands princes ont été vaincus et faits prisonniers par mon époux, sans que j'aie daigné m'inquiéter de leur sort...

BAUDOIN.

Ma reconnaissance en sera plus profonde, reine...

LA REINE.

Je le crois... Mais ta reconnaissance ne saurait suffire à acquitter ta dette envers moi...

BAUDOIN.

Comment cela, reine?...

LA REINE.

Oui, je ne pourrais me contenter d'un sentiment qui ne s'adresserait qu'à ce que j'aurais fait pour toi et resterait indifférent au principe même de ma conduite...

BAUDOIN.

Je ne vous comprends pas, reine...

LA REINE.

Ton cœur a l'oreille dure, prince... Je vais tâcher d'être plus intelligible... Depuis longtemps j'avais entendu parler de toi comme d'un prodige de valeur et de beauté!... Le bruit de tes exploits et de tes vertus était venu jusque dans nos contrées remuer les imaginations... Ce n'étaient pas les armées croisées qui occupaient nos esprits, c'était le beau comte de Flandre, c'était toi... Les événements de Constantinople, ton élévation au trône impérial, ta sagesse impassible au milieu des grandeurs de cette fortune si capable d'enivrer les âmes les plus fortes, vinrent encore ajouter à ton prestige... Baudoin n'était plus un homme... il appartenait à ces races mystérieuses auxquelles sont réservées la domination et la plus belle des gloires, celle de rendre les peuples meilleurs et plus heureux... Ton nom, tes hauts faits, se trouvaient dans toutes les bouches... Tu sais, prince, combien les femmes sont sensibles aux accents de la renommée... Mon imagination s'enflammait au récit de tes sublimes actions...

Je te donnais alors la stature, le visage et les attitudes d'un dieu... Je te voyais, plein de majesté, commander aux hommes et aux rois... En un mot, je rêvais sans cesse à toi comme à ces créations poétiques que l'on a entrevues à l'époque de là floraison du cœur!...

BAUDOIN.

Ma défaite et l'état misérable où vous me voyez réduit ont dû vous rendre la réalité bien triste, n'est-il pas vrai, princesse?...

LA REINE.

Tu te trompes... Tu m'as paru plus grand encore dans ta chute que dans tes triomphes... J'ai reconnu que mes rêves étaient dépassés... Je t'ai vu plus beau, plus noble, plus divin que ne t'avait fait mon imagination... En face de toi, ton vainqueur (je devrais rougir de te l'avouer), en face de toi, ton vainqueur ne m'a semblé qu'un reptile immonde et impuissant!... J'ai été frappée de l'impossibilité qu'il pût jamais devenir ton maître et ton bourreau... J'ai senti une force irrésistible me jeter entre lui et toi pour te garantir de ses coups et de ses atteintes mortelles...

BAUDOIN.

Est-ce bien la reine des Bulgares qui me parle ainsi de son époux?...

LA REINE.

Cela t'étonne, n'est-ce pas?...

BAUDOIN.

Je l'avoue...

LA REINE.

C'est que tu ignores quel est cet époux et quel est ce cœur... (Elle montre son cœur.)

BAUDOIN.

Il ne m'appartient pas de violer indiscrètement ce sanctuaire...

LA REINE.

Si....car tu es entré dans ma vie, et il faut que tu saches ce qu'elle renferme de douleurs...

BAUDOIN.

De grâce, princesse... épargnez-moi ces confidences...

LA REINE.

M'épargnes-tu les tortures, toi?...

BAUDOIN.

Moi?... Et que voulez-vous dire?...

LA REINE.

Je veux dire que la destinée m'a enchaînée, toute jeune encore, à un homme qui m'est odieux ;... que j'ai enduré tous les ennuis, éprouvé tous les dégoûts, épuisé toutes les tortures de l'âme ;... que mon cœur plein de feu, privé d'amour et dévoré de ses propres passions, s'est avili sous le joug d'un maître détesté!... Je veux dire que ce cœur, à la fin révolté, n'a concentré sa haine que pour la faire éclater un jour avec plus de violence!... Je veux dire que ce jour est venu, que la foudre gronde en moi-même et qu'elle va tomber sur la tête du tyran!... Je veux dire enfin que ces nuages qui s'étaient amoncelés dans le silence et qui n'attendaient qu'un choc pour s'embraser, l'ont reçu!... Tu es l'éclair qui précède la détonation, Baudoin!... Comprends-tu?...

BAUDOIN.

Pas encore entièrement, reine...

LA REINE.

Tu ne le veux donc pas?... Je déchirerai alors tous les voiles, même celui de la pudeur, ce dernier auxiliaire de la vertu contre la passion... Tu sauras tout, puisque tu me contrains à ne plus rien te taire... Mais le ciel m'est témoin que j'aurais voulu te sauver avant de t'ouvrir les derniers replis de mon cœur...

BAUDOIN.

Ne me trompé-je pas, grand Dieu?...

LA REINE.

Non, tu ne te trompes pas... tu m'as enfin comprise...
Je t'aime!... C'est toi que mon cœur innocent avait rêvé!...
C'est toi encore que ce cœur, flétri par la fermentation des
passions, veut impérieusement obtenir!...

BAUDOIN.

Qu'entends-je, ô ciel!...

LA REINE.

La vérité!...

BAUDOIN.

Le malheur a troublé vos sens, infortunée princesse!...

LA REINE.

Non, mais il m'a appris à haïr, à aimer et à vouloir...
Je hais Joanice, je t'aime, je veux vivre heureuse près de
toi!... Je te sauverai et nous fuirons ensemble vers des
régions lointaines... Là tu verras ce que c'est que l'amour
d'une femme vraiment prédestinée au bonheur d'un
homme [1]...

BAUDOIN, froidement.

Nous autres chrétiens d'Occident, nous avons d'autres
principes et d'autres mœurs, princesse... A ce prix, je renonce à vos offres et à vos services...

LA REINE.

Tu me dédaignes, ingrat!...

BAUDOIN.

Non, reine, je vous respecte...

LA REINE.

Tu te ris de mon amour!...

---

[1] « Cette princesse ayant conçu pour Baudoin une violente passion,
dit Laurent Échard, promit de le sauver, pourvu qu'il voulût passer
avec elle à Constantinople, où il l'épouserait. »

BAUDOIN.

Non, reine, je le déplore et vous plains...

LA REINE.

Sais-tu bien que c'est la vie que tu refuses?...

BAUDOIN.

Je suis préparé à tout, reine... mieux encore à mourir
qu'à vivre...

LA REINE.

Tu te vantes, bel empereur...

BAUDOIN.

N'ai-je pas le choix?...

LA REINE.

Oui, s'il me plaisait de te sauver...

BAUDOIN.

Cela ne vous plairait-il pas, si je voulais consentir à ce
que vous demandez?...

LA REINE.

Maintenant, cela dépendrait...

BAUDOIN.

N'en parlons donc plus... J'ai oublié tout ce que vous
venez de dire... Vous ignorez que je suis prisonnier...
Mais nous savons l'un et l'autre qu'il y a une pauvre
femme, une impératrice qui a perdu son époux, sa liberté!... que ses enfants, que l'humanité réclament...
Sauvez-la, je mourrai le cœur rempli de reconnaissance
pour vous ..

LA REINE.

Et moi je vivrai pour me souvenir toujours de ma faiblesse et de tes mépris, n'est-ce pas?...

BAUDOIN.

Vous ne vous rappellerez que votre grandeur d'âme et
votre bonté, princesse... cela effacera bien des souvenirs
douloureux!...

LA REINE.

Non, tu ne me connais pas... Je ne suis point de ces
âmes sans ressort qui s'accommodent du hasard et de la
résignation... Notre ciel n'en fait pas de si molles....Quand
nous désirons, quand nous voulons, nous autres, c'est
passionnément!... Les obstacles qui s'opposent à nous,
nous les brisons ou nous nous brisons nous-mêmes... La
mort seule peut nous faire lâcher notre proie... Tu vois,
bel empereur, que tes conseils ne sauraient être à mon
usage... Garde-les donc pour ceux qui pourront te les demander... Après m'avoir arraché l'aveu de mon amour, tu
es sans pitié pour lui?... Comme toi, je serai sans pitié!...
Après m'avoir vue descendre jusqu'à tes genoux sans être
touché de ma triste passion, tu oses m'implorer pour la
femme que tu aimes et qui t'aime!... C'est ajouter l'outrage au dédain!... Tu verras comment je sais accueillir
l'un et l'autre...

BAUDOIN, l'interrompant.

Reine, vous vous méprenez... vous...

SCÈNE XV.

LES PRÉCÉDENTS, MARIE.

MARIE.

Sire !... mon cher époux !... je vous revois enfin !...

BAUDOIN.

Marie !... ô tendre épouse ! que d'angoisses votre dévouement ajoute à mes maux !...

MARIE.

Je le sais, mon ami !... Mais pouvez-vous m'en vouloir
de désirer mourir avec vous ?...

BAUDOIN.

Et nos enfants, Marie ?...

MARIE.

Et leur père, sire ?...

BAUDOIN.

Ah! c'est trop de douleur !... (S'adressant à la reine.) Votre cœur de femme résistera-t-il à un si déchirant tableau, madame?...

LA REINE, avec férocité.

L'amour fidèle et dévoué est-il donc quelque chose de si douloureux !...

BAUDOIN.

Ah! vous êtes sans cœur !...

LA REINE.

Tu es bien sans pitié, toi !...

BAUDOIN.

Vos honteuses passions en méritent-elles ?...

LA REINE.

Eh! que m'importent tes affections !...

BAUDOIN.

L'humanité doit importer à tous, princesse !...

MARIE.

Princesse?... Vous êtes princesse, madame?... reine peut-être?... Vous pouvez donner la vie, faire des heureux, et vous ne voulez point?...

LA REINE.

Non, princesse, vous l'avez dit, je ne veux pas... Je ne veux pas m'attirer la moquerie de ceux qui ont répondu à mes sentiments de bienveillance par le mépris...

MARIE.

Nous ne sommes point de ceux-là, madame... La justice et l'admirable bonté de l'empereur sont connues... On vous a trompée si on vous l'a montré sous d'autres couleurs...

BAUDOIN.

N'insistez pas, Marie... Je rougis, même pour vous sauver, de m'être abaissé devant cette femme jusqu'à la prière...

LA REINE.

Malheur!... Tu l'auras voulu!... Soldats, qu'on les sépare... Qu'on éloigne cette femme et qu'on mande le roi!... C'est lui qui doit venger les outrages faits à votre reine!...

Les soldats s'avancent pour obéir.

BAUDOIN.

N'approchez pas, soldats!... Sachez mieux respecter le malheur que cette femme indigne de régner sur vous!...

LA REINE.

Soldats, obéissez!...

MARIE, se jetant aux pieds de la reine.

Oh! de grâce, madame, tranchez le fil de nos jours, si telle est votre volonté, mais laissez-nous du moins mourir ensemble!...

LA REINE.

Eh bien! soldats, m'avez-vous entendue?...

BAUDOIN.

Allons, Marie!... relevez-vous... Soyons jusqu'à la fin à la hauteur de notre rang et de notre cruelle destinée!... Embrassons-nous pour la dernière fois!...

MARIE, se jetant dans ses bras.

O Dieu! pouvez-vous bien permettre que la créature que vous avez faite à votre image se fasse ensuite à l'image du tigre?...

La reine fait impérieusement signe aux soldats d'emmener l'impératrice.

SCÈNE XVI

LES PRÉCÉDENTS, moins l'impératrice et les soldats
qui l'emmènent.

LA REINE, à Baudoin.

Maintenant, bel empereur, nous aurons, mon royal
époux et moi, chacun notre tâche... Le vautour déchirera
son aigle!... La panthère étranglera sa lionne!... (Apercevant
Joanice qui s'avance.) Voici précisément le vautour!...

SCÈNE XVII

LES PRÉCÉDENTS, JOANICE et sa suite.

LA REINE.

Vous arrivez à propos, mon noble maître... Vous flairez
la vengeance comme le tigre flaire sa proie...

JOANICE.

Je ne viens pas pour me venger, madame... La réflexion
m'a mieux conseillé...

LA REINE.

Vous changerez encore d'avis, mon doux seigneur...

JOANICE.

Non, ma reine, car mon intérêt est fixé...

LA REINE.

Passe-t-il donc avant votre honneur, mon maître?...

JOANICE.

Que voulez-vous dire, madame?...

LA REINE, montrant Baudoin.

Que cet homme vous a fait le plus sanglant outrage
que puisse recevoir un époux!...

JOANICE.

Lui?... Dans la situation où l'a placé sa défaite?...

LA REINE.

Lui-même!... Comme s'il n'eût pas été vaincu et prisonnier...

BAUDOIN.

Infamie!...

JOANICE.

Tu voulais m'échapper, Baudoin... et, pour y réussir, tu avais supposé que nos femmes sont, comme les vôtres, fourbes et infidèles!... Cette hypothèse, empereur, est déjà une injure que je ne laisserai pas impunie...

BAUDOIN.

Ai-je besoin de fuir, bête féroce?... N'ai-je pas défié ta colère et tes supplices comme j'ai, naguère, avant la bataille d'Andrinople, méprisé tes offres insidieuses?...

LA REINE.

Non, sire, ce n'était point en vue de se soustraire à votre juste vengeance que votre prisonnier a cherché à me séduire... S'il en avait été ainsi, j'eusse méprisé ses discours... C'est à une passion non moins sincère qu'impure qu'il a obéi... La reine demande réparation pour l'honneur du roi!...

JOANICE.

Elle sera terrible, soyez-en sûre...

BAUDOIN.

Si je daignais me défendre, barbare crédule, c'est cette femme que j'accuserais de propositions impudiques... Mais à quoi bon te détromper?... Elle est trop digne de toi pour que je cherche à ébranler ta confiance... Va, Joanice, crois-la... Fourbe à l'égard des autres, il est juste que tu périsses victime de la trahison...

LA REINE.

Sire!... vous l'entendez!...

JOANICE, portant la main à son arme.

Je devrais punir sur-le-champ ton insolente audace, or-

gueilleux empereur !... Je me contiendrai cependant...
J'aime mieux me délecter dans ton supplice...

BAUDOIN.

Et moi j'aime mieux laisser les monstres se dévorer entre eux...

JOANICE, à ses officiers.

Ne trouvez-vous pas, guerriers, la situation de l'empereur de Constantinople bien digne du rang où l'a élevé la
fortune dans un moment de caprice?... Voilà au moins de
la sagesse !... On a vu peu d'hommes se résigner si facilement à la perte d'un trône !... Mais il est dit que ces chrétiens d'Occident nous donneront le spectacle de toutes les
turpitudes et de toutes les folies !... (S'adressant à Baudoin.) Nous
verrons, grand empereur, si tu sauras te consoler de même
dans les tortures !... Je veux que les plus belles courtisanes d'Andrinople t'entourent à tes derniers moments... Tu
seras ainsi mort comme tu as vécu, dans la luxure et la
corruption !... Quel bel exemple pour la postérité !...

BAUDOIN.

Tes outrages ne sauraient plus m'atteindre, lâche ennemi !... Épargne-toi ces inutiles bassesses... Le barbare
grossier n'a point à juger les hommes qui marchent à la
tête de la civilisation chrétienne... Perdu dans les ombres de l'ignorance et de la brutalité, l'histoire n'a point
de page pour lui... Comment pourrait-il lui-même imposer ses passions à la postérité?... Obéis donc à tes instincts sanguinaires, tu le peux... ton ennemi est dés-
armé... Mais, encore une fois, ne rends pas tes crimes plus
odieux en les enveloppant de la plus indigne des lâchetés !...

JOANICE.

Le barbare, comme tu l'appelles, saura prouver à tes
nations civilisées qu'il a assez de génie pour les vaincre
et pour les soumettre... (S'adressant aux soldats.) Guerriers, la

17

nuit s'avance... il est temps de rentrer dans les murs d'Andrinople... Amenez derrière moi le glorieux empereur de Byzance... Demain nous célébrerons son triomphe!... ce sera fête pour l'armée!...

Le roi, la reine et les officiers de leur suite s'éloignent. Les soldats demeurent pour garder Baudoin.

SCÈNE XVIII

BAUDOIN, LES SOLDATS qui le gardent.

BAUDOIN.

Marie!... ma chère épouse!... que vas-tu devenir?... Entre les mains de cette implacable Messaline, qui sait quel sort t'est réservé?... O mes pauvres enfants! serez-vous du même coup orphelins de père et de mère?... Grand Dieu! avez-vous assez éprouvé votre indigne serviteur?...

La nuit est presque venue. L'officier qui commande les soldats s'approche de Baudoin.

L'OFFICIER.

Sire?...

BAUDOIN.

Que me veux-tu?... Est-ce une nouvelle insulte?...

L'OFFICIER.

Non, sire... c'est une proposition que je veux vous faire...

BAUDOIN.

Parle...

L'OFFICIER.

Voulez-vous vous sauver?...

BAUDOIN.

Ne me trompes-tu pas?...

L'OFFICIER.

Vous le verrez bien... Que risquez-vous?...

BAUDOIN.

Rien, il est vrai .. mais je ne voudrais pas te servir de jouet...

L'OFFICIER.

L'infortune est sacrée pour tout cœur humain, sire...

BAUDOIN.

Mais quel intérêt te porterait à trahir ton roi pour me servir?...

L'OFFICIER.

La haine que j'ai pour lui, l'admiration que j'ai pour vous...

BAUDOIN.

Tu peux donc me sauver?...

L'OFFICIER.

Facilement...

BAUDOIN.

Et comment feras-tu?

L'OFFICIER.

Je connais bien les routes, et j'ai quelques hommes sur qui je peux compter... Nous fuirons à la faveur des ténèbres...

BAUDOIN.

Merci, mon ami... Je ne puis accepter ..

L'OFFICIER.

Quoi! vous refusez la liberté et la vie?...

BAUDOIN.

Oui, mon ami; car, en fuyant, je laisserais un otage que j'estime plus que ma vie et que ma liberté... L'impératrice est entre les mains de la reine; il faut que je la sauve d'abord ou que je meure avec elle... Peux-tu sauver l'impératrice?...

L'OFFICIER.

Je ne peux rien vous promettre à cet égard, sire... Je ne réponds plus même de vous, si nous ne profitons pas de ce moment...

BAUDOIN.

Alors partons pour Andrinople...

L'OFFICIER.

Mais, sire, en vous perdant, vous vous ôtez la seule chance que vous ayez de sauver l'impératrice...

BAUDOIN.

Je connais Joanice et la reine, mon ami... Dès qu'ils apprendront ma fuite, ils se vengeront en torturant l'impératrice... Si elle doit périr, je ne veux pas que ce soit du moins abandonnée de son époux... ce serait lui infliger mille morts...

L'OFFICIER.

Hélas! comment faire?...

BAUDOIN.

Subir la destinée jusqu'au bout!...

L'OFFICIER.

Oh! non, c'est impossible!...

BAUDOIN.

Commençons alors par sauver l'impératrice...

L'OFFICIER.

Écoutez, sire, j'ai une idée...

BAUDOIN.

Voyons...

L'OFFICIER.

Je vais d'abord vous soustraire aux coups du tyran... Vous ne quitterez pas le pays, et nous travaillerons ensemble au salut de l'impératrice...

BAUDOIN.

A la bonne heure... Quels sont tes plans?...

L'OFFICIER.

Les voici : vous allez prendre les habits d'un Sarrasin... nous revêtirons le cadavre de ce chevalier (Montrant le chevalier, qu'il croit mort) des vôtres, et vous passerez pour vous être tué... Vous pourrez ainsi pénétrer, sans être reconnu, dans Andrinople... Nous mettrons un certain nombre d'hommes dans nos intérêts, et nous enlèverons l'impératrice Marie de sa prison... Acceptez-vous, sire?...

BAUDOIN.

De grand cœur, mon ami... Nous arracherons cette noble femme des mains de ses bourreaux ou nous périrons avec elle...

L'OFFICIER.

Laissez-moi prendre mes mesures... Je vais vous envoyer deux de mes hommes et les objets nécessaires... Pendant que je donnerai mes instructions à ma petite troupe, vous vous travestirez rapidement, de manière à être prêt quand je rentrerai dans la tente...

BAUDOIN.

Va... c'est convenu...

L'officier sort.

SCÈNE XIX

BAUDOIN, seul.

Je reconnais votre main, Seigneur!... vous n'abandonnez pas vos serviteurs fidèles, ou, si vous semblez vous détourner d'eux, c'est pour qu'ils viennent plus vite recevoir là-haut la palme des élus!...

SCÈNE XX

LE SOLDAT qui porte les habits.

Sire, voici le costume sarrasin...

BAUDOIN.

Donne...

Il se débarrasse de son armure, et met les vêtements qu'on lui a apportés. Pendant ce temps, les deux soldats ôtent l'armure du chevalier, et la remplacent par celle de l'empereur.

BAUDOIN, en se travestissant.

Voilà donc, Seigneur, comme vous suscitez des cœurs justes et généreux pour les besoins de votre sainte cause !... voilà les miracles que vous faites pour les chrétiens qui ont la foi !... O foi ! sublime vertu qui nous unit à Dieu et nous fait participer de sa puissance, tu peux braver et abattre toutes les ligues insensées des méchants !... Rien ne saurait te résister, car tu es l'essence même du bien et du vrai !... Et qui pourrait donc prévaloir contre les principes de l'ordre éternel !... De misérables accidents qui passent comme l'éclair?... Non, l'exception ne l'emportera jamais sur la règle, la dérogation ne détruira jamais la loi !...

O Marie !... noble femme !... pieuse chrétienne !... conserve aussi ton espérance !... Bientôt tu seras délivrée, rendue au monde qui t'admire, à tes enfants qui ont soif de ta tendresse, à ton époux qui te vénère comme un ange placé près de lui par ton Dieu !...

Et toi, glorieux empire de Constantin, ton chef va reprendre sa place pour t'assurer enfin la paix et la prospé-

rité, ces doux fruits des gouvernements sages et équitables... Tremblez, factieux, qui ne vivez que de l'agitation
et du malheur des États !... Et vous, Sarrasins sacriléges,
qui mettez votre orgueil et votre joie dans la violation des
saints tombeaux, votre domination touche à son terme !...
Dieu est las enfin de vos blasphèmes et de vos crimes !...

SCÈNE XXI

LES PRÉCÉDENTS, L'OFFICIER.

L'OFFICIER, à mi-voix.

Êtes-vous prêt, sire ?...

BAUDOIN.

Oui, tout est arrangé...

L'OFFICIER.

Tenez-vous dans un coin, pour ne point éveiller les
soupçons de ceux de mes soldats qui pourraient nous trahir...

BAUDOIN, se retirant dans l'ombre.

C'est fait...

L'OFFICIER, feignant une grande surprise.

Ah ! mon Dieu ! qu'ai-je vu ?... L'empereur s'est poi-
gnardé !... Holà ! soldats ! du secours, s'il en est temps encore !... (Des soldats pénètrent dans la tente.) Malédiction sur
nous, mes amis !... Que va dire le roi, qui nous avait
tant honorés en nous confiant la garde d'un si illustre prisonnier ?... Si au moins il respirait encore !... Mais non,
frappé au cœur, il est inanimé !... Ah ! mes amis, que
faire ?... Oserons-nous braver la juste fureur du roi ?...

Malédiction!... Il ne nous reste qu'à mourir nous-mêmes sur le cadavre de ce chien!...

UN SOLDAT.

Puisque le roi voulait le mettre à mort, c'est une peine de moins qu'il aura...

AUTRE SOLDAT.

Nous ne l'avons pas laissé échapper!...

AUTRE SOLDAT.

On ne nous a pas ordonné de nous assurer de ses armes!... nous avons fait notre devoir!...

L'OFFICIER.

Sans doute, mes amis, sans doute... vous n'êtes pas répréhensibles, vous autres... mais moi, quelle excuse pourrai-je produire?...

UN SOLDAT.

Eh! la même que nous...

L'OFFICIER.

Elle ne sera pas acceptée!... Malheureux que je suis!...

UN SOLDAT.

Nous dirons tous la vérité... qu'il s'est frappé sur les pas du roi, mais que nous ne nous en sommes aperçus que quelques instants après...

L'OFFICIER.

Et vous pensez, mes amis, que nous apaiserons ainsi la colère du roi?...

UN SOLDAT.

Assurément... Que voulez-vous qu'il fasse?...

L'OFFICIER, à Baudoin.

Et vous, brave Sarrasin, voudrez-vous bien aussi déposer en notre faveur?...

BAUDOIN.

Comptez-y, seigneur... Je vous promets de fléchir le roi...

L'OFFICIER.

Alors, mes amis, emportons cette dépouille, et rega-
gnons l'armée... Puisse notre glorieux souverain n'être
pas inflexible!...

Les soldats chargent le corps sur leurs lances et s'en vont, suivis de Baudoin
et de l'officier.

FIN DU TROISIÈME ACTE.

ACTE QUATRIÈME.

PERSONNAGES DU QUATRIÈME ACTE

JEANNE, comtesse de Flandre.
LE SÉNÉCHAL de Flandre.
LE GRAND FAUCONNIER de la comtesse.
BAUDOIN, sous le nom de BERTRAND DE RAINS.
ALPHONSE, PRINCE DE CAPOUE, favori de la comtesse.
LE CHEVALIER DE BÉTHUNE.
BOUCHARD D'AVESNES, chanoine de Lille.
UN NOTABLE de Lille.
UN CHEVALIER, porteur de nouvelles.
UN OFFICIER.
Notables, peuple, soldats.
Pages.
Dames.

Lille, 1225.

ACTE QUATRIÈME

Grande salle de réception du château des comtes de Flandre, à Lille.

SCÈNE PREMIÈRE

BAUDOIN, LE CHEVALIER DE BÉTHUNE.

LE CHEVALIER, précédant Baudoin.

Allons, monseigneur, croyez-moi, vous n'aurez point à vous en repentir...

BAUDOIN, vêtu en ermite, entre avec vénération.

C'est ici l'antique demeure de mes ancêtres !... O murailles bénies, que de touchants souvenirs vous me rappelez !... Que ne suis-je resté toujours sous votre protection !... Ma famille n'eût pas été dispersée et ma maison détruite !... Tu vivrais, Marie... Tu serais adorée au lieu d'être maudite, ma fille... Vous seriez heureux et tranquilles, mes braves peuples... Enfin !... Dieu l'a voulu !...

LE CHEVALIER.

Vous voyez bien, monseigneur, qu'il était impossible que vous persistassiez dans un projet qui vous privait à la fois de votre rang et des embrassements de votre fille, et qui lui enlevait, à elle, un père et un protecteur...

BAUDOIN, accablé.

Un père !... un protecteur !... Je ne suis plus capable de protéger personne, mon pauvre chevalier... pas même mon enfant...

18

LE CHEVALIER.

Vous vous abusez, monseigneur... l'amour d'un père est une puissance qui vaut mieux que la force et que la jeunesse...

BAUDOIN.

Peut-être... quand le cœur de ce père n'a point été brisé par de longues et terribles infortunes... Mais que reste-t-il du malheureux Baudoin?... pas même l'ombre de son passé!... Ai-je d'ailleurs renoncé à mon trône de Constantinople pour ramasser une couronne de comte tombée dans la poussière?...

LE CHEVALIER.

Eh bien! monseigneur, dédaignez cette couronne si vous voulez, mais n'abandonnez pas la comtesse votre fille au milieu des embarras qui l'assiégent et la menacent... Vous êtes père, monseigneur... ce titre passe avant ceux des grandeurs humaines... Si le malheur a courbé sans pitié votre tête qui dominait toutes celles de vos contemporains... si votre génie, votre gloire, votre fortune, n'ont pu vous préserver d'une ruine sans exemple... si Dieu a voulu que tant de puissance fût réduite à néant... s'il vous a enlevé du même coup et le pouvoir suprême et la femme qui faisait votre joie et votre vertu, est-ce la faute de cette pauvre enfant, que les circonstances ont livrée, dès ses premières années, à des mains étrangères?...

BAUDOIN.

Ma fille! ah! c'est vrai, chevalier, sa destinée n'a pas été heureuse non plus...

LE CHEVALIER.

Eh bien! monseigneur, faut-il, quand son père est près d'elle, qu'elle continue à le pleurer?...

BAUDOIN.

Son affliction ne sera-t-elle pas plus poignante quand elle le reverra dans l'état où je suis?... Ne vaudrait-il pas

mieux mille fois que je fusse mort, plutôt que de survivre
au néant de ma propre fortune?...

LE CHEVALIER.

L'empire grec n'était-il pas toujours à vous, si vous
l'eussiez voulu, monseigneur?...

BAUDOIN.

Non, chevalier, non, je ne vois point ainsi les choses...
Ce n'est point à un nom que le sceptre de l'empire avait
été décerné par l'armée croisée de Constantinople, mais à
une tête et à un bras qui pouvaient le défendre... Que
sont devenus la tête et le bras de l'ancien comte de Flandre?... En même temps qu'ils se sont affaiblis et annihilés,
ses droits se sont donc évanouis pour passer entre les
mains d'un autre qui fût capable à son tour de les soutenir glorieusement...

LE CHEVALIER.

Mais le rang suprême, monseigneur, l'exercice du pouvoir, vous eussent certainement rendu votre force et votre
énergie... Ne grandissent-ils pas les facultés des hommes
les plus ordinaires?... Que ne peuvent-ils pas faire de l'héroïsme et du génie?...

BAUDOIN.

L'héroïsme! le génie!... On ne sait pas à quoi ils tiennent,
mon pauvre chevalier... On croit ordinairement qu'ils ont
leur source en nous-mêmes, comme si l'homme pouvait jamais être le principe de ce qui est divin!... Ils viennent de
plus haut, mon ami... C'est Dieu qui nous en fait don en
plaçant autour de nous les objets qui peuvent exalter notre
amour... L'héroïsme, le génie, comme toutes les vertus,
comme toutes les grandes et belles choses, ne sont que des
formes de la grâce divine... Mais cette grâce se retire de
nous comme elle y descend, selon la volonté du Créateur...
Mon rayon divin, à moi, cette flamme qui embrasait mon
cœur et illuminait mon intelligence, c'était Marie... Dieu a

rappelé à lui cet ange qu'il avait placé près de moi pour m'inspirer et me conduire!... Tu vois bien, chevalier, qu'il n'avait plus rien à me commander ici-bas...

LE CHEVALIER.

Mais votre fille, monseigneur, votre fille, cette image vivante de sa mère, qui vous la rappellerait sans cesse, qui vous la rendrait en partie, la laisserez-vous sans défense entre les mains de flatteurs qui la trompent et la perdent?... Si vous voulez absolument mourir au monde, vous qui pourriez si bien faire encore le bonheur des peuples, ne consentirez-vous pas, du moins, auparavant, à la bénir et à l'éclairer de vos conseils?...

BAUDOIN.

Hélas! je le voudrais, mon bon et loyal chevalier; mon cœur en serait heureux... ce serait même pour moi un devoir sacré; mais il me faudrait renoncer à ma solitude, aux faibles services que je rends aux pauvres et aux malades, au vœu solennel que j'ai fait, en perdant l'espérance de retrouver Marie, de consacrer les jours qui me restent encore à Dieu et à la prière, pour rentrer, faible et humilié, dans la vie politique que je méprise et que je hais... Non, je sens que cela me serait impossible... N'insiste pas, chevalier, tu ranimerais inutilement mes anciennes souffrances...

LE CHEVALIER.

Monseigneur, vous m'affligez profondément, car je vois que vos entrailles de père se sont endurcies dans le malheur... Ah! pourquoi n'ai-je pas succombé aux blessures que je reçus en voulant protéger l'impératrice au camp d'Andrinople? je n'aurais pas aujourd'hui la douleur de voir mon empereur fermer obstinément ses bras à son enfant, qui aurait tant besoin d'y trouver un refuge!...

BAUDOIN.

Chevalier, tu me déchires le cœur... Ton dévouement

t'aveugle quand tu refuses de croire que ma destinée est accomplie... Je suis plus sage que toi en m'y soumettant sans murmure... Tu m'as déjà fait manquer au serment que j'avais fait de mourir sur la terre où j'ai perdu ma pauvre Marie... Veux-tu maintenant me distraire de la pleurer en me rejetant de nouveau dans le monde et ses fausses grandeurs?...

LE CHEVALIER.

Ah! monseigneur, le malheur et la religion peuvent-ils condamner ou faire taire les sentiments de la nature!... Ce n'est pas l'impératrice qui eût agi ainsi!... Que dira-t-elle, monseigneur, si jamais elle apprend que la douleur et l'abattement vous ont détourné de sa fille, de votre propre sang?...

BAUDOIN.

Hélas! si la pauvre femme le sait jamais, ce ne sera pas de ce monde!...

LE CHEVALIER.

Pourquoi donc, monseigneur?... Rien ne saurait nous porter à désespérer...

BAUDOIN.

Hélas! depuis vingt-cinq ans que nous errons à sa recherche dans ces tristes contrées de la Bulgarie...

LE CHEVALIER.

Nous avons bien survécu, nous, monseigneur...

BAUDOIN.

Infortunée Marie!...

LE CHEVALIER.

Eh bien! monseigneur, en souvenir d'elle et pour entreprendre de plus efficaces recherches, ne tardez pas plus longtemps à vous faire reconnaître de la comtesse Jeanne... Nous armerons une expédition que je conduirai moi-même, tout vieux que je suis... Et qui sait si la réunion du père et de la fille ne nous portera pas bonheur...?

18.

BAUDOIN.

Bon chevalier !..

LE CHEVALIER.

Voilà donc qui est entendu, n'est-ce pas?... La comtesse
ne peut tarder à venir... Quel bonheur vous allez goûter
tous deux !... et comme je serai heureux, moi, d'assister à
vos embrassements !...

BAUDOIN.

Ma fille est fière et bien jalouse de son autorité, chevalier... Qui sait si mon retour ne lui imposera pas quelques regrets?... Et puis elle subit malheureusement une
influence qui l'emportera toujours sur moi... Ce jeune seigneur étranger qui la courtise ne l'a-t-il pas rendue
folle?...

LE CHEVALIER.

La comtesse est noble comme vous, monseigneur, et
bonne comme sa mère, malgré son orgueil et sa légèreté...
En vous retrouvant, elle ne s'apercevra que de son bonheur...

BAUDOIN.

Elle est habituée au luxe, à la dissipation, à mille extravagances... Les Flamands murmurent contre elle... Je ne
pourrai pas maintenir les choses dans cet état... Alors...

LE CHEVALIER.

Les Flamands ne songeront plus à leurs charges et aux
fautes de la comtesse en vous revoyant, monseigneur...
Votre seule présence fera tout rentrer dans l'ordre, j'en suis
certain...

BAUDOIN.

Je crains, au contraire, qu'elle ne cause de grands embarras... Tu ne sais pas quelles passions et quels besoins
créent en nous la grandeur et l'élévation, mon pauvre chevalier... Nos sentiments naturels s'effacent bien souvent
pour faire place à des conventions égoïstes et implacables...

Tiens, laisse-moi différer encore la démarche que tu m'as entraîné à faire aujourd'hui...

LE CHEVALIER.

Mais vous ignorez donc, monseigneur, que l'on parle de vous, que plusieurs vous soupçonnent d'être ce que vous êtes réellement, et que la comtesse Jeanne elle-même commence à concevoir de l'ombrage de ces bruits?...

BAUDOIN.

Alors, raison de plus pour ajourner, mon ami... Veux-tu que je me présente à ma fille au moment même où on l'a indisposée contre moi?...

LE CHEVALIER.

Vaut-il donc mieux attendre, monseigneur, que ses courtisans lui aient soufflé l'idée que vous pourriez gêner son ambition?...

BAUDOIN.

Il faut attendre, mon ami, que la malveillance se soit usée d'elle-même... Cela ne pourra tarder beaucoup... Je travaillerai d'ailleurs moi-même à dissuader ma fille sur les appréhensions que pourrait lui inspirer ma présence, soit que je ne fusse qu'un simple ermite, soit que je fusse vraiment Baudoin son père... Cela sera plus sage, puisque nous pourrons ainsi préparer nos situations respectives et arriver sans inconvénient au but de tes désirs, but que mon cœur ne repoussait que par un étrange et invincible pressentiment... Es-tu enfin content, mon brave et digne chevalier?...

LE CHEVALIER.

J'aurais préféré que tout se terminât aujourd'hui même, monseigneur... Mais puisque vous ne le voulez point, que votre volonté soit faite... Retirons-nous!... Puissiez-vous seulement revenir bientôt dans ce château de vos ancêtres, non plus en visiteur étranger, mais en maître chéri et respecté?...

BAUDOIN.

Je ne tarderai pas, va, mon bon chevalier...

LE CHEVALIER.

Que le ciel vous entende!... (Avec résignation.) Allons!...

Ils se retirent tous deux lentement par le fond. Jeanne, le sénéchal et le fau-
connier de la comtesse entrent par la gauche.

SCÈNE II

JEANNE, LE SÉNÉCHAL DE FLANDRE, LE GRAND FAUCONNIER.

JEANNE.

Vous dites donc, sénéchal, que ces bons Flamands
croient avoir à se plaindre de moi?...

LE SÉNÉCHAL.

Ils sont toujours pleins d'amour et de respect pour madame la comtesse... Mais ils pensent que vous pourriez
leur témoigner plus de bienveillance et d'égards... Les impôts sont bien lourds!... Vos officiers sont bien hautains!...
Les franchises communales sont bien menacées!...

LE GRAND FAUCONNIER.

On trouve que la fauconnerie coûte trop, n'est-ce pas?...
Quelles brutes que ces Flamands!...

JEANNE.

Est-ce ma faute à moi?... Comtesse de Flandre et de
Hainaut, puis-je me dispenser d'une représentation hono-
rable?... N'est-ce pas pour eux que je tiens ma cour sur
un certain pied?...

LE GRAND FAUCONNIER.

Et pour qui donc?...

JEANNE.

Est-ce ma faute encore si la jalousie des bourgeois a contraint nos gentilshommes et chevaliers à faire respecter

leur rang?... Enfin, suis-je responsable de la turbulence des peuples de mes villes et de l'abus qu'ils font des libertés que leur ont octroyées mes pères?...

LE GRAND FAUCONNIER.

Cela serait curieux!...

LE SÉNÉCHAL.

Je ne veux pas dire cela, madame la comtesse... Mais on craint que vous ne cédiez à de dangereux conseils... Ces bons Flamands vous aiment tant, qu'ils voudraient vous voir plus de confiance en eux...

JEANNE.

Que ne le méritent-ils?... Pensent-ils que c'est en critiquant mes actes et en contrariant sans cesse mes volontés qu'ils s'attireront mes bonnes grâces?...

LE SÉNÉCHAL.

Mais, madame la comtesse, si vos désirs et vos actions ne sont pas toujours d'accord avec vos intérêts bien compris et les leurs?...

LE GRAND FAUCONNIER.

On les y met... Mes faucons aussi auraient voulu, d'abord, ne chasser que pour eux-mêmes... Je les ai dressés à chasser pour madame la comtesse, et cela va tout seul maintenant...

JEANNE.

Est-ce d'ailleurs à ces manants de juger de ma politique et de ses nécessités?...

LE SÉNÉCHAL.

Ils songent et réfléchissent, madame la comtesse...

JEANNE.

De quel droit, sénéchal?...

LE SÉNÉCHAL.

Du droit de leur esprit et de leur conscience, madame la comtesse...

JEANNE.

Allons donc, sénéchal!... N'allez-vous pas élever ces gens-là jusqu'à nous...

LE SÉNÉCHAL.

Quelle que soit la différence qui nous sépare, madame la comtesse, il n'en est pas moins vrai qu'ils payent et qu'ils désireraient pouvoir se rendre compte...

JEANNE.

Il ne manquait plus que cela!...

LE SÉNÉCHAL.

Et qu'importe, madame la comtesse, si nous sommes justes et si nous agissons en vue du bien commun?...

JEANNE.

Je n'admets pas cela, sénéchal... Nous autres princes, c'est devant Dieu, et non devant les hommes, que nous sommes responsables... C'est avec des opinions comme celles que vous soutenez que l'on arrive à l'anarchie...

LE SÉNÉCHAL.

Je ne conteste pas cela, madame la comtesse... Je sais que toute puissance vient de Dieu et y retourne... Mais ce même Dieu qui vous a donné le pouvoir, ne vous a-t-il pas aussi en même temps enseigné que tous les hommes sont frères?...

LE GRAND FAUCONNIER.

Les hommes sont absolument frères comme le sont l'épervier et le moineau, le faucon et le ramier, le renard et la poule, le loup et l'agneau, le chat et la souris... Pauvre sénéchal, qui ne voit pas que c'est chez les hommes comme chez les bêtes, aux plus forts et aux plus habiles!...

JEANNE.

Oui, sénéchal, nous sommes tous frères en Dieu, parce que, devant lui, toutes distinctions s'effacent et disparaissent... Il n'en est pas de même devant la société, qui veut, pour exister, des supérieurs et des inférieurs...

LE GRAND FAUCONNIER, à part.

Des fauconniers et des faucons, des mangeurs et du gibier...

JEANNE.

Ne mêlez donc pas la religion et la politique... Elles ne sauraient s'allier, moins encore se confondre... La première commande l'égalité et l'amour, parce qu'elle mène au souverain bien... La seconde exige la hiérarchie et la force, parce qu'elle a pour but de maintenir l'ordre entre des intérêts... Le ciel est l'empire de Dieu, la terre celui du démon, sénéchal... Pouvez-vous appliquer les lois divines au monde de Satan?... L'enfer en rirait trop!...

LE GRAND FAUCONNIER.

C'est comme si l'on voulait faire pratiquer les lois de la douceur à mes intrépides oiseaux!...

LE SÉNÉCHAL.

Hélas! madame la comtesse, je sais que le mal, ici-bas, guette le bien pour le dénigrer... Je n'ignore pas combien l'homme est facile à séduire... avec quelle ignorance et quelle ingratitude il accueille souvent les bienfaits... mais je sais aussi que la justice le contient mieux que la rigueur... que les gouvernements loyaux sont les plus forts, et que l'ordre le plus parfait est celui qui prend son principe dans la conciliation...

LE GRAND FAUCONNIER.

Ça, c'est vrai... Donnez fidèlement la pâture au faucon, c'est le moyen qu'il ne ravage pas le gibier... Traitez-le bien, c'est le moyen qu'il vous obéisse...

JEANNE.

Vous vous faites rêveur, sénéchal?... Je n'aurais pas cru que les chimères fussent encore de votre âge...

LE SÉNÉCHAL.

Je cherche la vérité, madame la comtesse...

JEANNE.

Et vous croyez la rencontrer dans la cervelle humaine?...

LE GRAND FAUCONNIER.

Comme on se fausse l'esprit à vivre avec les hommes!...

LE SÉNÉCHAL.

Il faut bien qu'elle soit là, quand elle n'est nulle part ailleurs, madame la comtesse!...

JEANNE.

Rêvez, mon brave sénéchal, rêvez... Mais, croyez-moi, ne contez pas trop vos rêves... Ils ne seraient pas sains pour tous les esprits...

LE SÉNÉCHAL.

Je serai discret, madame la comtesse...

JEANNE.

Je l'espère bien... Mais puisque nous sommes sur le chapitre des propos populaires, que dit-on, sénéchal, de la détention prolongée du comte mon époux à la tour du Louvre?...

LE SÉNÉCHAL.

Madame la comtesse va peut-être encore trouver les Flamands bien hardis...

JEANNE.

Que vous importe, puisque je vous interroge?... Répondez!... ne vous inquiétez pas du reste...

LE SÉNÉCHAL.

On dit, madame la comtesse, que vous auriez pu depuis longtemps acquitter la rançon du seigneur comte, si vous l'eussiez voulu...

JEANNE.

Et quel motif m'attribue-t-on pour ne l'avoir pas payée?...

LE SÉNÉCHAL.

Pardon, madame la comtesse, mais...

JEANNE.

Je veux tout savoir, sénéchal...

LE GRAND FAUCONNIER.

Allons donc, sénéchal... parlez donc !... Vous êtes bien difficile à lancer, mon ami !...

JEANNE, ironiquement.

Les moindres propos de ces bons Flamands m'intéressent au plus haut point... Parlez... je vous l'ordonne !...

LE SÉNÉCHAL.

J'obéirai, madame la comtesse... On dit donc que les jeunes et beaux seigneurs qui vous environnent ne sont pas étrangers à la détermination qui tient éloigné votre époux, tombé entre les mains de Philippe-Auguste, lors de la bataille de Bouvines...

JEANNE.

Et quand cela serait?...

LE SÉNÉCHAL.

On trouve, madame la comtesse, qu'il y a, dans ce fait, quelque négligence de vos devoirs d'épouse...

LE GRAND FAUCONNIER.

En fauconnerie, sénéchal, c'est le mâle qui est astreint à la fidélité... La force et la liberté sont le partage de la femelle...

JEANNE.

Ces bons Flamands ne portaient pas tant d'intérêt au comte, quand ils se révoltaient pour ne pas l'accepter comme seigneur !...

LE SÉNÉCHAL.

Sans doute, madame la comtesse... Mais enfin il est votre époux...

JEANNE.

Est-ce de mon gré?... Ai-je choisi cet homme que je ne

19

connaissais pas, qui ne m'inspirait que de l'antipathie?...
Lui-même m'a-t-il aimée ou s'est-il seulement conduit
envers moi en courtois chevalier?... Vous savez bien que
non, sénéchal... Le roi de France qui me l'avait donné me
l'a repris... Qu'y puis-je?...

LE SÉNÉCHAL.

Vous pourriez payer sa rançon, madame la comtesse...

LE GRAND FAUCONNIER.

Je m'y oppose!... nos chasses en souffriraient...

JEANNE.

L'état de mon trésor me le permet-il?... Puis-je frapper
de nouveaux impôts sur mes peuples déjà surchargés?...
Et, d'ailleurs, pourquoi partagerais-je mon pouvoir?... Ne
suis-je pas née souveraine?... Ai-je besoin de subir l'autorité d'un maître que je n'aime point, quand c'est à moi de
commander?... Non, sénéchal, non, ce n'est point à moi,
ce n'est point à la Flandre de délivrer Ferrand... En pos-
session de ma main par la volonté du roi de France, c'était
à lui de ne pas refuser obéissance à son protecteur et suzerain... Il a attiré d'assez grands malheurs sur notre pays
pour qu'il nous soit permis de le délaisser...

LE SÉNÉCHAL.

Alors, madame la comtesse, souffrez qu'un vieux et fidèle serviteur ose vous parler avec franchise... Il n'y a
qu'un moyen de faire oublier l'abandon que vous faites du
comte, c'est de rendre vos peuples heureux à force de prévoyance et d'équité, c'est de bannir de votre cour, ou du
moins de contenir ces jeunes fous qui sont un perpétuel
sujet de scandale pour la conscience publique... c'est de
repousser les hommages du jeune prince de Capoue, qui
aspire ouvertement à votre main...

JEANNE.

Est-ce une leçon que vous voulez me donner, sénéchal?...

LE SÉNÉCHAL.

Non, madame la comtesse, c'est une preuve de dévouement...

LE GRAND FAUCONNIER, à part.

Au menu gibier...

JEANNE.

Je n'aime pas le dévouement qui raisonne et contrôle,
sénéchal... J'use du pouvoir comme bon me semble... Il
est à moi, non au peuple... Je le tiens de mes ancêtres,
non de son droit ou de ses vœux... Tout m'appartient,
terres et hommes... En ne disposant que d'une partie des
richesses de mes États, c'est donc un abandon que ma mu-
nificence fait du reste à mes peuples... De quoi se plai-
gnent-ils dès lors?... Leur faut-il tout?... Ils n'oseraient
pas en convenir sans doute!...

LE SÉNÉCHAL.

Le droit féodal est, en effet, pour vous, madame la
comtesse... La conquête l'a voulu ainsi... Mais le droit naturel a-t-il abdiqué?... La terre n'est-elle pas à Dieu avant
d'être aux princes?... Le travail qui la féconde ne pro-
vient-il pas des bras du peuple?... Dieu, en créant
l'homme, a-t-il pu vouloir que ses moyens d'existence dé-
pendissent du caprice de quelques-uns, et que le fruit de
ses œuvres pût lui être ravi?... La raison et la conscience
répondent non, madame la comtesse... Faisons donc fléchir notre droit fondé sur la violence, et constituons, entre lui et le droit naturel, un droit social plus juste et plus
humain...

JEANNE.

La violence!... Mais, en vérité, sénéchal, vous n'êtes
plus de ce monde!... La guerre n'est-elle pas un travail et
le plus glorieux?... La conquête n'est-elle pas son prix et
sa récompense?... Trouvez-vous donc plus légitime de
s'enrichir par le trafic que par les armes?... Ce seraient là

des opinions bizarres !... Direz-vous maintenant que la victoire est au hasard et à la force?... Mais la force, l'adresse, l'intelligence, tout ce qui donne l'avantage dans la lutte, qui en est le principe, n'est-ce pas ce même Dieu que vous invoquez?...

LE SÉNÉCHAL.

Oui, madame la comtesse, tout cela vient de Dieu; mais chacune de ces choses a son usage, son application et son rang...

LE GRAND FAUCONNIER.

Allons donc !...

LE SÉNÉCHAL.

Le suprême ordonnateur n'a pas voulu qu'elles fussent à toujours confondues... Ayant fait l'homme à sa ressemblance, il a voulu que l'harmonie s'établît entre ses facultés comme elle éclate en lui-même... L'intelligence, l'adresse et la force sont saintes, à condition de concourir à la conservation et au bonheur de tous, comme l'amour, la sagesse et la puissance de Dieu concourent à la durée et à la splendeur de l'univers...

LE GRAND FAUCONNIER, à part.

Où diable va-t-il chercher tout cela?...

JEANNE.

C'est possible, sénéchal... Vous prêchez comme un saint Bernard... Votre foi est haute et éclairée, j'en conviens... Mais comment croyez-vous qu'iraient les choses dans notre monde, si chacun devait contribuer librement à l'unité de l'ensemble?....

LE SÉNÉCHAL.

Je n'ignore pas, madame la comtesse, que la direction appartient à l'intelligence...

JEANNE.

Laissons donc alors les grands commander et la masse obéir !... Laissez-nous surtout aimer le peuple à notre manière et le plier à nos lois comme nous l'entendons...

LE SÉNÉCHAL.

Hélas! madame la comtesse, je crains bien que les grands rencontrent la tempête là où ils croient trouver le calme et le repos...

LE GRAND FAUCONNIER.

Les bons faucons s'en jouent, sénéchal... Leur bonheur est d'aller contre le vent... Ces fiers oiseaux n'aiment point une atmosphère inerte...

JEANNE.

Vos prophéties ne sont pas consolantes, sénéchal...

SCÈNE III

LES PRÉCÉDENTS, LE PRINCE DE CAPOUE.

JEANNE.

Soyez le bienvenu, prince... Vous arrivez on ne peut plus à propos pour entendre les homélies du sénéchal de Flandre...

LE PRINCE.

Je m'en félicite, ma chère comtesse... L'originalité de votre sénéchal me réjouit toujours fort...

LE SÉNÉCHAL, ironiquement.

Je suis bien heureux, monseigneur, de pouvoir contribuer pour quelque chose à vos plaisirs...

LE PRINCE.

Je le conçois, sénéchal...

JEANNE.

Je suis sans doute blasée, moi, prince... car les jérémiades de ce bon sénéchal m'ennuient à mourir...

LE SÉNÉCHAL.

Je les suspendrai, madame la comtesse...

LE GRAND FAUCONNIER, à part.

Tu t'éviteras ainsi bien des sottises, mon pauvre ami...

JEANNE.

Eh bien! prince, avez-vous appris quelque chose de nouveau sur les menées de ce misérable ermite qui cherche à se faire passer pour l'ancien comte de Flandre, mon père?...

LE PRINCE.

Ses partisans grossissent toujours en nombre, ma chère comtesse... Il faut songer sérieusement à mettre un terme à cette imposture, qui pourrait amener des troubles dans vos États...

JEANNE.

Quelle indigne profanation!... Se peut-il bien qu'il y ait des âmes assez basses pour spéculer sur de pareilles idées?...

LE PRINCE.

L'esprit de parti exploite tout, comtesse... Votre père était adoré des Flamands... C'est donc un coup de fortune d'avoir trouvé un vieillard que le peuple puisse prendre pour lui et suivre avec fanatisme dans la rébellion...

JEANNE.

Noble père! n'était-ce point assez que tu eusses été enlevé à ma tendresse, à mon amour, et que mes destinées de gloire se fussent abîmées avec toi?... Fallait-il encore que l'incertitude de ta mort vînt me susciter des embarras et des dangers?... Ah! si tu vivais, noble père, ta fille ne payerait pas si cher aujourd'hui la fatale protection du roi de France... Ferrand n'aurait pas été mon époux... Le comté de Flandre serait fort et glorieux au lieu d'être affaibli et humilié... Je serais moi-même à présent reine ou impératrice!... Mais que pouvait, contre les intrigues de la cour de France, une pauvre jeune fille inexpérimentée et sans défenseurs?...

LE PRINCE.

N'êtes-vous pas la première vassale du puissant roi
Louis VIII, comtesse?... Ne jouissez-vous pas d'une gloire
méritée pour vos rares talents et votre grand caractère?...

JEANNE.

Oui, mes peuples sont riches, braves et nombreux... Je
n'ai rien à envier à aucun seigneur de l'Europe, et tous
voudraient posséder mes États... Oui, je suis redoutée!...
On tremble devant moi, on admire ma cour, on s'incline
devant ma beauté... Mais je suis vassale!... Ce mot empoi-
sonne toutes mes joies, flétrit toutes mes gloires!... Je suis
vassale, quand je devrais être la première et la plus auguste des suzeraines!...

LE PRINCE.

Politiquement peut-être, comtesse... Mais, par l'esprit,
la grâce, la beauté, n'êtes-vous pas la première de toutes?...

LE FAUCONNIER, à part.

Oui, sous le rapport du plumage... Malheureusement on
n'a des plumes que pour être plumé...

JEANNE.

Vos galanteries me flattent, mais ne me consolent pas,
prince... Ainsi vous me conseillez donc d'en finir promptement avec cet imposteur qui sert de drapeau aux factieux
qui conspirent contre moi?...

LE PRINCE.

Certainement, comtesse... Il faut, sans plus tarder, vous
emparer de sa personne pour déconcerter le parti qui
s'abrite sous le prétexte de son imposture ou de sa folie...
Une fois ce parti décapité, vous en aurez bien facilement
raison...

JEANNE.

Vous inclinez donc à croire, prince, que ce Bertrand de
Rains serait vraiment un ambitieux qui n'aurait pris le

costume et les dehors d'un ermite que pour mieux nous tromper sur ses projets et sur son but?...

LE PRINCE.

Assurément, comtesse...

JEANNE.

Mais quelle raison donner de son arrestation?...

LE PRINCE.

Peu importe... celle que vous voudrez... Le tout est de le tenir et de le mettre dans l'impossibilité de rallier et de diriger vos ennemis...

JEANNE.

Mais le peuple qui l'idolâtre ne l'arrachera-t-il pas des mains de mes hommes d'armes?...

LE PRINCE.

Ne le faites pas saisir avec éclat, comme un factieux ou comme un malfaiteur... Usez de ruse... Mandez-le près de vous sous un prétexte quelconque, et quand vous le tiendrez...

JEANNE.

C'est juste... Nous verrons bien ce que nous en devrons faire... Votre conseil est bon, prince... Puisqu'il en est ainsi, je veux que vous m'aidiez à examiner cet homme et que nous jugions ensemble ce que nous devons en penser... Qu'il soit donc amené devant moi sur-le-champ... (Se tournant vers le sénéchal et le fauconnier.) Vous entendez, messieurs?... La comtesse de Flandre et de Hainaut a l'honneur de demander audience à sa majesté impériale Bertrand de Rains... Vous savez que votre maîtresse n'aime pas attendre... (Elle les congédie du geste.)

LE FAUCONNIER, à part.

Pauvre Bertrand !...

LE PRINCE, à part.

Ce maudit ermite finirait peut-être par compromettre mes intérêts... Il m'importe beaucoup que les comtés de

Flandre et de Hainaut ne glissent pas des mains de la comtesse...

Le sénéchal et le fauconnier s'inclinent et sortent.

SCÈNE IV

JEANNE, LE PRINCE DE CAPOUE.

JEANNE.

Il me tardait de vous voir seul, prince... J'ai, vous le savez, à vous entretenir de graves intérêts... Avez-vous eu des nouvelles de la cour de Rome?... Savez-vous comment le saint-père a accueilli ma demande en divorce?... Il me semble que la réponse tarde bien à venir... Je suis inquiète... Si le roi de France venait à relâcher Ferrand, ou si celui-ci parvenait à s'échapper de la tour du Louvre avant que la cour de Rome eût statué sur cette affaire, il est probable qu'elle courrait grand risque d'avorter...

LE PRINCE.

Oh! rassurez-vous, comtesse... Le roi de France n'échangera la liberté de votre époux que contre de beaux écus d'or... Et lors même qu'il lui prendrait l'étrange fantaisie de faire de la clémence, quel crédit pourrait avoir le comte Ferrand pour contre-balancer vos projets?...

JEANNE.

Mais vous ne savez donc pas, prince, que ces bons Flamands, qui ne voulaient à aucun prix du mari que m'avait imposé le roi Philippe-Auguste, en raffolent maintenant?... Vous ne savez donc pas que mes peuples, qui se plaignent de payer de trop lourds impôts, murmurent en même temps de ce que je n'ai pas encore acquitté les quarante mille livres parisis de sa rançon?... Croyez-vous, quand les sourdes conspirations de Bertrand de Rains et d'une

grande partie de la noblesse viennent s'ajouter à cela, que
je puis être tranquille?...

LE PRINCE.

Non, sans doute, chère comtesse, mais il ne faut pas
vous exagérer les dangers... Le temps et l'habileté dénouent
plus de complications, résolvent plus de questions scabreu-
ses que les plus éclatantes victoires... On peut être aujour-
d'hui le plus fort ou le plus heureux et perdre demain tous
ses avantages... Le temps et l'adresse persévérante n'ont
pas de maître...

JEANNE.

Oui, quand nos ennemis veulent bien nous laisser ce
temps et la faculté d'en faire usage...

LE PRINCE.

Là où la force fait défaut, la ruse n'est-elle pas un
droit?... Quand on ne peut pas frapper, il faut savoir ca-
resser et attendre...

JEANNE.

Vous irez loin, prince...

LE PRINCE.

Je le sais, comtesse... Que l'occasion se présente, et j'en-
seignerai la politique aux plus habiles...

JEANNE.

Et nos alliances, où en sont-elles?...

LE PRINCE.

Elles marchent lentement, mais sûrement...

JEANNE.

Vous pensez donc que je serai bientôt à même de ressaisir, sur Louis VIII, les parties de mon comté dont Philippe-
Auguste s'est emparé après la bataille de Bouvines?...

LE PRINCE.

Je vous en réponds, comtesse... Avant six mois vous
relèverez vos châteaux forts d'Ypres, de Cassel, de Valen-
ciennes et d'Oudenarde...

JEANNE.

Arrivons à ces résultats et obtenons mon divorce, et ma main est à vous, prince...

LE PRINCE, baisant la main de la comtesse.

Mon cœur est bien impatient, chère comtesse... Du reste, n'oubliez-pas que les affaires extérieures auront d'autant plus de chance d'être promptement menées à bien, que celles du dedans ne vous donneront plus aucune préoccupation...

JEANNE.

Vous avez raison, prince... Il faut d'abord nous dégager des inquiétudes de l'intérieur... Quand l'opinion sera calme et contenue, je serai plus libre et plus forte...

SCÈNE V

LES PRÉCÉDENTS, LE SÉNÉCHAL, LE FAUCONNIER.

LE SÉNÉCHAL.

Je dois dire à madame la comtesse que, le bruit s'étant répandu dans le peuple que Bertrand de Rains devait être arrêté, les rues et les places de la ville se remplissent de monde... Les esprits paraissent en proie à une grande agitation...

JEANNE.

Eh bien?...

LE SÉNÉCHAL.

Eh bien, madame la comtesse, je ne sais pas jusqu'à quel point il est prudent de s'emparer de Bertrand de Rains dans ce moment...

JEANNE.

Vous n'avez donc pas compris que je le veux?...

LE SÉNÉCHAL.

Si, madame la comtesse ; mais je dois, en bon serviteur,
vous avertir de ce qui se passe et des conséquences que
pourrait entraîner l'arrestation de l'ermite...

JEANNE.

Ne vous inquiétez-pas de ces conséquences, et obéissez,
sénéchal...

LE SÉNÉCHAL, à part.

Hélas ! que va-t-il arriver?...

Il sort.

SCÈNE VI

JEANNE, LE PRINCE, LE FAUCONNIER.

LE PRINCE.

Je vous plains, comtesse, d'avoir à supporter les résistan-
ces de ce timide vieillard... C'est avec de pareils agents
que l'on manque ordinairement les opérations les mieux
conçues et les mieux préparées... —

LE FAUCONNIER, à part.

Et c'est avec des amis tels que toi que l'on rêve des crimes et que l'on se perd...

JEANNE.

Il est craintif et raisonneur, il est vrai, mais il m'aime...

LE PRINCE.

Et vous perdra peut-être par son affection mal entendue...

JEANNE.

Oh! je sais commander, prince... Si je tolère les réflexions
du sénéchal, elles ne sauraient m'influencer...

LE PRINCE.

Défiez-vous-en toujours ainsi, chère comtesse...

SCÈNE VII.

LES PRÉCÉDENTS, BOUCHARD D'AVÊNES.

BOUCHARD D'AVÊNES.

Qu'ai-je appris, ma sœur?... Vous avez ordonné d'arrê-
ter l'ermite Bertrand de Rains?... A-t-il donc enfreint les
lois ou outragé votre seigneurie?...

JEANNE.

Il a fait plus, mon frère... il s'est prétendu l'empereur
de Constantinople lui-même...

BOUCHARD D'AVÊNES.

Qui a pu vous répéter cela, ma sœur?... A-t-on surpris
cette audacieuse et folle affirmation sur ses lèvres?...

JEANNE.

Il faut bien le croire, mon frère, puisque tout le monde
s'accorde à le prendre pour l'ancien comte de Flandre...

BOUCHARD D'AVÊNES.

Mais, ma sœur, est-il juste de le rendre responsable des
erreurs de l'imagination populaire?... S'il avait le projet
de s'emparer d'un pareil titre, ce serait apparemment pour
en recueillir les avantages... Or, rien absolument, dans sa
manière d'être, n'annonce de semblables prétentions...
Bertrand de Rains est un saint ermite qui consacre son
temps au soulagement des malades, à la prière, et qui vit
humblement d'aumônes... Est-ce là une attitude bien
dangereuse?... Il a, dites-vous, un parti dans le peuple et
même dans la noblesse... Qu'importe qu'il y ait des gens
qui croient reconnaître en lui leur ancien comte, s'il déclare lui-même qu'ils se trompent, et s'il ne demande,
lui, que la paix et l'obscurité?... Mais, ajoutez-vous, les
ambitieux et les turbulents profiteront de la crédulité du

20

peuple pour troubler vos États... Non, comtesse, il n'y réussiront pas, si vous ne venez à leur aide par une injuste persécution... Abandonnez donc ce funeste dessein qui pourrait compromettre cette tranquillité à laquelle vous attachez, avec raison, tant de prix... C'est en dédaignant les fables populaires qu'on les frappe plus sûrement de discrédit...

JEANNE.

Vous en parlez bien à votre aise, mon cher beau-frère... Si vous étiez convaincu, comme moi, que la révolte n'attend, pour éclater parmi les Flamands, que le plus léger prétexte, vous témoigneriez moins de quiétude... Ce n'est pas Bertrand de Rains, le saint ermite, l'imposteur ou le fou que je redoute, mais ceux qui peuvent se servir de lui...

LE PRINCE.

Et vous agissez en esprit prévoyant, comtesse... D'ailleurs, si le seigneur Bouchard d'Avênes ne s'abuse point sur le compte du personnage en question, il est certain que celui-ci ne demandera pas mieux que de s'éloigner pour conserver la paix publique... On ne risque donc rien de le faire venir au château...

JEANNE.

Cela me paraît incontestable...

BOUCHARD D'AVÊNES.

Eh bien! puisque vous êtes irrévocablement décidée à opérer l'arrestation de Bertrand de Rains, écoutez au moins ma dernière prière : que cette arrestation n'ait pas lieu en plein jour et au milieu du peuple ; car, je vous l'affirme, il vous arriverait malheur... Faites-le saisir la nuit dans sa retraite... C'est le seul moyen que vous ayez de déconcerter le fanatisme populaire et d'éviter des catastrophes...

JEANNE.

Je ne vois pas d'inconvénient, mon frère, à suivre votre avis...

LE PRINCE.

Il y en a au contraire beaucoup, madame la comtesse...
En procédant ainsi, vous serez censé faire l'aveu de votre
faiblesse !...

LE FAUCONNIER, à part.

Ah !...

LE PRINCE.

De plus, votre mesure aura une couleur odieuse qu'il
est adroit d'éviter... Enfin, vous n'êtes plus sûre de
mettre la main sur le personnage, et si votre tentative d'arrestation échoue, la crédulité populaire, se trouvant suffisamment justifiée, se croira en droit de tout entreprendre... D'ailleurs, vous avez donné des ordres formels. .
Peut-être sont-ils déjà exécutés... Laissez donc aller les
choses... c'est le mieux que vous puissiez faire...

LE FAUCONNIER, à part.

Tu es un perfide coquin, toi... Tu as un intérêt dans
tout ceci... Tu redoutes une revendication de patrimoine
ou des troubles qui viendraient entraver tes projets de
mariage et de spoliation...

JEANNE.

Allons, prince, vous avez décidément toujours raison...

LE FAUCONNIER, à part.

C'est-à-dire qu'il est autrement fin que vous, noble
comtesse...

SCÈNE VIII

LES MÊMES, UN CHEVALIER FLAMAND.

LE CHEVALIER.

Le sénéchal de Flandre m'envoie annoncer à madame

la comtesse que Bertrand de Rains n'a fait nulle difficulté
pour se rendre au château, et qu'il a lui-même exigé du
peuple qu'il demeurât calme et tranquille, quelle que fût
la durée de son absence...

JEANNE.

Et quand paraîtra-t-il devant moi?...

LE CHEVALIER.

Dans un instant, madame la comtesse...

JEANNE.

C'est bien... (Elle le congédie du geste.)

Le chevalier sort.

SCÈNE IX

JEANNE, LE PRINCE, BOUCHARD D'AVÊNES.

JEANNE, s'adressant à Bouchard d'Avênes.

Vous le voyez, mon frère, Bertrand de Rains commande
déjà à la populace!... Demain, si nous le laissons faire, il
portera notre couronne!...

BOUCHARD D'AVÊNES.

Je ne vois point cela, ma chère sœur... Bertrand de Rains
a l'amour et la confiance du peuple... Il sait ce peuple capable de faire des étourderies pour lui, et il lui demande de
rester calme dans leur mutuel intérêt... voilà tout...

JEANNE.

Vous êtes indulgent, mon frère... Et de quel droit cet
inconnu a-t-il l'amour et la confiance de mon peuple?...
Sont-ce là des choses qui puissent appartenir à d'autres
qu'à moi?... N'est-ce pas déjà un commencement de sédition que cette influence sur les masses?... Et ces injonctions

insolentes, n'en sont-elles pas la continuation?... Cette populace qu'il apaise aujourd'hui et qui lui obéit, qui m'assure qu'il ne la soulèvera pas demain contre sa souveraine?... Tout gouvernement, mon frère, qui laisse imprudemment subsister une puissance formidable auprès de lui, est un gouvernement perdu... Philippe-Auguste savait cela, lui, quand il frappa mortellement l'ordre du Temple pour n'en être pas frappé un jour...

LE PRINCE.

Il est certain que Bertrand de Rains est, à l'heure qu'il est, plus souverain que madame la comtesse, puisqu'il contient une révolte qu'elle ne pourrait pas maîtriser...

JEANNE.

Ah! j'en rougis d'indignation!... Mais, patience, patience!... Je vais enfin te tenir, Bertrand de Rains!... Si tu sors de mes mains, que je perde ma couronne!...

LE FAUCONNIER, à part.

Je serai là pour tempérer vos ardeurs de vengeance, belle comtesse, et j'y réussirai, je l'espère...

SCÈNE X

LES PRÉCÉDENTS, BERTRAND DE RAINS, LE SÉNÉCHAL, CHEVALIERS.

Bertrand de Rains éprouve une émotion profonde en apercevant Jeanne.

LE SÉNÉCHAL.

Bertrand de Rains, madame la comtesse, se rend à vos ordres...

BERTRAND DE RAINS, à part.

Ma fille!... Qu'elle est belle!... Comme elle reproduit bien la fierté de sa race!... Ah! que ne puis-je encore lui ouvrir mes bras!...

JEANNE, surprise de la majesté de l'ermite, l'a examiné quelques instants.

Ermite, votre personne attire beaucoup trop l'attention...
Savez-vous de quoi l'on vous accuse?...

BERTRAND DE RAINS.

Je ne le soupçonne même pas, madame la comtesse...

JEANNE.

Ah!... vous dissimulez?... Vos dénonciateurs ont donc
raison? ..

BERTRAND DE RAINS.

Raison de quoi, madame la comtesse?...

JEANNE.

N'éludez pas, ermite... Oui ou non, cherchez-vous à
vous faire passer pour Baudoin, l'ancien comte de Flandre, sacré empereur de Constantinople en 1205?...

BERTRAND DE RAINS, souriant.

Les anciens du peuple, madame la comtesse, prétendent
que j'ai avec lui quelque ressemblance... Plusieurs même
sont allés jusqu'à croire que je suis réellement le grand
empereur; mais je les ai toujours dissuadés...

LE PRINCE.

Et vous avez bien fait, ermite, car cette ressemblance
dont vous parlez n'existe que dans l'imagination affaiblie
de ces pauvres diables...

BERTRAND DE RAINS.

Je le crois comme vous, monseigneur...

JEANNE.

D'où vient donc alors ce prestige qui vous environne,
cette autorité que tous vous reconnaissent?...

BERTRAND DE RAINS.

Du prestige! la pauvreté n'en a pas, madame la comtesse... Quant à l'espèce d'autorité morale que l'on veut
bien m'accorder, elle s'explique facilement... Pauvre et
sans ambition, j'aime les pauvres et je tâche de leur faire
quelque bien, soit en les soignant dans leurs maladies,

soit en les aidant de mes faibles lumières et de mes conseils...

JEANNE.

Oui, et ces conseils les poussent sourdement à la déso-
béissance et à la rébellion !...

BERTRAND DE RAINS.

Jamais! madame la comtesse... J'en atteste Dieu qui nous
voit et nous entend...

JEANNE.

Dieu ne confond personne, ermite... Il laisse les méchants se confondre eux-mêmes... Ce n'est donc pas Dieu
que j'attesterai, moi, mais ceux qui ont recueilli vos discours et me les ont rapportés... Vous enseignez, ermite,
des doctrines dangereuses...

BERTRAND DE RAINS.

L'indépendance de la raison, l'amour de la liberté, le
sentiment de la dignité humaine, sont-ils donc des crimes
à vos yeux, madame la comtesse?...

JEANNE.

Peut-être, ermite... Car c'est avec ces grands mots que
l'on agite les peuples et qu'on les plonge dans mille vicissitudes... Qui vous a d'ailleurs donné la mission d'enseigner les hommes?... L'Église ne suffit-elle pas, suivant
vous, à cette tâche?...

BERTRAND DE RAINS.

Je vous l'ai dit, madame la comtesse, mes faibles connaissances sont au service de mes semblables, quand ils
croient en avoir besoin... Je vénère l'Église, son symbole
est le mien; je suis docile à ses lois et à ses volontés...
Mais elle ne m'a pas défendu d'ouvrir ma conscience à mes
frères, et je laisse parler ma conscience... Votre pouvoir
n'a rien à redouter de sa franchise, madame la comtesse...
Si je crois que l'homme est fait pour la liberté, je crois en
même temps qu'il ne peut la devoir qu'aux bons gouver-

nements... Vous voyez que je ne suis pas dangereux...

JEANNE.

On m'a dit cependant qu'il vous était arrivé de blâmer hautement certains actes de mon autorité...

BERTRAND DE RAINS.

On vous a dit la vérité, madame la comtesse...

LE FAUCONNIER, à part.

Diable! diable!... Tu vas te faire un mauvais parti, mon brave Bertrand de Rains...

JEANNE.

Comment!... vous auriez eu l'audace...

BERTRAND DE RAINS.

J'ai eu l'audace, madame la comtesse, d'avoir parfois, comme le dernier homme du peuple, mon opinion et de la dire...

JEANNE.

Les opinions des hommes du peuple ne tirent point à conséquence, ermite... Il n'en est pas de même de celles des gens qui passent pour être éclairés... Celles-là ont toujours une fâcheuse influence quand elles sont hostiles aux princes...

BERTRAND DE RAINS.

Madame la comtesse me pardonnera d'être d'un avis contraire au sien... C'est l'opinion des ignorants qu'il faut redouter, car lorsqu'elle est faite, c'est un torrent qui entraîne tout ce qu'on lui oppose...

JEANNE.

Oui, mais cette opinion des masses, qui la commence, qui l'entretient, qui l'échauffe, sinon les mécontents et les ambitieux?...

BERTRAND DE RAINS.

Erreur, madame la comtesse... Ce ne sont pas les personnes, ce sont les faits qui en sont le principe... Que les impôts soient modérés, que les vexations disparaissent, que les intérêts soient efficacement protégés, et vous ne rencontrerez que des auxiliaires dans l'opinion...

LE PRINCE.

Il paraît que l'ermite a longuement médité sur la science politique... C'est une assez étrange occupation pour un homme à jamais retiré du monde... On supposerait, en l'écoutant, qu'il s'est profondément préparé au gouvernement des empires... Cela s'accorde peu avec ses protestations si pleines d'humilité...

JEANNE.

Vous avez sans doute encore, ermite, une réponse à ces remarques judicieuses?...

BERTRAND DE RAINS.

Elle est très-simple, madame la comtesse... J'ai beaucoup voyagé, beaucoup vu, beaucoup réfléchi... J'ai longtemps servi les rois, les nations et la cause de Dieu... J'ai traversé mille vicissitudes, tantôt dans la grandeur, tantôt dans la plus profonde misère... J'ai beaucoup aimé et beaucoup souffert... J'ai acquis enfin une expérience de la vie et des sociétés que nul de mes contemporains n'a poussé peut-être aussi loin... Voilà, madame la comtesse, comment il se fait que je puisse avoir sur les questions d'État des opinions d'une certaine portée...

LE PRINCE.

Oui, et comment il se fait aussi qu'après avoir entassé tant de précieuses observations, le saint ermite ne serait sans doute pas fâché d'en faire l'application aux peuples de la Flandre...

LE FAUCONNIER, à part.

Tu en veux décidément à Bertrand de Rains, toi...

BERTRAND DE RAINS.

La Flandre est ma patrie, seigneur... Si le fruit de mes consciencieuses études et de mes longues méditations pouvait contribuer à son bonheur, ce serait pour moi, je l'avoue, une bien douce récompense...

LE PRINCE.

Vous l'entendez, madame la comtesse!...

JEANNE.

Votre expérience nous est inutile, ermite... Il faut donc vous disposer à la porter ailleurs...

BERTRAND DE RAINS.

Quitter la Flandre?... la terre qui m'a vu naître et où je suis revenu pour mourir en paix?... Oh! vous n'ordonnerez pas cela, madame la comtesse!... Vous ne voudrez pas qu'un homme de condition noble, et qui pendant trente années a prodigué son sang au service des rois et de votre père lui-même, s'en aille comme un vagabond mendier sur les chemins en pays étranger!...

JEANNE.

Cela vous guérira peut-être de votre fièvre politique, ermite... Rendez-moi grâce de n'être pas plus sévère ou peut-être même plus prudente...

BERTRAND DE RAINS.

Y a-t-il une cruauté plus grande que celle qui consiste à bannir un chevalier de sa patrie, madame?...

Le fauconnier fait signe à Bertrand de ne pas réclamer contre le bannissement. Bertrand de Rains ne remarque pas ses signes.

JEANNE.

Sans doute, c'est de l'y retenir prisonnier ou de le pendre...

BERTRAND DE RAINS.

Jetez-moi donc dans vos cachots, madame; mais que la terre de Flandre ne me soit pas refusée pour sépulture!...

LE PRINCE.

Il tient décidément beaucoup à rester près de vous, madame la comtesse...

LE FAUCONNIER.

C'est la passion de la chasse qui l'emporte, ma souveraine...

JEANNE, répondant au prince.

Je le vois et je commence à comprendre pourquoi, prince...

LE FAUCONNIER.

Je le sais bien, moi, ma souveraine... Nous chassons assez souvent ensemble dans la forêt de Glançon...

Il fait signe à Bertrand, qui n'y prend pas garde.

BERTRAND DE RAINS.

Eh bien! oui, madame la comtesse... oui, je tiens à rester près de vous... Quelque chose me dit que vous n'aurez point à vous en repentir...

LE PRINCE, dédaigneusement.

Il daignera vous protéger, madame la comtesse!...

JEANNE.

Qu'il tâche donc de se protéger lui-même auparavant, car je sens monter ma colère!...

BERTRAND DE RAINS.

Oui, madame, un pressentiment, que le ciel m'envoie sans doute, m'avertit que de grands malheurs menacent votre tête et que je ne serais pas impuissant à les détourner...

JEANNE.

Vous ferez là-dessus tout ce qu'il vous plaira, saint homme... mais de loin...Je vous ordonne de sortir de mes États et au plus vite...

Le fauconnier fait toujours signe à Bertrand.

BERTRAND DE RAINS.

Je vous en supplie, madame la comtesse, ne condamnez pas ma vieillesse à cet exil qui achèverait de la briser...

Je serai votre prisonnier... Vous me traiterez doucement ou avec rigueur, comme vous le voudrez... J'accepterai tout, je subirai tout sans me plaindre... J'exigerai de mes amis qu'ils respectent votre autorité, vos caprices et jusqu'à votre tyrannie...

JEANNE.

Assez, ermite!... Vous ferez ce que j'ordonnerai, ou, plutôt, on vous le fera faire...

BERTRAND DE RAINS.

Vous êtes inflexible, madame la comtesse!... Ni la condition, ni l'âge, ni les services, ni la raison, ni la prière, ni la justice, ni le droit, ne peuvent rien sur vous!... Ecoutez donc alors mes paroles d'adieu et tâchez de les retenir... Vous êtes ambitieuse, comtesse Jeanne, mais vous n'avez ni les talents, ni les vertus nécessaires au succès de cette ambition... Il vous faut un pouvoir sans limites, mais ce n'est pas pour faire le bien de vos peuples, c'est pour assouvir vos passions indomptées... Incapable de tenir tête à vos ennemis, incapable même de choisir vos amis, vous succomberez entre la défaite et la trahison... Destinée à gouverner de bons et braves peuples, fille d'un homme qui sut porter sur le trône de Constantin le culte de la justice et de la vérité, vous avez fatigué ces peuples en les écrasant d'impôts et de vexations, et vous avez renié votre père en faisant rougir sa mémoire devant vos excès... Et maintenant que la sédition mugit dans les rues de votre capitale et s'apprête, peut-être, à assiéger votre château, quels sont les conseils auxquels vous prêtez l'oreille?... Est-ce à ceux d'un homme simple et vrai qui vous aime et voudrait vous sauver?... Non, c'est à ceux d'un jeune fou qui convoite votre héritage pour en dissiper les revenus et hâter votre perte!... Voilà la vérité, comtesse Jeanne!... Vous vous rappellerez un jour, mais trop tard, qu'elle vous aura été dite par un homme que vous persécutiez, quand vous

étiez entourée de flatteurs et de lâches qui vous la dissi-
mulaient!...

Le fauconnier a été très-agité pendant toute cette tirade.

LE FAUCONNIER, à mi-voix.

Tu te perds, malheureux!...

JEANNE.

Sénéchal! que l'on arrête cet homme et qu'il soit jeté en
prison... Nous verrons si le peuple viendra l'y chercher...

LE PRINCE, ironiquement.

Mais pourquoi donc, comtesse?... Il est très-amusant,
ce bon ermite... Je le préfère de beaucoup à votre drolati-
que fauconnier, qui n'a pas ce superbe sérieux quand il
débite ses impertinences... Il faut le garder précieuse-
ment... Il n'aurait qu'à nous refuser ses talents une autre
fois... Pourrions-nous nous en consoler?...

JEANNE, souriant.

C'est juste... vous avez raison... Mais où allez-vous
donc chercher tout cet esprit-là, prince?...

LE PRINCE.

Il vient me trouver de lui-même, comtesse... Ouvrez-
lui la porte, il entrera chez vous mieux encore que chez
moi...

JEANNE.

Flatteur !...

On entend un grand bruit au dehors.

JEANNE.

Mais qu'est-ce que ce bruit, sénéchal?... Assiége-t-on
déjà mon château pour délivrer sa majesté l'empereur?...

LE SÉNÉCHAL.

Je le crains bien, madame la comtesse...

JEANNE.

Et souffrirez-vous que l'on outrage ainsi votre souveraine?...

21

LE SÉNÉCHAL.

Je ferai mon devoir, madame la comtesse...

Il sort pour aller défendre le château. Ses hommes le suivent.

SCÈNE XI

JEANNE, LE PRINCE, BERTRAND DE RAINS, LE FAUCONNIER.

JEANNE, au prince.

Et vous, prince, ne volerez-vous pas aussi à ma défense?...

LE PRINCE.

En pourriez-vous douter, comtesse?... Cette révolte coûtera cher à votre bonne ville de Lille, je vous en donne ma foi de chevalier... (A part.) Décidément cet homme est dangereux... Quel qu'il soit, il faut qu'il disparaisse...

Il sort.

SCÈNE XII

JEANNE, BERTRAND DE RAINS, LE FAUCONNIER.

BERTRAND DE RAINS.

Vous voyez, comtesse Jeanne, que l'iniquité a sa mesure comme toutes choses dans ce monde...

JEANNE.

Tais-toi, traître!... usurpateur!...

BERTRAND DE RAINS.

Je veux si peu usurper votre pouvoir, comtesse, que c'est moi qui vais vous le conserver dans un instant... Vous vouliez me ravir ma liberté, ma vie peut-être... Je

vais vous rendre votre couronne, quand le peuple vous
l'aura prise...

Le bruit redouble et se rapproche.

JEANNE.

Je ne veux rien te devoir, misérable!...

BERTRAND DE RAINS.

Vous ne tiendrez plus le même langage dans un moment... L'orgueil s'abaisse et s'humilie devant les victoires
populaires, qui sont l'instrument de la justice de Dieu,
comme l'âme la plus intrépide s'émeut quand la foudre
gronde, comtesse...

JEANNE.

Non, traître!... plutôt mourir!...

SCÈNE XIII

LES PRÉCÉDENTS, LE CHEVALIER DE BÉTHUNE,
LA COMTESSE JEANNE.

La foule du peuple, avec ses notables en tête. La comtesse Jeanne, pâle de
colère, se retire dans un coin. Le chevalier de Béthune s'élance auprès de
Baudoin.

LE FAUCONNIER, à part.

A la bonne heure! mes bons gros Flamands... celui-ci
vaut mieux à délivrer que votre niais de Ferrand, qui n'a
pas su se défendre...

BERTRAND DE RAINS, arrêtant la foule.

Mes amis! mes enfants! qu'avez-vous fait?... Vous n'a-
vez pas seulement violé le palais de votre souveraine,
vous avez encore violé votre promesse...

TOUS.

A bas la comtesse Jeanne!... Vive notre père!... Vive
notre ami!... Vive Bertrand de Rains!...

BERTRAND DE RAINS.

Votre père, mes amis, est mécontent de vous... Il n'a

jamais cessé de vous enseigner l'amour de l'ordre et l'o-
béissance, et vous vous présentez à ses yeux comme des
rebelles...

TOUS.

Nous voulons votre liberté!...

BERTRAND DE RAINS.

Et qui vous a dit qu'elle fût menacée, mes amis?...
Parce que vous ne m'avez pas vu revenir de suite au milieu de vous, après être entré dans le château, vous en
avez conclu que j'étais prisonnier?... Est-ce en agissant
ainsi que vous entendez prouver que vous êtes dignes de
l'indépendance?... Retirez-vous, mes enfants... Rentrez
dans vos maisons, au sein de vos familles, et chargez vos
notables de venir demander le pardon de votre souveraine... Elle ne le refusera pas, je l'espère, à votre repentir...

VOIX NOMBREUSES.

Non! non!... A bas la comtesse Jeanne!...

LE FAUCONNIER, à part.

Ils sont décidément fort mal apprivoisés...

UN NOTABLE.

Qui que tu sois, toi que nous voyons toujours au milieu
de nous prendre parti pour la justice et l'humanité, tu te
trompes sur les événements qui viennent de s'accomplir
sous la main du peuple... Ce n'est pas seulement ta délivrance que nous avons voulu obtenir, c'est la délivrance
de la Flandre tout entière... Depuis plusieurs années
nous gémissons sous un joug intolérable... Surchargés
d'impôts, molestés par des favoris, nos plaintes ont toujours été repoussées... Nous avons cru d'abord que le
sang de Baudoin ne pouvait avoir dégénéré à ce point, et
que l'auteur de nos maux était ce Ferrand que le roi de
France avait fait épouser à notre souveraine... Mais, de-

puis plus de dix ans qu'il est prisonnier de son ancien protecteur et du nouveau monarque, nous avons vu l'administration devenir de plus en plus exigeante et oppressive... Aujourd'hui les choses en sont arrivées à un état insupportable... Le travail souffre, le pays s'appauvrit, le peuple languit dans la plus affreuse misère... Plusieurs fois cette situation a soulevé l'indignation publique... Qu'en est-il résulté?... Une aggravation de souffrance... car la comtesse Jeanne s'obstine, mais ne s'éclaire point... Eh bien ! nous avons tous juré de mettre un terme à son despotisme... Que vous soyez vraiment Baudoin, notre ancien comte, comme le soutiennent nos pères qui l'ont connu, ou que vous ne soyez réellement qu'un pauvre ermite adonné à la prière et au soulagement des misères humaines, nous vous offrons de régner sur nous sans condition... Vous serez notre chef, notre souverain, et nous vous obéirons avec docilité...

TOUS.

Oui ! oui ! nous vous obéirons !...

LE NOTABLE.

Acceptez-vous, père?...

LE CHEVALIER.

Vous hésitez, sire?...

BERTRAND DE RAINS.

Non, mes enfants, je n'accepte pas... Le pouvoir a sa légitimité comme la naissance, car il se règle, comme elle, par la succession... Si votre souveraine légitime foule vos droits à ses pieds, réclamez et faites vous rendre justice; mais n'ouvrez pas la porte à l'usurpation, car vous ne savez pas qui pourrait y passer par la suite...

LE FAUCONNIER.

Tu parles en sage et en honnête homme, Bertrand de Rains...

21.

UNE VOIX.

Non! non! pas de pacte avec la comtesse Jeanne !... Elle le violerait après l'avoir juré !...

LE FAUCONNIER.

Sachez l'en empêcher, lourdauds !...

LE NOTABLE.

Vous les entendez, père?... Leur volonté est arrêtée... Encore une fois, voulez-vous accepter le pouvoir, ou nous abandonnez-vous dans de si terribles conjonctures?...

BERTRAND DE RAINS.

Je ne vous abandonne pas, mes enfants... Mais je ne consentirai jamais à me faire usurpateur... Ce sont là des expériences qui ne portent pas ordinairement bonheur aux peuples...

LE FAUCONNIER, à part.

Les bons faucons de noble race perchent toujours sur la même branche ou sur le même rocher... C'est plus prudent...

LE NOTABLE.

Vous n'usurpez pas, noble père, puisque c'est nous qui vous contraignons d'accepter le pouvoir... N'avons-nous pas le droit de choisir notre chef?... N'est-ce pas dans le peuple que résident le principe, la raison d'être et le but des gouvernements?...

BERTRAND DE RAINS.

Oui, mes enfants, tout cela est fort juste... Mais ce qui ne l'est point, c'est de renverser la représentation héréditaire, gage de paix et de tranquillité, quand on peut toujours la faire contribuer au bien commun...

LE FAUCONNIER.

Très-bien, Bertrand !...

BERTRAND DE RAINS.

Si vous pouvez détrôner votre souveraine, qui vous empêche donc de vous assurer des garanties certaines contre ses écarts et ses excès?... En la mettant dans l'impuissance de mal faire, n'est-ce pas comme si vous l'aviez remplacée?... Aimerez-vous mieux convoquer tous les ambitieux à se disputer le pouvoir?... Apprêtez-vous alors à traverser mille secousses et à trouver sur votre route d'innombrables chances contraires... Croyez-en mon expérience, mes amis, ce ne sont pas les changements et les révolutions qui font les bons gouvernements, mais l'intelligence, le patriotisme et la solidarité de tous les membres de l'État...

LE FAUCONNIER.

Voilà qui s'appelle parler!...

LE NOTABLE.

Vous refusez donc absolument de vous mettre à notre tête?...

BERTRAND DE RAINS.

Je stipulerai, si vous le désirez, les nouvelles chartes qui vous sont devenues nécessaires; mais je ne dépouillerai pas la comtesse Jeanne de son pouvoir et de sa couronne...

JEANNE.

Je ne veux pas de toi pour intermédiaire, misérable fourbe!...

LE FAUCONNIER, à Jeanne.

Vous avez tort, ma souveraine... Tout ce qui nous fait rentrer dans nos droits n'est jamais à dédaigner...

VOIX NOMBREUSES.

A bas la comtesse Jeanne!... Vive Bertrand de Rains!... C'est lui que nous voulons pour chef!...

LE NOTABLE.

Allons, père... toute hésitation ne servirait désormais qu'à exalter davantage l'esprit du peuple... Rien ne nous fera supporter plus longtemps le joug de cette indigne souveraine, qui ne sait pas même reconnaître en vous son

seul et véritable ami... Prenez le pouvoir de nos mains,
ou je ne réponds pas des malheurs qui pourraient désoler la Flandre !...

LE CHEVALIER.

Oh ! de grâce, sire, ou vous perdez votre fille et notre
pays !...

BERTRAND DE RAINS, réfléchissant.

L'aveuglement de cette pauvre femme que j'aurais voulu
sauver, et votre volonté inflexible, me décident... J'accepte
malgré moi le gouvernement de la Flandre... Mais...

LE CHEVALIER.

Enfin !...

JEANNE, l'interrompant.

Tu as donc atteint ton but, fourbe infâme !... Tu le tiens,
ce pouvoir si longtemps convoité !...

LE FAUCONNIER.

Voilà ce que c'est que de pousser trop loin les choses...
Vous l'avez voulu, ma souveraine...

BERTRAND DE RAINS.

Oui, je l'accepte... mais sans déroger à mes convictions
et sans violer les principes que je vous ai, à l'instant même,
rappelés...

PLUSIEURS VOIX.

Que veut-il dire ?...

BERTRAND DE RAINS.

Je vous ai dit qu'un peuple qui sait être maître de lui
n'a pas besoin de chasser ses souverains, de détruire l'ordre de succession, puisqu'il peut toujours obliger ses chefs
à rester dans la ligne de la raison et de l'équité... Je ne
veux pas que vous vous écartiez non plus, vous, de ces
principes... En me remettant le pouvoir, vous ne les violez
point, car... je suis... Baudoin, comte de Flandre, empereur de Constantinople !...

LE CHEVALIER.

Et je suis là pour l'attester, moi!...

LE FAUCONNIER, à part.

Je ne dis pas non !

JEANNE.

Oses-tu bien mentir ainsi, traître?...

BAUDOIN.

Votre couronne est à moi!... Je la relève de l'avilisse-
ment où l'avaient fait tomber des traîtres... Quand elle reviendra à ma fille, peut-être le malheur l'aura-t-il instruite
et rendue meilleure... Je demanderai du moins à Dieu
qu'il en soit ainsi!...

JEANNE.

Moi, je vais demander au roi de France de te faire pendre, odieux imposteur!...

Elle s'échappe par le côté.

SCÈNE XIV

LES PRÉCÉDENTS, moins JEANNE.

BAUDOIN.

Ma fille!... Jeanne! ne maudis pas ton père!... Enfant
infortunée, reviens à moi, je te pardonne!...

LE NOTABLE.

Ne craignez rien pour la comtesse, sire... La fille de
l'empereur Baudoin est désormais sacrée pour les Flamands...

TOUS.

Vive l'empereur!... Vive notre père!...

BAUDOIN.

C'est bien, mes amis... Mais rien ne vous prouve que je
suis le Baudoin que vous avez cru reconnaître, le véritable comte de Flandre... (Montrant le chevalier de Béthune.) Si je

ne puis vous présenter qu'un seul témoin à l'appui de mon identité, je veux du moins vous raconter mon histoire et vous expliquer les motifs qui m'avaient déterminé à m'ensevelir dans la retraite...

Après mon départ de Flandre, mes amis, la fortune me fut constamment fidèle jusqu'à la bataille d'Andrinople... Là, fatiguée sans doute de m'avoir élevé si haut sur ses ailes, elle faillit à son fardeau et me laissa tomber... Tout est abîme autour des sommets, mes amis... L'homme ne sait pas qu'il accroît ses dangers en s'élevant et que la chute du dernier échelon de l'ambition est toujours inévitablement mortelle... La religion m'avait bien appris à m'en douter ; mais je croyais de bonne foi servir la cause de Dieu en me laissant porter au premier rang... J'ai expié cette erreur et réparé, je l'espère, les ravages qu'elle avait causés dans mon âme... Je sais maintenant que l'on peut moins sur un trône que dans les rangs les plus obscurs, quand on possède un cœur simple et dévoué... Pauvre et inconnu, j'ai pu faire arriver la vérité jusqu'à vous... Resplendissant de la pourpre impériale, je n'ai pu ramener à la vertu un seul courtisan... La richesse et la puissance sont de mauvaises conseillères... Vaincu à Andrinople, par suite des dissensions qui s'étaient glissées parmi les grands de l'empire, je sentis que mon étoile s'était éclipsée de l'horizon et qu'il ne me restait plus qu'à mourir dans la solitude... Retenu prisonnier par le féroce Joanice et accusé par son indigne épouse d'avoir voulu attenter à son honneur, je pensai que tout était fini... Mon bon ange, mon épouse adorée, cette même femme que vos pères bénissaient autrefois avec bonheur comme la plus douce et la plus digne... mon bon ange m'était d'ailleurs apparu comme ma consolation dernière... L'impératrice, attirée de Constantinople par le bruit des dangers que je courais, s'était rendue au camp après notre défaite, et, vic-

time de son dévouement, était tombée elle-même entre les
ains de nos implacables ennemis... C'est dans les fers que
nous nous retrouvâmes et que nous nous embrassâmes pour
la dernière fois!... O Marie!... céleste créature! les barbares ont tranché les liens qui te retenaient sur la terre!...
Du haut des cieux, tu veilles maintenant et intercèdes pour
nous!... Vous le comprenez, mes amis, qu'avais-je désormais à faire ici-bas autre chose que ce que j'ai fait?... Sé-
paré de Marie, j'attendais mon supplice, quand un officier
bulgare me fit espérer que, en me délivrant, je pourrais
peut-être sauver l'impératrice... Je n'hésitai pas... Mais,
hélas! Marie avait disparu... Livrée à la cruauté de la reine
des Bulgares, celle-ci l'avait peut-être fait périr secrète-
ment; car, pendant plusieurs années de recherches, je ne
pus saisir le moindre indice de son existence... Désespéré,
épuisé de misère et de privations dans ces contrées où je
ne parvenais à me soustraire à la vengeance de Joanice
qu'à force de ruse et de fatigues, j'étais sur le point de renoncer à la lutte et de me laisser reprendre par mes ennemis, quand un ami (Montrant de Béthune), ce fidèle chevalier,
qui avait aussi, lui, survécu par miracle au carnage d'Andrinople, vint m'assurer que l'impératrice avait aussi
échappé à son bourreau et qu'elle errait dans les déserts...
Plusieurs années s'écoulèrent encore dans de vaines recherches, et je succombais de nouveau au chagrin, quand
nous apprîmes vaguement que Marie avait dû s'embarquer
pour l'Europe... Persuadé qu'elle reviendrait en Flandre
terminer ses jours auprès de ses enfants, je m'embarquai
moi-même pour la suivre... Vous allez dire, sans doute,
mes amis, que j'ai manqué aux serments et aux devoirs
du croisé en laissant absorber ma vie tout entière par ma
sainte tendresse pour Marie?... Attendez, mes amis, avant
que de juger... Nous ne fûmes pas vaincus à Andrinople...
Nous fûmes écrasés, quinze à seize mille que nous étions,

par une nuée de barbares... Sans les divisions qui étaient
survenues entre nous, principalement entre le marquis de
Montferrat et moi, nous n'eussions certainement pas été
accablés de cette façon... Mais l'ambition, en s'enflammant,
avait échauffé les égoïsmes, allumé les susceptibilités ombrageuses... Tous les chefs, en devenant princes ou rois,
ne songeaient plus qu'à consolider ou étendre leurs possessions... Plus les intérêts particuliers se développaient,
plus s'affaiblissait le zèle de l'entreprise commune... C'est
cette triste situation qui nous empêcha de recevoir à temps
les secours que nous attendions... Cette bataille terrible, où
chacun de nous fit pendant dix heures des efforts surhu-
mains, et les émotions violentes que me firent éprouver ma
captivité et celle de Marie, avaient comme tari les sources de
mon énergie... Je me sentais sans force et sans liberté morale... Le sort de Marie m'occupait seul, et j'eusse consi-
déré comme le plus odieux des crimes de penser et d'agir
autrement... D'ailleurs, que pouvaient désormais les croisés
pour la terre sainte?... Tout entiers au soin de défendre,
et à grand'peine, les provinces qui leur étaient échues dans
le partage de l'empire grec, ne seraient-ils pas forcés
d'ajourner indéfiniment le but direct de la croisade?... En
admettant que je renonçasse à l'espoir de retrouver Marie,
irais-je reprendre, à Constantinople, ma part de ce honteux spectacle?... Cette idée, je vous l'avouerai, me révol-
tait... J'en étais là, mes amis, quand m'arriva la nouvelle
que Henri, mon frère, que j'avais laissé pour garder la capitale et que l'on avait élu empereur, me croyant mort, formait une alliance de famille avec notre bourreau Joanice...
Il a cruellement expié, à Thessalonique, ce pacte odieux
qu'il n'eût jamais dû contracter... La fille de l'infâme
Joanice l'empoisonna lâchement [1]... La couronne impé-

---

[1] Henri mourut empoisonné par sa femme, le 11 juin 1216.

riale sortit alors de ma famille pour passer dans celles des
comtes d'Auxerre et de Nevers... et ce même Pierre de
Courtenai que le roi Philippe-Auguste employait secrète-
ment autrefois pour nous pousser vers l'Orient se faisait
porter, mais en vain, au trône de Constantinople [1]... Ces
derniers coups achevèrent de m'anéantir... Baudoin, me
dis-je, tu n'as plus rien à faire au milieu d'événements
que domine seule une politique de basse ambition et de
déshonneur... Retourne dans ta patrie... Va rendre à la
terre qui t'a vu naître ce corps que toutes les douleurs ont
brisé... Va chercher, si tu peux, une existence plus calme
auprès de ta femme et de tes enfants, si Dieu te les a conservés... C'est dans cette disposition que je quittai les ri-
vages d'Orient... De retour ici, mes espérances étaient encore déçues, mes amis... Marie n'avait pas abordé sur nos
côtes... Elle était indubitablement morte dans le désert...
et ma fille, dure, impérieuse, dissipatrice, faisait le malheur de mes bons et braves Flamands!... Ah! cette rude
épreuve me rejeta définitivement du monde... Il ne me
restait plus qu'à cacher ma honte et mes revers dans un
mystère impénétrable... C'est le parti que j'avais pris, vous
le savez, quand le destin, qui ne se lasse pas de me poursuivre, a soulevé un coin du voile qui me couvrait et m'a
replongé, malgré ma résistance, au sein de vos discordes ci-
viles... Je n'ai donc vécu jusqu'à présent que pour assister
successivement à la ruine de tous les miens!... O mes
amis! laissez-moi croire que Jeanne n'est pas à jamais
perdue pour son père, et que son cœur se retrempera dans
les grands et nobles sentiments qui ont honoré ses ancê-

[1] Pierre de Courtenai, ayant épousé Iolande de Flandre, sœur de
Baudoin et de Henri, fut unanimement élu par les barons latins de l'empire grec, à cause de ce lien de parenté avec les deux empereurs. Sacré à Rome, et parti pour Constantinople, il périt en Épire, par suite
de la trahison de Théodore Comnène, qui en était roi.

tres... Ma vieillesse serait trop amère et trop douloureuse,
s'il devait en être autrement [1]!...

Émotion générale.

LE FAUCONNIER.

Soyez tranquille, sire, elle connaîtra la vérité... Je la
lui dirai, moi...

LE NOTABLE.

Oui, sire, nous l'espérons aussi, la comtesse votre fille
rentrera dans l'obéissance et saura se former, par votre
exemple, à l'intelligence et aux vertus du gouvernement...
Mais sa colère, entretenue par les hommes perfides qui
l'entourent, ne s'apaisera pas sur-le-champ... On la pous-
sera certainement à réaliser sa menace de mettre le roi de
France dans ses intérêts et de le décider à marcher contre
nous...

LE FAUCONNIER.

Le prince?... je m'en charge, moi...

LE NOTABLE.

Louis VIII, vous le pensez bien, n'hésitera pas à entrer
sur nos terres pour y nourrir son armée et démembrer au
besoin de nouveau notre Flandre qu'il convoite... Mieux
que nous, vous savez, sire, qu'il faut tout prévoir... Met-
tons-nous donc, sans perdre de temps, en mesure de le
recevoir et de nous défendre...

BAUDOIN.

Oui, mes amis, nous nous défendrons et nous resterons
maîtres chez nous... Le roi de France apprendra, comme
ses prédécesseurs, que l'on ne réduit pas les comtes de
Flandre comme de simples petits barons... Nous nous

---

[1] Ce morceau, qui ne relate, en général, que des faits déjà connus du
lecteur, n'aurait pas de raison d'être, on le conçoit, à la représentation.
Il ne nous a pas paru inutile à la lecture, pour rappeler, en les grou-
pant, les principaux événements du drame jusqu'à ce moment.

battrons pour notre honneur et notre indépendance...
Avec de pareils mobiles, on est toujours assuré de vaincre !...

TOUS.

Oui ! oui ! guerre au roi de France !... Guerre à toutes
les tyrannies !...

Ils vont pour sortir, quand arrive un chevalier.

SCÈNE XV

LES PRÉCÉDENTS, UN CHEVALIER.

LE CHEVALIER.

Sire, l'armée du roi de France, rassemblée à Soissons,
s'apprête, dit-on, à venir assiéger Lille... Le parti de la
comtesse n'en dissimule pas sa joie... Votre bon et fidèle
peuple s'inquiète et demande que vous l'armiez pour la
défense...

BAUDOIN.

Vous entendez, mes amis !... Nous n'avons pas un instant à perdre... Courez armer et organiser tous les hommes valides du peuple... Visitez les forts et les remparts...
Assurez-vous des chefs de la faction... Veillez, en un mot,
à ce que tout soit prêt et bien ordonné... J'irai moi-même,
dans peu d'instants, voir si vous m'avez bien compris et si
vous n'avez rien négligé... Allez, mes amis, allez, et que
Dieu nous soit en aide !...

Tous sortent.

SCÈNE XVI

BAUDOIN, seul.

Combattre! guerroyer!... ravager et détruire!... voilà donc à quoi se sera passée ma vie!... Ah! j'avais espéré que cette carrière de sang était finie : mais j'avais trop présumé de ma destinée!... Va, Baudoin, va, pauvre esclave du sort!... Il est écrit que tu ne sortiras pas des ruines et que tu épuiseras jusqu'à la lie la coupe de toutes les infortunes!... O ma fille! ô ma patrie! ô mon brave peuple! n'ai-je donc traversé mille morts que pour vous revoir dans de si tristes circonstances!... O noble terre qui as été témoin de la gloire de mes ancêtres et qui m'as donné le jour! faut-il que vous soyez maintenant témoin de mes vicissitudes et de mon désespoir!... Belle et douce Flandre! hélas! qui m'eût dit que tu tomberais, toi aussi, dans les horreurs de la guerre civile!... Et c'est quand mon bras, affaibli par des travaux excessifs et par les années, n'aurait plus voulu que s'élever vers Dieu pour implorer ses bénédictions, qu'il faut qu'il reprenne la lourde épée des champs de bataille!... Allons! comte de Flandre, empereur d'Orient, recharge ton rocher sur tes épaules et gravis de nouveau la montagne, jusqu'à ce qu'il t'écrase!... Alors ta tâche sera remplie... Nul ne réclamera plus ta vie et tes services!...

SCÈNE XVII

LE PRÉCÉDENT, LE CHEVALIER DE BÉTHUNE.

LE CHEVALIER.

Sire, le parti de la comtesse Jeanne, irrité de l'arrestation de ses chefs, s'est soulevé tout entier et s'est rué sur
nos amis encore mal organisés... Nous avons déjà à déplo-
rer la perte d'un grand nombre d'entre eux... Le combat
continue dans quelques quartiers de la ville... Les factieux
font d'incroyables efforts pour se rapprocher du château,
dans l'intention de le reprendre... Peut-être même ne
sont-ils en ce moment qu'à quelques pas d'ici... Entendez-
vous le bruit des armes?... Les factieux gagnent du ter-
rain... Venez, sire, venez les faire pâlir par votre aspect...
En voyant la noble tête de leur souverain légitime, ils
fuiront, j'en suis sûr, tremblants et éperdus...

BAUDOIN.

Je te suis, chevalier... Allons mourir, si c'est tout ce que
nous pouvons faire !...

SCÈNE XVIII

LES PRÉCÉDENTS, CHEVALIERS ET HOMMES DU PEUPLE,
LE FAUCONNIER.

Ils entrent au moment où Baudoin va pour sortir.

UN CHEVALIER.

Nous sommes perdus, sire !... Fuyez ! fuyez !...

22.

BAUDOIN.

L'occasion d'en finir avec la vie est trop belle, chevalier... Je veux que les factieux frappent et tuent eux-mêmes leur comte et souverain !... C'est là la punition que ma vengeance leur réserve !...

Il veut sortir, mais la foule lui barre le chemin.

TOUS.

Non! non! vous ne sortirez pas !... Nous mourrons tous pour vous !...

Le bruit du combat se rapproche de plus en plus.

BAUDOIN,

Est-ce là l'obéissance que vous m'avez jurée ?...

LE CHEVALIER DE BÉTHUNE.

Non, sire... vous ne sortirez pas !... Nous périrons tous jusqu'au dernier, s'il le faut; mais nous conserverons vos jours...

BAUDOIN.

O honte !... Suis-je donc trop vieux et trop faible pour pouvoir soutenir mon honneur ?... Me croyez-vous indigne ou incapable de combattre à vos côtés ?...

LE CHEVALIER.

Non, sire... vous êtes toujours le plus grand des héros... mais il n'est plus temps de combattre... Le château ne nous appartient plus... Quelques pas à peine nous séparent de la mêlée... Il faut songer à la retraite...

BAUDOIN.

Je suis chez moi, mes amis... Sauvez, s'il en est temps encore, vos existences qui appartiennent à vos femmes et à vos enfants... Pour moi, je reste ici... Le comte de Flandre ne saurait mieux choisir le lieu de son trépas...

LE FAUCONNIER.

L'heure n'en est pas encore venue, sire...

LE CHEVALIER.

Oh ! sire, je vous en conjure, ne sacrifiez pas ainsi une cause qui n'est point perdue... Songez à vos amis et aux supplices qui les attendent, s'ils ne prennent pas leur revanche !... Songez à la patrie et au deuil dans lequel vous la plongeriez !... Et si toutes ces considérations sont sans poids pour vous, songez du moins, sire, à éviter un parricide à la comtesse Jeanne !... Faites pour l'honneur de votre maison ce que vous refusez aux prières de votre peuple et à l'humanité !...

BAUDOIN.

Un parricide !... Ma fille pourrait assassiner son père !... Oh ! non, c'est impossible !...

LE CHEVALIER.

Mais elle ne vous reconnaît pas, sire... Elle vous croit un vil imposteur !... Elle ne reculera devant aucune cruauté pour vous punir !...

BAUDOIN.

Un parricide !... Ma maison serait à toujours flétrie, déshonorée !... Ah ! j'en frémis d'horreur !...

LE FAUCONNIER.

Vous voyez bien, sire, que l'heure n'est pas encore venue...

LE CHEVALIER.

De grâce, sire, épargnez un aussi abominable crime à la comtesse, à votre fille !...

TOUS.

Oui ! oui ! grâce à votre sang ! grâce à votre nom !... Fuyez !... fuyez, sire !..

BAUDOIN.

Ah ! vous m'éclairez, mes amis... Ce n'est plus vous, ce n'est plus moi qu'il faut sauver... c'est cette malheureuse enfant que l'erreur aveugle et qui se précipiterait dans un abîme infini de tortures !... Oui, vous avez raison, me amis, sauvons ma fille, sauvons mon sang, sauvons mon nom; jusqu'ici sans tache, d'une flétrissure qui ferait horreur à la postérité la plus reculée!... Ah! bons et nobles cœurs, je vous dois mille fois plus que la vie, je vous devrai l'honneur de ma descendance!... Qu'allais-je faire, grand Dieu?... j'allais broyer le cœur de ma pauvre fille, de ma Jeanne bien-aimée, qui n'est qu'égarée par de mauvais conseils et qui serait assurément morte de douleur en apprenant qu'elle eût assassiné son père!... Allons, mes amis, fuyons!...

LE CHEVALIER.

Venez vite de ce côté, sire... Des habits que j'ai fait préparer vous permettront de sortir de la ville sans être reconnu...

BAUDOIN.

Qu'il arrive ce qu'il plaira à Dieu!...

Ils sortent par la gauche. A peine ont-ils franchi le seuil de la porte, que Jeanne et sa suite entrent par le fond. Le fauconnier fait semblant d'arriver avec la suite de la comtesse.

SCÈNE XIX

JEANNE, sa suite, LE PRINCE, LE SÉNÉCHAL, PEUPLE.

JEANNE.

Voilà donc ce que sont les rébellions, quand on sait les étouffer dans leur principe!... Où est-il donc ce peuple qui devait se lever comme un seul homme à la voix de son empereur?... Que sont donc devenus ces immenses dangers qui vous alarmaient si fort, sénéchal?... Mon pouvoir était détesté, disait-on, et supporté avec impatience!... Il paraît cependant que ce n'était pas du plus grand nombre, puisque les factieux sont rentrés en terre au premier coup de nos amis!... Sénéchal, retenez bien ceci : qu'il n'y ait plus, à l'avenir, de pareilles erreurs d'information, car c'est vous qui m'en répondriez... Et, maintenant, que ce vil imposteur et ses principaux agents soient poursuivis avec diligence dans toutes les directions... Il me faut ce fameux empereur de Byzance, mort ou vif!... Vivant, il expiera dans les supplices le crime de s'être élevé, par un faux, contre sa souveraine légitime et d'avoir ensanglanté ma capitale!... Mort, je montrerai au peuple son cadavre!... Ce sera un avertissement pour ceux qui seraient tentés de l'imiter... Quant aux intrigants ou aux dupes de la bourgeoisie et du peuple qui se sont rangés sous sa bannière, qu'ils soient tous saisis et pendus!... Les factieux sont une race qu'il faut éteindre!... Allez, sénéchal!...

LE SÉNÉCHAL.

Hélas! ce ne sont que de pauvres diables égarés, madame la comtesse...

JEANNE.

Les loups qui sortent des bois pour ravager les campagnes et dévorer les troupeaux sont poussés par la faim, sénéchal... Faut-il, pour cela, les laisser vivre?...

LE FAUCONNIER.

Les loups ne détruisent par leurs petits, ma souveraine... Or vous êtes la mère de vos peuples...

LE SÉNÉCHAL.

Et leurs femmes, et leurs enfants, madame la comtesse, que deviendront-ils, si nous pendons leurs maris et leurs pères?...

JEANNE.

La charité les soutiendra!... S'il n'avait pas dû y avoir des pauvres, Dieu ne l'eût pas instituée comme une des principales vertus!...

LE SÉNÉCHAL.

Toute divine qu'elle est, elle ne saurait tenir lieu d'un père, madame la comtesse...

JEANNE.

Notre véritable père, sénéchal, est celui qui nous enfante au bien... Celui qui nous donne l'exemple du mal est notre ennemi, fût-il même l'auteur de nos jours !...

LE SÉNÉCHAL.

Ah ! madame la comtesse, par pitié, ne laissez pas ainsi blasphémer votre raison, quand votre cœur la désavoue assurément en lui-même...

LE FAUCONNIER, au sénéchal.

Taisez-vous... N'insistez-pas et tâchons de gagner du temps...

LE PRINCE.

C'est vous qui n'entendez rien à la politique, sénéchal... Vous en êtes à croire qu'elle se traite avec le sentiment, quand elle n'obéit qu'au glaive... C'est une grave erreur, cela, sénéchal... Elle vous coûterait une couronne, si vous en aviez une...

LE SÉNÉCHAL.

Peut-être bien, monseigneur... Mais j'estime plus l'honneur et l'humanité que ce hochet...

LE PRINCE.

Vous vivrez en paix avec les hommes, sénéchal... La modestie et la simplicité de vos goûts vous le garantissent... Quiconque veut bien se condamner à la plus faible part ou renoncer à tout ici-bas est toujours sûr de rencontrer tolérance et sympathie...

LE SÉNÉCHAL.

Comme quiconque veut toujours avoir la plus grosse suscite inévitablement la haine et la violence... A chacun selon ses œuvres, ainsi qu'il a été écrit, monseigneur...

LE PRINCE.

Tout cela est oiseux, sénéchal... Ce qui ne l'est point, c'est d'obéir aux ordres de votre souveraine et de déployer contre les rebelles les dernières rigueurs... J'ai donné personnellement quelques ordres pour que toutes les routes fussent gardées et le pays battu en tous sens...

LE FAUCONNIER, à part.

Pauvre empereur!...

LE PRINCE.

Il est à croire que les chefs de la révolte et, notamment, Bertrand de Rains, ne tarderont pas à tomber entre nos mains... Je vous en préviens, en présence de madame la comtesse, sénéchal, afin que vos idées de clémence ne vous portent pas à contrarier nos projets et à compromettre le but que nous poursuivons...

LE FAUCONNIER, à part.

Je ferai plus que cela, j'espère...

LE SÉNÉCHAL.

Madame la comtesse m'a donné ses ordres, chevalier. .

Le sénéchal va pour sortir, quand paraît un officier.

SCÈNE XX

LES PRÉCÉDENTS, UN OFFICIER.

L'OFFICIER.

Je viens annoncer à notre comtesse et souveraine que Bertrand de Rains a été arrêté sur la route de Péronne...

LE FAUCONNIER, à part.

Juste ciel!...

L'OFFICIER.

Déguisé en marchand, il fuyait la juste punition de son crime; mais ses traits l'ont trahi... Reconnu de tous, il a dû confesser la vérité...

JEANNE.

Ah! je savais bien que cet audacieux imposteur n'échapperait pas longtemps à ma vengeance!... Qu'on l'amène en ces lieux!...

L'OFFICIER.

Le roi de France, madame la comtesse, qui avait envoyé devant lui une partie de ses troupes pour vous aider à réprimer la révolte, avait en même temps déclaré qu'il réclamait formellement Bertrand de Rains pour le faire juger, en sa présence, par les pairs de Flandre... Nous avons dû remettre le prisonnier entre les mains de ses hommes...

LE FAUCONNIER, à part.

Ah! ah! j'aime mieux cela... C'est une chance de plus...

JEANNE.

Et qu'entend faire le roi de France?... Sa conduite cacherait-elle le dessein de sauver l'usurpateur?...

LE PRINCE, à part.

Diable! je n'avais pas prévu ce contre-temps... Voilà un roi bien gênant ou bien officieux!...

L'OFFICIER.

Cela n'est pas supposable, madame la comtesse... Mais peut-être le roi de France aura-t-il jugé nécessaire de faire un grand et solennel exemple...

JEANNE.

J'aurais pu le faire moi-même et sans lui!...

LE PRINCE.

Le roi de France tient sans doute à ne pas perdre les bénéfices de la protection que vous lui avez demandée, madame la comtesse...

JEANNE.

Oh! le roi de France n'agit pas sans dessein... Nous verrons le prix du service!... (A l'officier.) Où le roi entend-il tenir ses assises, chevalier?...

L'OFFICIER.

A Péronne même, madame la comtesse...

JEANNE.

Et quand?...

L'OFFICIER.

Demain, madame la comtesse...

JEANNE.

Vous entendez tous, mes amis!... Demain commence à Péronne le procès de Bertrand de Rains... Nous aurons besoin de vos témoignages... Peut-être aussi aurons-nous besoin de vos bras, car la comtesse Jeanne n'est pas d'avis d'abandonner sa vengeance, fût-ce même au roi de France, son suzerain!... A demain donc, mes amis!... A Péronne!... Quelle que soit l'issue de l'affaire, un grand drame vous y attend...

TOUS.

Nous irons tous, et décidés à tout!... Vengeance!... Mort à Bertrand de Rains!...

LE FAUCONNIER, à part.

Imbéciles!... Ils vociféraient, il n'y a qu'un instant: Vive l'empereur!...

JEANNE.

Au revoir, mes amis!... A demain!...

Elle sort par la droite, les assistants s'en vont par le fond.

LE PRINCE, à lui-même.

Oui! à demain!... Ce sera à nous deux, Louis VIII, si tu as l'intention de sauver le prisonnier!... Tu seras bien habile si tu parviens à ranger de ton côté les pairs de Flandre!... Et je serai bien sot, moi, si je n'obtiens pas la tête de cet homme, qui est venu imprudemment se placer en travers de ma route!...

FIN DU QUATRIÈME ACTE.

ACTE CINQUIÈME

PERSONNAGES DU CINQUIÈME ACTE

LOUIS VIII, roi de France.
BAUDOIN, sous le nom de BERTRAND DE RAINS.
LE CHEVALIER DE BÉTHUNE.
HUBERT DE BURGH, chef de justice du royaume de France.
FOULQUE DE NEUILLY.
BOUCHARD D'AVÊNES, chanoine de Lille.
LE PRINCE DE CAPOUE.
LE FAUCONNIER de la comtesse Jeanne.
UN MOINE français.
UN ANCIEN de Lille.
VIEILLARDS de Lille.
SEIGNEURS DE LA COUR DE FRANCE.
SUITE DE LA COMTESSE JEANNE.
HÉRAUTS.
PAGES
SOLDATS.
PEUPLE.

JEANNE, comtesse de Flandre.
MARIE, impératrice de Constantinople.

Péronne, 1225.

ACTE CINQUIÈME

La scène se passe au château de Péronne, dans la grande salle de réception

---

SCÈNE PREMIÈRE

LOUIS VIII et sa cour.

UN SEIGNEUR.

Sire, la comtesse de Flandre tarde bien à se rendre à l'audience de Votre Majesté!... Serait-il vrai, comme le bruit en court, qu'elle ne veut point reconnaître, dans cette affaire, les droits de son suzerain?...

LOUIS.

La comtesse de Flandre a trop besoin de notre royale protection, dans ce moment, pour agir d'une manière aussi impolitique... Elle se présentera, soyez-en sûrs, messeigneurs, devant notre suprême tribunal...

LE SEIGNEUR.

Cela est douteux, sire... Le prince de Capoue exerce sur elle, vous le savez, un grand empire, et il n'est pas de vos amis...

LOUIS.

Qui?... ce jeune aventurier, qui se dit prince de Capoue, et qui vit à sa cour des produits problématiques du jeu, aurait l'impertinence de vouloir se faire l'ennemi du roi de France!... Nous ne lui accorderons pas cet honneur,

23.

messeigneurs... et la comtesse Jeanne elle-même est trop intelligente pour laisser compromettre plus longtemps sa position... La comtesse de Flandre dépend de nous, quoi qu'elle fasse... Elle ne voudra sans doute pas nous fournir elle-même le prétexte d'occuper ses États...

LE SEIGNEUR.

Mais il paraît, sire, qu'elle a été furieuse en apprenant votre intervention toute-puissante dans la conspiration de Bertrand de Rains, et qu'elle n'a pu dissimuler ses soupçons et ses intentions hostiles contre vous... Elle a été, dit-on, jusqu'à déclarer qu'elle résisterait par la force à vos royales volontés, si elles ne s'accordaient pas avec les siennes...

LOUIS.

Et que redoute donc de notre part la comtesse Jeanne?...

LE SEIGNEUR.

Peut-être que vous cherchiez à sauver Bertrand de Rains, sire...

LOUIS.

Et dans quel but?...

LE SEIGNEUR.

Voilà, sire, ce qu'elle n'a point expliqué... La prévention, vous le savez, ne raisonne pas...

LOUIS.

Le roi de France ne permet à personne d'élever des soupçons contre sa loyauté... Il est assez fort pour agir ouvertement en toutes choses... Il ne veut, d'ailleurs, que ce qui est juste et légitime... Si la comtesse Jeanne ne le sait pas encore, elle l'apprendra... Nous désirons que ce ne soit point trop à ses dépens...

LE SEIGNEUR.

C'est qu'il y a, vous le sentez, sire, une grande question pour la comtesse Jeanne dans l'affaire qui va se débattre...

LOUIS.

Nous ne l'ignorons pas... Mais peut-elle savoir, elle, quels sont nos vues et nos desseins ?...

LE SEIGNEUR.

Elle suppose, peut-être, sire, que vous empêcheriez la condamnation à mort de Bertrand de Rains, afin d'affaiblir son gouvernement, frappé depuis longtemps déjà par la détention du comte Ferrand, son époux...

LOUIS.

Ah !... Que n'a-t-elle alors acquitté la rançon fixée par notre auguste père ?...

LE SEIGNEUR.

C'est vrai, sire... mais enfin les circonstances étant ce qu'elles sont, la comtesse a un immense intérêt à ce que vous ne teniez pas suspendu sur sa tête un prétendant qui a l'opinion presque tout entière pour lui...

LOUIS.

Nous concevons cela... Ce serait rendre la guerre civile permanente dans les Flandres, et faire tomber d'elles-mêmes ces provinces entre nos mains... La comtesse Jeanne, par ses outrageantes défiances, mériterait bien que nous en agissions ainsi... Nous ne le ferons pas, par respect pour notre royale dignité... Nous serons impartial et désintéressé comme la justice... Nous nous bornerons à assurer l'indépendance des juges. Si Bertrand de Rains n'est qu'un vil imposteur, il subira le supplice dû à son crime... Si la Providence a voulu, au contraire, qu'il fût bien réellement l'illustre empereur de Constantinople, notre royale main saura empêcher le meurtre d'un grand prince, et sauver la comtesse Jeanne d'un épouvantable parricide...

UN AUTRE SEIGNEUR.

Avouez, messeigneurs, qu'il serait bien extraordinaire que l'empereur Baudoin se fût caché, dans un ermitage, sous le faux nom de Bertrand de Rains...

AUTRE SEIGNEUR.

Oui, assurément... La chose n'est même pas vraisemblable...

LOUIS.

Je le pense comme vous, messeigneurs..., Bertrand de
Rains n'est certainement qu'un fou ou un imposteur;
mais, quel qu'il soit, ses partisans sont assez nombreux et
son influence assez considérable pour qu'il soit nécessaire
de donner à son procès une haute importance... Dans l'intérêt de la comtesse Jeanne, dans celui des comtes et barons de notre royaume, dans celui même des peuples,
dont la sécurité est le premier besoin, il faut qu'un grand
exemple ait lieu, et il nous appartient d'en prendre l'initiative....

LE PREMIER SEIGNEUR.

La comtesse Jeanne et les pairs de Flandre ne peuvent
manquer de comprendre cela, sire...

LOUIS.

Nous y comptons, messeigneurs... Aussi sommes-nous
sans inquiétude sur les sentiments hostiles que l'on se plaît
à prêter à la comtesse...

SCÈNE II

LES PRÉCÉDENTS, LA COMTESSE JEANNE, LE PRINCE DE
CAPOUE, LE FAUCONNIER, CHEVALIERS, suite.

UN PAGE.

La comtesse Jeanne!...

La comtesse entre suivie du prince, du fauconnier et de plusieurs chevaliers.

JEANNE.

Je vous rends grâce, mon beau sire, de l'empressement

que vous avez mis à m'envoyer vos troupes pour m'aider
à réprimer les désordres de Lille...

LOUIS. (Il s'est avancé pour prendre la main de la comtesse.)

Notre royale protection vous est acquise en toutes circonstances, comtesse... Mais le dévouement de vos amis et
le droit sens de vos populations vous ont rendu notre bon
vouloir inutile... Nous vous en offrons nos bien sincères
félicitations...

JEANNE.

En effet, mon beau sire et suzerain, cette ridicule révolte a été étouffée à l'instant même... Les complices de ce
misérable imposteur se sont évanouis dès qu'il a fallu combattre sérieusement... Lui-même, comme vous savez, est
tombé immédiatement entre nos mains...

LOUIS.

Oui, vos gens l'ont remis aux nôtres...

JEANNE.

Me permettrez-vous, sire, de vous témoigner, à cette occasion, le regret que j'éprouve d'occuper vos précieux moments d'un si mince et si insignifiant intérêt?... Un pauvre
fou ou un impudent fripon mérite-t-il que vous preniez
la peine de présider nos assises?...

LE SEIGNEUR, à mi-voix.

Nous y voilà, sire...

LOUIS.

Lui?... Non, comtesse, j'en conviens... Mais je vois dans
cette affaire une question qui nous intéresse tous, princes
et rois... Il est prudent de ne pas laisser les peuples se fa-
miliariser avec ces substitutions de personnes... Ce serait
exposer nos successeurs à de graves dangers dans l'avenir... Nous ne le pouvons pas sans manquer aux devoirs de
notre position, comtesse...

JEANNE.

Je vous approuve beaucoup, mon beau sire... Mais ne

craignez-vous pas que l'effet que vous attendez du jugement qui va avoir lieu ne soit précisément compromis par
la forme dans laquelle il sera rendu?... Ne dira-t-on pas
que nous nous sommes concertés, vous, sire, pour maintenir le comté de Flandre entre les mains d'une femme et en
avoir, au besoin, plus facilement raison ; moi, parce que je
me sentais sans force contre la légitimité des prétentions
du factieux et contre l'opinion qui lui était favorable?...

LE SEIGNEUR, à mi-voix.

Le moyen est assez ingénieux...

LOUIS.

Non, comtesse... On dira que le roi de France, en bon
et équitable suzerain, a voulu protéger, dans l'avenir, tous
ses grands et fidèles vassaux contre la fraude et l'usurpation...

JEANNE.

Les faibles seuls ont besoin qu'on les protége, mon beau
sire...

LE SEIGNEUR, à mi-voix.

L'assurance est superbe !

LOUIS.

Nous le sommes tous relativement, comtesse...

JEANNE.

Soyons donc assez sages pour ne pas nous affaiblir davantage encore en passant pour ne pas pouvoir réprimer
seuls les révoltes qui éclatent chez nous...

LOUIS.

Ce n'est pas, comtesse, quand on ne saurait mesurer
nos forces qu'il est permis de nous déclarer faibles, mais
seulement quand elles se montrent insuffisantes... Loin de
diminuer l'opinion que l'on doit avoir de vous, la protection du roi de France ne fera, au contraire, que la grandir,
soyez-en sûre...

JEANNE.

Je n'en doute pas, sire... Je suis la première à me glorifier de votre appui, et je m'efforcerai toujours, Dieu aidant, de le mériter... Mais nos peuples ne voient pas comme nous, sire... Pour eux, la force se mesure à l'indépendance, à l'action isolée... Dès qu'un prince intervient dans les affaires d'un autre, c'est, à leur yeux, pour le dominer et l'abaisser... Leur respect et leur soumission diminuent alors en proportion de ce qu'ils considèrent comme l'affaiblissement de leur souverain, et ils ne se font plus guère faute de le lui témoigner... Ayant à gouverner un peuple susceptible et remuant, j'aurais voulu éviter de pareils inconvénients, sire, en demeurant maîtresse de diriger seule, et à mon gré, le procès de Bertrand de Rains...

LOUIS.

Êtes-vous donc certaine, comtesse, que vos populations, fanatiques et inquiètes, vous le laisseraient achever tranquillement?... Et si une nouvelle révolte, moins facile que celle-ci à étouffer, vous arrachait votre prisonnier, votre pouvoir n'en serait-il pas sérieusement ébranlé?... Qui pourrait alors répondre de l'avenir?... Croyez-nous, comtesse, nous n'avons eu, dans tout ceci, que votre seul intérêt en vue...

JEANNE.

Vous pouvez donc me promettre, sire, de ne point interposer votre royale indulgence entre la juste sévérité des juges et le crime du conspirateur?...

LOUIS.

Et pourquoi donc serions-nous indulgent pour votre ennemi, comtesse?... Qui porte atteinte à la légitimité de vos droits n'outrage t-il pas, par là même, ceux de tous les souverains?...

LE FAUCONNIER, à part.

Tu redoutes Baudoin au moins autant que ton père Philippe-Auguste, toi...

LOUIS.

· C'est la cause commune que nous défendons en prenant parti dans les événements qui viennent de menacer votre autorité... Vous en retirerez, soyez-en persuadée, votre bonne part d'avantages.

JEANNE.

Qu'il soit donc fait selon votre volonté, sire... Je m'en remets à votre loyauté chevaleresque...

LOUIS.

Vous n'aurez point à vous en repentir, comtesse...

LE PRINCE.

Tous les fidèles serviteurs de notre souveraine espèrent en vous, sire...

SCÈNE III

LES PRÉCÉDENTS, UN MOINE

LE MOINE.

Le roi de France et les nobles seigneurs de sa cour, réunis en ces lieux pour donner aide et protection à l'illustre comtesse Jeanne, n'apprendront pas sans satisfaction que notre saint-père le pape a enfin rompu son mariage avec Ferrand, retenu prisonnier à la tour de Louvre depuis onze ans...

JEANNE.

Ah !...

LE PRINCE, à part.

Enfin !... Voilà déjà un obstacle de moins...

LOUIS.

Qu'ai-je entendu, comtesse ?... Vous avez demandé, sans m'en prévenir, votre divorce au saint-siége ?...

JEANNE.

Oui, mon beau sire... Perdant l'espoir de voir jamais mon époux affranchi de sa captivité, j'ai dû considérer mon mariage comme nul et m'adresser au tribunal du Saint-Père. .

LOUIS.

Mais il y avait un moyen, comtesse, de mettre un terme à cette captivité, c'était de payer les quarante mille livres parisis exigées...

LE SEIGNEUR, à mi-voix.

Cela n'eût pas fait l'affaire du prince de Capoue...

JEANNE.

Le pouvais-je, dans l'état de mes finances, sire?... Ne vous rappelez-vous pas, d'ailleurs, avec quelle répugnance a été accueilli le comte lors de notre mariage?...

LOUIS.

Il fallait au moins nous consulter, comtesse...

JEANNE.

J'ai pensé, sire, que ce n'était là qu'un acte purement religieux et qui vous serait tout à fait indifférent...

LE SEIGNEUR, à part.

Elle ne pense pas un mot de ce qu'elle dit...

LOUIS.

Vous vous êtes trompée, comtesse... Les alliances de nos grands vassaux sont toujours d'une immense importance pour nous...

JEANNE.

Eh bien ! sire, je ne me remarierai pas sans votre agrément...

LE SEIGNEUR, à part.

L'excuse est charmante !...

LOUIS.

Nous aimons à le croire, comtesse...

24

LE PRINCE.

Ce sera donc un témoignage de condescendance toute
volontaire que voudra bien donner notre souveraine à son
suzerain...

LE SEIGNEUR, à part.

Ah!... Il est amusant celui-là...

LOUIS.

Ce sera l'observation rigoureuse de la déférence qui
nous est due, prince...

LE PRINCE.

Mais, sire, la décision du Saint-Père, en annulant l'acte
imposé à la comtesse par le roi Philippe-Auguste, la relève,
quant à son futur mariage, de votre suzeraineté...

LOUIS.

Vous croyez cela, prince?...

LE PRINCE.

J'en suis sûr, sire...

LOUIS.

Votre certitude est une erreur... La comtesse de Flandre
est et restera notre grande vassale... Son autorité ne passera entre les mains d'un nouveau mari qu'autant que
nous voudrons bien y consentir...

LE PRINCE.

Interrogez le moine qui vient de remettre à la comtesse
la bulle du Saint-Père, et il vous répondra, sire, que je
suis bien dans la véritable jurisprudence de l'Église...

LOUIS.

Je n'ai personne à consulter quand il s'agit des droits
de ma couronne, prince... Vous venez de m'ouvrir les yeux
sur certains projets que l'on prépare sans doute à la cour
de Flandre... Notre impartialité sera en éveil dans la ténébreuse affaire qui va se dérouler dans un moment...
On saura que le roi de France ne se laisse jamais surprendre dans sa justice...

JEANNE.

Sire !... excusez le zèle indiscret d'un de mes amis les plus dévoués, qui a bien voulu m'assister comme conseil dans cette triste affaire...

LE PRINCE, à part.

Diable !... le roi de France n'est pas si sot qu'on me l'avait fait...

LE FAUCONNIER, à part.

Tu viens de gâter ton affaire, fin renard...

LOUIS, à la comtesse.

Vos amis ne me paraissent pas, en effet, très-circonspects, comtesse... Vous ferez bien de les surveiller et de les contenir...

JEANNE.

Encore une fois, sire, pardonnez-leur... si l'amour trop empressé qu'ils me portent les égare... Il n'y a là danger que pour moi seule...

SCÈNE IV

LES PRÉCÉDENTS, LE GRAND JUSTICIER, FOULQUE DE NEUILLY, BOUCHARD D'AVÊNES, DAMES ET CHEVALIERS.

UN PAGE.

Le grand justicier !...

Le grand justicier, suivi des pairs de Flandre, prend place sur le siége qui lui est destiné à droite. Au fond, celui du roi ; de chaque côté, ceux des pairs de Flandre, moins élevés. A gauche, la comtesse Jeanne et le prince, également assis. Les assistants se rangent derrière les siéges, au fond et sur les deux côtés.

LE GRAND JUSTICIER.

Sire, tout est prêt pour le jugement de Bertrand de Rains...

LOUIS.

Le prévenu a-t-il fait des aveux ou s'est-il rétracté depuis qu'il est entre les mains de la justice?...

LE GRAND JUSTICIER.

Il a persisté dans ses déclarations, sire... Il continue à se prétendre Baudoin IX, comte de Flandre et de Hainaut, empereur de Constantinople...

LOUIS.

Vous a-t-il administré les preuves de son identité en cette qualité, ou vous a-t-il dit comment il entendait les fournir?...

LE GRAND JUSTICIER.

Non, sire... Il a déclaré qu'il réservait pour l'audience royale ses moyens de justification et de défense... Toutes les tentatives qui ont été faites pour lui arracher d'autres paroles sont demeurées sans résultat... C'est maintenant à Votre Majesté d'ordonner...

LOUIS.

Puisqu'il en est ainsi, que Bertrand de Rains soit amené au banc du roi pour être examiné et jugé par les pairs de Flandre : condamné, s'il est coupable ; réintégré, s'il est bien réellement ce qu'il prétend être, dans les honneurs et le rang qui lui appartiennent...

Mouvement dans l'assemblée.

LE PRINCE, à part.

Vous allez bien vite, sire...

LE FAUCONNIER, à part.

Voilà un brave monarque !...

JEANNE, à part.

Tu dissimules, Louis... Mais je te devine...

SCÈNE V

LES PRÉCÉDENTS, BERTRAND DE RAINS, HOMMES ET FEMMES
DU PEUPLE.

UN PAGE.

Bertrand de Rains !...

LE GRAND JUSTICIER.

Approchez, Bertrand de Rains... Vous voici en présence
de la haute cour des pairs de Flandre, présidée par Sa
Majesté le roi de France... Jurez par la très-sainte Trinité
que vous répondrez sans détours et avec vérité aux questions qui vont vous être adressées relativement aux accusations qui pèsent sur vous...

BERTRAND DE RAINS

Je le jure...

LE GRAND JUSTICIER.

Qui êtes-vous ?...

BERTRAND DE RAINS.

Baudoin, neuvième du nom, comte de Flandre et de
Hainaut, élu empereur de Constantinople par les Français, les Vénitiens et les Italiens de l'expédition de 1202,
sacré à Sainte-Sophie en 1205...

LE GRAND JUSTICIER.

Vous persistez dans cette déclaration ?...

BAUDOIN.

Oui, seigneur...

LE GRAND JUSTICIER.

Vous n'ignorez pas le supplice qui vous attend si vous
êtes convaincu d'imposture ?...

BAUDOIN.

Non, seigneur...

LE GRAND JUSTICIER.

Êtes-vous prêt à faire vos preuves?...

BAUDOIN.

Je suis prêt...

LE GRAND JUSTICIER.

Avez-vous des témoins qui puissent affirmer vous re-connaître?...

BAUDOIN.

Tous les anciens du peuple viendraient déposer, si je le désirais, de la vérité de mes assertions; mais je ne veux en exposer aucun...

LE FAUCONNIER, à part.

Noble cœur!...

BAUDOIN.

J'aurais encore à invoquer les importants témoignages du roi d'Angleterre Henri III, qui n'a fait nulle difficulté de me reconnaître[1]... du chevalier de Béthune... du prédicateur Foulque de Neuilly et du chanoine Bouchard d'Avênes... Le chevalier m'a accompagné, en fidèle serviteur, depuis mon départ pour l'Orient... De retour avec moi, il a partagé ma retraite jusqu'à ces derniers jours... Hier encore il était près de moi, affrontant le danger... Il viendra certainement vous apporter ses serments, à moins qu'il ne soit mort... Bouchard d'Avênes et Foulque de Neuilly ont reçu de mes mains, ainsi que mon frère Philippe et mon oncle Guillaume, la garde de mes enfants et l'administration de mes États... Il ne me sera pas même nécessaire d'en appeler à leurs souvenirs et à leurs déclarations... Je me bornerai, messeigneurs, à vous faire le récit des événements qui ont précédé mon départ de Flandre, et cela suffira pour porter l'évidence dans vos esprits...

[1] Le roi d'Angleterre lui écrivit, en effet, pour le féliciter de son miraculeux salut et de son retour.

LE GRAND JUSTICIER.

Pourquoi n'avez-vous pas invoqué ces témoignages avant la révolte de Lille, pour vous faire reconnaître de madame la comtesse?...

BAUDOIN.

Parce que j'avais absolument renoncé au pouvoir et à ses grandeurs, et que je voulais vivre et mourir dans la solitude et la prière...

LE GRAND JUSTICIER.

Comment avez-vous alors été amené à changer de résolution et à vous mettre à la tête du peuple?...

BAUDOIN.

Par une seule raison : ma tendresse pour ma fille... Je refusais obstinément de m'associer au mouvement populaire, quand je reconnus que l'autorité de la comtesse était irrévocablement condamnée, perdue... Pour la lui conserver et la lui rendre, je consentis à m'en laisser faire dépositaire...

LE GRAND JUSTICIER.

S'il en eût été ainsi, eussiez-vous accepté le combat contre ses amis?... Ne lui eussiez-vous pas fait savoir immédiatement vos intentions?... Ne les eussiez-vous pas surtout réalisées dès que vous fûtes salué chef par la multitude?...

BAUDOIN,

Ma fille, aveuglée par l'orgueil et par la haine, excitée contre moi par de perfides conseillers, ne voulait pas plus reconnaître son père que croire à ses loyales et généreuses intentions... Il fallait la vaincre pour la sauver... Je ne pouvais plus la persuader qu'en devenant son maître... Je dus me soumettre à cette triste nécessité.

JEANNE, se levant.

Imposteur!...

LE GRAND JUSTICIER, la calmant du geste.

Mais votre fuite, Bertrand de Rains, comment l'expliquerez-vous?... Ne semble-t-elle pas prouver l'impossibilité de justifier vos prétentions?...

BAUDOIN.

Si ma fille avait refusé de me reconnaître dans le malheur au moment où son peuple venait de lui arracher sa couronne et où je lui offrais paternellement de la lui rendre, le pouvait-elle après une lutte qui avait tourné à son avantage et qui l'avait enivrée de vengeance?...

LE GRAND JUSTICIER.

Le pouvait-elle davantage en vous voyant fuir pour rallumer plus tard la guerre civile dans ses États?...

BAUDOIN.

La guerre civile!... Ah! ce n'est pas moi qui l'ai allumée dans la patrie!... Ce sont les traîtres qui se sont emparés de l'esprit de ma pauvre enfant...

JEANNE.

Je te défends de blasphémer ce saint nom, odieux hypocrite!...

BAUDOIN.

Ma fille!... reviens à la raison!... Écoute au moins ce que j'ai à dire pour t'éclairer...

JEANNE.

Abrégeons, grand justicier, abrégeons... Ce vil imposteur ne veut évidemment que gagner du temps...

LE GRAND FAUCONNIER, à part.

Pauvre comtesse!.. Ce qu'ils ont fait pourtant de son cœur et de sa raison!...

LE GRAND JUSTICIER.

Que vouliez-vous faire après avoir mis vos jours en sûreté, Bertrand de Rains?...

BAUDOIN.

Épargner un crime affreux à ma fille, seigneur, et at-

tendre une occasion favorable de lui prouver mon identité... J'avais d'abord résolu de ne pas fuir... Fatigué de
la vie, je voulais mourir en laissant planer le doute sur la
vérité... L'amour de mon enfant et l'orgueil de mon nom
me décidèrent à souscrire aux prières de mes amis... Ah!
que n'ai-je suivi ma première inspiration!... Je n'aurais
pas la honte et la douleur de me voir traîner aujourd'hui
devant un tribunal qui me suspecte et s'apprête peut-être
à me frapper... Oh! sire!... oh! seigneur!... oh! ma Jeanne
bien-aimée, quoique criminelle, ne comprendrez-vous pas
mon épouvantable situation, et n'en aurez-vous pas pitié?...

LE GRAND JUSTICIER.

Vous avez déclaré que vous prouveriez que vous êtes
bien véritablement Baudoin... Ne perdez pas cela de vue,
Bertrand de Rains, et n'abusez pas des instants du roi et
des seigneurs, réunis pour vous entendre... Il nous faut
des faits positifs, des articulations concluantes et non pas
des déclamations... Si vous ne pouvez pas établir que vous
êtes le comte de Flandre, nous établirons, nous, que vous
êtes un imposteur... Les attestations ne nous manqueront
pas pour cela...

BAUDOIN.

Où les prendrez-vous donc, ces attestations indestructi-
bles?... Parmi des gens qui ne m'ont jamais vu, ou dont
l'autorité est sans caractère et sans valeur?... Parce que ma
fille ne me reconnaît pas, elle que j'ai laissée, il y a vingt-
trois ans, pour ainsi dire au berceau, en conclurez-vous
que je ne peux être son père?... Parce qu'un prétendu
prince, dont tout le monde ici pénètre les intentions et le
but, déclare, sans avoir pu me connaître, que je ne suis ni
le comte de Flandre, ni l'empereur de Constantinople,
vous en rapporterez-vous plutôt à lui qu'à moi, qui suis
connu et adoré du peuple?... Enfin, parce que vous aurez

à m'opposer deux ou trois affirmations suspectes, vous croi-
rez-vous en droit de repousser mes paroles, mes serments
et les acclamations désintéressées de cent mille vieillards
qui se rappellent mes traits, ma stature, toute ma personne?. . Quelle est donc votre équité et à quelle pensée
obéissez-vous donc, messeigneurs?...

LE GRAND JUSTICIER.

Nous obéissons au sentiment de la justice, qui ne veut
pas que l'imposture dépouille le droit légitime, entendez-
vous bien, Bertrand de Rains?...

BAUDOIN.

L'imposture!... l'imposture!... Savez-vous bien de quel
côté elle se trouve, grand justicier?... Est-ce parce que
je suis faible, vaincu et abandonné, que vous la voyez dans
mes paroles?... Est-ce ainsi que vous savez chercher la vérité et faire éclater l'innocence?... Ah! prenez-y garde,
vous qui reprochez aux peuples de céder à la passion et de
tomber dans la violence!...

LE GRAND JUSTICIER.

Pas de menaces, Bertrand de Rains, et arrivez au fait...
Voyons, et en peu de mots, comment vous entendez démontrer aux nobles seigneurs qui ont à vous juger que
vous êtes réellement Baudoin...

JEANNE.

Vous êtes bien patient, seigneur justicier !...

LE PRINCE.

Il ne démontrera rien...

LE FAUCONNIER, au prince.

Vous êtes bien pressé, monseigneur !...Le roi de France
le paraît moins que vous...

BAUDOIN.

Je fournirai la démonstration et les preuves que j'ai
promises, si le roi de France veut bien me garantir attention et impartialité, car si je devais parler devant des juges

distraits ou prévenus, je préférerais me taire... Vous voyez
du moins que la question de mon existence pèse d'un poids
bien léger dans la balance...

LOUIS.

Le roi de France ne peut que vous répéter ce qu'il
a déjà dit, Bertrand de Rains... C'est la lumière qu'il
cherche dans cette étrange affaire... Mais il laissera prononcer, suivant qu'elle se sera faite, pour vous ou contre
vous...

BAUDOIN.

Grâces vous soient rendues, sire... Puissé-je rencontrer
dans l'esprit des pairs de Flandre d'aussi droites dispositions... J'aurai arraché ma fille au déshonneur et au désespoir... J'aurai confondu les méchants qui l'entraînent au
crime et préservé ma patrie des horreurs de la guerre
civile...

Il y a vingt-six ans environ, messeigneurs, le jeune
comte de Champagne réunissait à son château d'Écry toute
la noblesse européenne dans un magnifique tournois où
elle devait se croiser... Mon frère Philippe, qui avait entendu
une conversation secrète des barons du roi de France et des
agents de l'empereur Otton d'Allemagne, s'efforçait de me
retenir dans mes États... Pour m'y déterminer, il ne crai-
gnait pas d'interpeller publiquement Foulque de Neuilly
au milieu de sa véhémente prédication... Ce vénérable
prêtre, qui est ici, m'a-t-on assuré, témoignera de la vérité
de mes paroles...

LE GRAND JUSTICIER.

Vous souvient-il de cet incident, illustre abbé de
Neuilly ?...

FOULQUE.

Oui, seigneur... Le comte de Namur, frère du comte
de Flandre, occasionna, en effet, dans cette journée un
grand scandale...

BAUDOIN.

Cependant les révélations de mon pauvre frère, qui, hélas! n'avait que trop raison, ne purent me détourner de l'accomplissement de mes promesses... J'avais pris la croix et juré d'embrasser la cause de Dieu ; je n'écoutai que mes serments... Je confiai, le même jour, dans ce même château du comte de Champagne, mon ami, que la mort devait empêcher de nous suivre, je confiai mes enfants et le gouvernement de mon comté à mon oncle Guillaume, à mon frère Philippe et à Bouchard d'Avênes... Les deux premiers ne sont plus parmi nous; mais l'archidiacre de Laon, qui vit encore, et Foulque de Neuilly, que j'appelai comme témoin de ce grand acte et de mes volontés, déclareront si je dis vrai ou si j'en impose...

LE GRAND JUSTICIER.

Vous rappelez-vous ces circonstances, messeigneurs?...

FOULQUE.

Les choses se passèrent, en effet, te!les qu'il vient d'être dit...

BOUCHARD D'AVÊNES.

Je fus, cela est vrai, choisi par le comte de Flandre pour être l'un des tuteurs de ses deux filles et pour gouverner ses États avec son oncle et son frère le comte de Namur... Ce sont là des événements connus de tous...

BAUDOIN.

Le discours que je vous tins en particulier a-t-il pu l'être de même, seigneur?...

BOUCHARD D'AVÊNES.

L'un de nous peut l'avoir répété... Il n'y avait pas de motif de le tenir secret...

BAUDOIN.

On ne répète pas une conférence de cette nature mot à mot, seigneur... Vous-même ne l'eussiez sans doute pas pu, car il y a de ces choses qui ne sont bien retenues que par ceux qui les ont dites... Vous ayant réunis autour de moi et vous ayant exposé ma situation, j'ajoutai : « Deux enfants en bas âge et mon comté se trouvent privés du même coup de leurs chefs et de leurs soutiens... J'ai songé à vous, mes amis, mes proches, pour vous les confier en attendant notre retour... Je compte si bien sur vous, que je quitte l'Europe et tout ce que j'ai de plus cher avec une parfaite sécurité... Cependant, comme il faut que cet acte de procuration et de délégation ait tous les caractères d'authenticité convenables, j'ai voulu que notre vénérable père Foulque de Neuilly fût témoin de nos paroles et de mes recommandations... C'est lui qui, au besoin, certifiera mes volontés aux peuples, et, aux grands, les droits que je confère à nos mandataires de défendre mes domaines et mes prérogatives... »

FOULQUE.

C'est là effectivement le langage que tint le comte de Flandre en remettant ses enfants et ses États entre les mains des trois personnages...

BOUCHARD D'AVÊNES.

Je reconnais aussi l'avoir entendu dans la bouche de l'illustre Baudoin...

BAUDOIN.

Vous vous rappelez sans doute alors aussi bien vos propres paroles, messeigneurs... « Nous sommes prêts, disiez-vous, vous, Bouchard d'Avênes, à conserver vos droits, à défendre vos intérêts, à élever et protéger vos enfants d'une manière digne de vous... » Et vous, vénérable père, vous me disiez : « Vous agissez avec sagesse, seigneur comte... Le ciel bénira votre prudence... Quant à l'Église que votre piété prend à témoin dans ma personne, soyez sûr qu'elle fera respecter vos droits comme les siens mêmes... C'est un engagement d'honneur, un devoir de justice aux-

25

quels elle ne saurait manquer sans renier ses propres
principes... » Est-ce bien là ce que vous disiez?...

FOULQUE.

La reproduction est fidèle...

BOUCHARD D'AVÊNES.

Je n'ai rien à reprendre à ceci...

BAUDOIN.

Confessez donc et proclamez alors que je suis bien le
comte de Flandre, le véritable Baudoin...

FOULQUE.

Quelque étrange que cela puisse paraître, vous l'êtes
peut-être... Mais ce ne sont pas des preuves que vous venez
de nous donner... Nos entretiens du château d'Écry ont pu
être conservés et transmis...

BOUCHARD D'AVÊNES.

Le comte de Flandre était si aimé de ses peuples, que
les moindres détails de ses derniers actes politiques dans
ses États durent être recueillis avec le plus grand soin...

BAUDOIN.

Et les instructions particulières que je vous donnai à
chacun, furent-elles aussi entendues et publiées?... Put-il
être su de quelque autre que vous et moi, Bouchard d'A-
vênes, que vous vous étiez engagé à surveiller l'attitude et
la politique du saint-siége et à m'instruire de tout ce qui
arriverait à votre connaissance?...

Ces paroles produisent une certaine émotion sur la comtesse.

LOUIS.

Ah !...

BOUCHARD D'AVÊNES, embarrassé.

Je ne me rappelle rien de pareil, Bertrand de Rains...
Une semblable conversation n'a pu avoir lieu entre le comte
de Flandre et moi... Veillez davantage à vos paroles, er-

mite !... Je ne souffrirais pas qu'elles compromissent mon honneur !...

LE GRAND JUSTICIER.

Prenez garde, Bertrand de Rains... Des inventions ca-lomnieuses ne vous sauveraient pas et ne feraient qu'ag-graver votre situation...

BAUDOIN.

Ce n'est pas mon salut qui m'inquiète, seigneur, mais mon nom... J'aimerais mieux mourir mille fois que de me déshonorer par le mensonge... Mes révélations peuvent n'être pas conformes à tous les intérêts... Ce qu'il y a de certain, c'est qu'elles ne s'écartent pas de la vérité... On le saura plus tard, si je ne peux réussir à le démontrer...

BOUCHARD D'AVÊNES.

Vos révélations, en ce qui me concerne, sont absolu-ment fausses, Bertrand de Rains... Je les démens formelle-ment... L'Église n'a pas eu de serviteur plus sincèrement dévoué que moi...

BAUDOIN.

Comme le comte de Flandre n'a pas eu d'ami plus désin-téressé...

BOUCHARD D'AVÊNES.

Je crois l'avoir prouvé...

BAUDOIN.

Oui, en épousant la plus jeune de mes filles, à cause de sa fortune !...

BOUCHARD D'AVÊNES.

Bertrand de Rains, vous m'insultez !... C'est une autre attitude qui convient à votre situation !...

BAUDOIN.

C'est une autre morale qui conviendrait au caractère dont vous êtes revêtu, Bouchard d'Avênes !... Vous savez que j'ai dit vrai en vous rappelant nos anciens rapports intimes... Vous savez en vous-même qu'il est impossible qu'un autre que Baudoin vous ait révélé vos engagements secrets envers lui lors de son départ, et cependant, par une honteuse lâcheté, vous ne voulez point me reconnaître !... Vous craignez que la vérité desserve vos intérêts... Etouffez donc le cri de votre conscience jusqu'à la fin... La postérité décidera entre nous !...

Jeanne ne peut dissimuler son émotion.

BOUCHARD D'AVÊNES.

Je demande à la justice d'imposer silence à cet homme...

LE GRAND JUSTICIER.

Bertrand de Rains, je vous interdis toute attaque aux personnes... (A Foulque.) Et vous, vénérable père, persistez-vous à déclarer que vous ne reconnaissez pas le prévenu pour le véritable Baudoin ?...

FOULQUE.

Je ne peux considérer comme des preuves suffisantes les circonstances qu'il nous rappelle, si exactes qu'elles soient d'ailleurs...

BAUDOIN.

Je vais vous en signaler d'autres qui vous paraîtront peut-être plus concluantes, vénérable père, si toutefois vous supportez mieux certaines vérités que le seigneur Bouchard d'Avênes... Vous souvient-il de m'avoir confessé les secrètes pensées du roi Philippe-Auguste, dont vous étiez le confident?

LOUIS, à part.

Ah! le roi de France était aussi trahi?...

FOULQUE, précipitamment.

Je n'ai jamais trahi mon roi, sache-le...

BAUDOIN.

Non, mais vous trahissiez son ambition et ses faiblesses en me révélant ses desseins...

FOULQUE, avec emportement.

Tu mens, perfide !...

LE FAUCONNIER, à part.

Oh ! oh ! Baudoin a touché juste... Le prêtre est blessé...

BAUDOIN.

Vous voyez bien que vous sacrifiez, comme Bouchard d'Avênes, la vérité et l'humanité à votre intérêt du moment !...

FOULQUE.

Je repousse tes calomnies, traître ! Ne peux-tu te défendre qu'au prix de notre honneur?...

BAUDOIN.

Le puis-je donc sans révéler ce que moi seul ai pu connaître?...

FOULQUE.

Et prétends-tu faire accepter par tes juges tes infernales inventions?...

BAUDOIN.

J'ignore ce que pensent les pairs de Flandre du débat que je soulève en ce moment; mais je suis sûr que la conscience publique n'admet pas que je puisse imaginer ce que j'avance et le soutenir, en face de vous, sans qu'il y ait au fond quelque chose de vrai...

PLUSIEURS VOIX.

Non ! non ! on n'invente pas de pareilles choses !...

JEANNE, à part.

Tout cela est étrange, en effet...

BAUDOIN.

Niez impérieusement, messeigneurs !... Écrasez de vos dédains le pauvre homme qui comparaît ici en criminel !... Traitez-le d'audacieux imposteur ou de fou !... Appelez sur sa tête les sévérités des juges pour lui fermer la bouche... Faites-le condamner et supplicier !... Vous pouvez tout cela, car vous êtes puissants et je suis faible !... Mais ce que vous ne pouvez pas, ce que vous ne pourrez jamais, ce sera d'empêcher les esprits de réfléchir sur mes déclarations et

25.

sur nos positions respectives... Le dernier homme du peuple se dira toujours : « Comment un autre que Baudoin
eût-il osé affirmer devant Bouchard d'Avênes et Foulque
de Neuilly que Bouchard d'Avênes et Foulque de Neuilly
s'étaient compromis en face de lui, l'un à l'égard de l'É-
glise, l'autre à l'égard du roi de France?...»

Jeanne est rêveuse. Les révélations de Baudoin l'ont frappée malgré elle.

PLUSIEURS VOIX.

Oui ! oui ! nous nous dirons cela !...

BAUDOIN.

Comment un autre que Baudoin aurait-il pu imaginer
ces rapports secrets du comte de Flandre avec ces deux
illustres personnages?... Pourquoi ces accusations ont-
elles si fort enflammé ceux qui en étaient l'objet?... Au-
raient-elles eu cette influence si elles eussent été dénuées
de fondement?...

UNE VOIX.

Assurément non !...

BAUDOIN.

La vraisemblance des faits imputés au célèbre prédicateur de la croisade et au chanoine de Lille n'est-elle pas
assez lumineuse?... Qu'y ont-ils répondu?... Rien, si ce
n'est des injures... Voilà ce que dira tout le monde, messeigneurs, et tout le monde conclura en faveur de la victime...

PLUSIEURS VOIX.

Oui! oui ! il a raison !...

JEANNE, à part.

Mais quel est donc cet homme, ô mon Dieu?...

LE GRAND JUSTICIER.

Non, Bertrand de Rains... car les préventions du comte
de Namur ont pu se résoudre en propos semblables aux
vôtres et circuler depuis longtemps dans l'opinion...

BAUDOIN.

Vous pensez, monseigneur?... Voyons donc alors d'autres raisons et d'autres faits... Ma disparition depuis la bataille d'Andrinople a dû nécessairement donner lieu au bruit de ma mort... Joanice, qui comprenait que je n'avais pu sortir de ses États, dans l'espérance de sauver l'impératrice demeurée captive, fut le premier à l'accréditer pour que l'on ne vînt pas me secourir... On crut, en effet, ou l'on feignit de croire que j'étais mort, comme il l'avait dit, dans ses prisons....

LE PRINCE.

Cela a malheureusement été prouvé, Bertrand de Rains, par la dernière enquête faite au nom du Saint-Père dans le but de s'assurer de la vérité...

JEANNE.

Hélas!...

LE FAUCONNIER, à part.

Comment le sait-il, celui-ci?...

BAUDOIN.

D'où vient donc qu'il a existé et qu'il existe encore plusieurs versions, seigneur?...

LE FAUCONNIER, à part.

Oui, explique cela, toi... si tu peux!...

LE PRINCE.

Erreur, Bertrand de Rains... Elles n'existent que pour le vulgaire, qui a besoin de voir partout du merveilleux...

BAUDOIN.

Non, seigneur, non, ces versions n'avaient pas pour base la crédulité du vulgaire, mais bien l'absence complète de données certaines sur le sort de l'empereur... Ce fut en vain que mon frère Henri de Hainaut fit parcourir toutes les villes de la Bulgarie... On ne put rien lui apprendre de moi, car j'errais en ce moment dans les déserts à la recherche de mon infortunée Marie...

LE PRINCE.

Nos seigneurs les pairs de Flandre comprendront dès lors que les bruits que l'on fit courir sur le sort de l'empereur de Constantinople ne pouvaient avoir le moindre fondement...

BAUDOIN.

Vous vous trompez encore, prince... C'est au contraire l'incertitude qui justifie les différents récits qui circulèrent... Ma mort eût été certaine, incontestable, qu'ils n'auraient point eu lieu...

LE GRAND JUSTICIER.

Que l'empereur de Constantinople ait péri ou non en Bulgarie, que vous soyez ou non cet empereur, cela prouve-t-il que nous devions nous en rapporter à vos discours, Bertrand de Rains ?...

BAUDOIN.

Cela ne prouve pas davantage, seigneur, que vous soyez autorisé à les regarder comme erronés ou faux... Si vous ne voulez pas croire aux relations que je vous fais, et si vous n'admettez pas que je sois échappé par miracle des mains du féroce Joanice et que j'aie erré près de quinze années dans les déserts pour y découvrir l'impératrice, ou du moins acquérir la certitude de sa mort ou de sa fuite, nul ne saurait établir que je ne suis pas ce que je prétends être, le comte de Flandre, l'empereur de Constantinople...

LE GRAND JUSTICIER.

Peut-être, Bertrand de Rains...

BAUDOIN.

Non, messeigneurs, car s'il s'élevait pour cela un seul témoignage, j'en produirais cent mille pour le confondre...

PLUSIEURS VOIX.

Oui!... oui!... cent mille!...

LE GRAND JUSTICIER.

Hérauts ! faites faire silence...

BAUDOIN.

Vous craignez donc la voix du peuple ?...

LE GRAND JUSTICIER.

Nous craignons les surprises de l'enthousiasme et du fanatisme...

BAUDOIN.

A quel intérêt croyez-vous donc qu'obéissent ces braves gens qui élèvent la voix en ma faveur?...

LE GRAND JUSTICIER.

Ils obéissent à des sentiments peut-être généreux, mais assurément irréfléchis... C'est à la justice de les mettre en garde contre leurs propres entraînements...

UNE VOIX.

La justice n'effacera pas nos souvenirs !...

BAUDOIN.

Je vous l'ai dit, messeigneurs, tous les vieillards de Lille, principalement, me reconnaissent... Vous voyez qu'ils viennent témoigner hautement en présence du roi lui-même... Qu'opposez-vous donc à leurs solennelles protestations?...

LE PRINCE.

Ma protestation, à moi, qui ai compris et démasqué tes desseins ambitieux, et qui déclare que tu es un imposteur éhonté !...

BAUDOIN.

Toi, malheureux?... Et qu'y a-t-il jamais eu de commun entre nous?... Quelle mystérieuse puissance te pousse donc à t'acharner contre moi ou plutôt contre ma fille, que tu excites à m'assassiner?... Je ne sais pas qui tu es, mauvais génie! mais je sens qu'il y a quelque chose de

fatal dans ta présence et dans ta conduite... Ah! messeigneurs, croyez-moi, cet homme obéit à une pensée funeste
à ma famille, funeste à votre honneur!... Ce n'est pas moi
seulement qu'il veut frapper, car ma vie est peu de chose
à l'heure qu'il est, puisque ma carrière est achevée... C'est
plus loin qu'il vise, j'en ai la conviction... Ne vous laissez
donc point aller à l'influence de ce démon, je vous en
conjure, messeigneurs!... Avant de prêter l'oreille à ses
discours envenimés, sachez d'où il vient et où il va...

PLUSIEURS VOIX.

Oui!... Oui!... A bas le méchant!... A bas le traître!...

LE PRINCE.

Vos clameurs ne m'empêcheront pas de déjouer l'imposture, pauvres dupes... Et toi, misérable intrigant,
tremble, car tu es vaincu!...

BAUDOIN.

Eh bien!... ce ne sera pas du moins sans t'avoir confondu devant la postérité... Approchez donc, martyrs de la
vérité, approchez, vieillards dont la mémoire est restée
fidèle à votre comte et souverain... Approchez, vous qui
n'avez pas plus oublié mon visage que mes sentiments
d'honneur et de justice... Venez sans crainte éclairer vos
magistrats ou leur faire du moins entendre le cri de votre
conscience!... Peut-être que votre courage et vos cheveux
blancs l'emporteront sur d'odieux mensonges et d'injustes
préventions!... O ma fille! dédaigneras-tu les serments
de la vieillesse qui marche, par la tombe, à l'éternité!...

LE PRINCE.

Ah! voilà ses compères!... Quelle pitoyable comédie!...

UNE VOIX.

Respect à nos anciens, monseigneur!... Respect au roi
de France qui honore la vieillesse et sait faire régner le
bon droit...

Plusieurs vieillards s'avancent devant le tribunal.

LE PLUS ANCIEN DES VIEILLARDS.

Sire, et vous tous, messeigneurs, qui vous êtes rassemblés pour la justice, voulez-vous écouter la voix des anciens du peuple?...

LOUIS.

Parlez, vieillard, nous croyons à votre sincérité, et nous pèserons avec maturité vos déclarations, quelles qu'elles soient...

LE VIEILLARD.

Merci, grand roi... Nous savons que vous êtes bon et équitable... Comptant sur votre royale protection, quelle que puisse être l'issue de cette affaire, nous en serons plus hardis dans l'expression de la vérité...

LE PRINCE.

Si vous doutez vous-mêmes de votre cause, comment pourrions-nous y avoir confiance, nous, vieillards?...

LE VIEILLARD.

Ce n'est pas de ce que nous avons à dire que nous doutons, monseigneur... Mais la justice humaine est chancelante et incertaine... L'expérience s'en défie, même quand elle offre les meilleures garanties...

LE GRAND JUSTICIER.

Abrégez, vieillards... Nos instants sont comptés...

LE VIEILLARD.

J'arrive au fait, monseigneur... Lorsque, il y a peu d'années, l'homme qui comparaît aujourd'hui devant votre tribunal vint s'établir dans un ermitage de la forêt de Glançon, tous les anciens du peuple, qui avaient connu le comte Baudoin, furent frappés de sa ressemblance avec lui... Plusieurs ayant fait part de cette remarque à l'ermite, mais celui-ci ayant répondu de manière à éloigner tout soupçon, on ne tira d'abord aucune conséquence de ce hasard...

BAUDOIN.

Hélas! que n'ai-je persévéré dans mes dénégations!...

LE VIEILLARD.

Cependant plusieurs circonstances ramenèrent sur lui l'attention publique... Quoique Flamand, d'une intelligence supérieure et d'une vaste instruction, l'origine de l'ermite, qui se faisait nommer Bertrand de Rains, était enveloppée de mystère... Nul ne connaissait sa famille... Nul non plus ne pouvait dire l'avoir connu lui-même durant sa longue carrière... Il avait beaucoup voyagé en Europe et en Asie... Il possédait à fond les plus grands événements du siècle... Il avait vu les princes les plus puissants de la terre, savait par cœur leur histoire la plus secrète... devisait avec une hauteur et une sûreté de vue extraordinaires sur tous les intérêts politiques des peuples et des gouvernements... détaillait avec précision tous les incidents de la fondation de l'empire latin de Constantinople... dissertait avec profondeur sur toutes les grandes questions actuelles et d'avenir... montrait, quant aux personnes et aux choses, une rare connaissance du cœur humain et une expérience consommée... Enfin, il parlait de la Flandre, du génie et des besoins de ses peuples, comme s'il eût dirigé lui-même son gouvernement... Si vous ajoutez à cela, messeigneurs, que Bertrand de Rains laissait, comme malgré lui, briller toutes les nobles et saintes vertus qui distinguaient précisément notre souverain Baudoin IX, vous comprendrez que nos doutes se soient peu à peu changés en certitudes...

LE FAUCONNIER.

Cela se conçoit!...

LE PRINCE.

L'imagination populaire prend si facilement le change!..

LE VIEILLARD.

Vous voyez bien que non, monseigneur, puisqu'il nous

a fallu des années pour en arriver où nous sommes...

LE GRAND JUSTICIER.

Vous croyez donc aux prétentions de Bertrand de Rains, vieillard ?...

LE VIEILLARD.

Oui, monseigneur... Bertrand de Rains, pour nous tous qui avons combattu, dans notre jeunesse, sous notre bien-aimé comte de Flandre, n'est autre que Baudoin lui-même... Nous l'avions deviné, mais ses projets ne lui permettaient pas apparemment de convenir que nous ne nous trompions point... Aujourd'hui qu'il s'est enfin déclaré, nous venons rendre publiquement hommage à sa personne et dire aux pairs de Flandre, et au roi de France, que nous nous portons garants de la vérité de sa déclaration...

BAUDOIN, à part.

Nobles cœurs !... Ce ne sont pas les grands qui donneront jamais cet exemple !...

LE PRINCE.

Fameuse garantie !... (A Jeanne.) Comtesse, ces hommes sont les meneurs de la conspiration... Ce sont eux qu'on m'a signalés...

JEANNE.

Vieillards ! vous êtes des séditieux !... Ce n'est pas l'amour de la vérité qui vous guide, mais l'ambition et la haine injuste que vous portez à votre souveraine !... Vous saurez ce qu'il en coûte aux complices des traîtres !...

LE VIEILLARD.

L'ambition ! madame la comtesse... on n'en a pas à notre âge et dans notre condition, si ce n'est celle du martyre... La haine contre vous !... La vieillesse est indulgente, et ne fussiez-vous pas la fille du noble et grand Baudoin, que nous serions encore les premiers à calmer les esprits et à conseiller la soumission... Ne cherchez donc pas des motifs intéressés à notre conduite... Nous savons les dangers

26

qui nous menacent... Nous pouvions les éviter en nous
taisant... Nous avons préféré l'accomplissement d'un devoir
sacré, dût-il nous conduire au supplice... Il est toujours
la plus glorieuse des fins quand il n'est pas mérité!...

BAUDOIN.

Bons et sages vieillards!... Ne craignez rien... Vous ne
mourrez pas... La vérité luira pour mes juges!...

LE PRINCE.

Ces insolents vieillards vous bravent, madame la comtesse !...

LE FAUCONNIER, à mi-voix.

Tu la perdras, toi, malheureux!...

PLUSIEURS VOIX.

A bas le prince!... A bas l'inconnu !... Vive nos anciens!...

JEANNE.

Souffrirez-vous donc, sire, que la sédition vienne souiller
le sanctuaire même de votre justice?...

LOUIS.

Ces manifestations ne sont pas inutiles au procès qui
s'instruit, comtesse... Notre royale impartialité a besoin de
tout connaître...

LE PEUPLE.

Vive le roi de France!... Vive notre bon sire!...

LE PRINCE, à part.

Qu'il soit maudit, votre roi!

BAUDOIN.

Vous avez raison, sire, la justice est la première vertu
des monarques...

LE GRAND JUSTICIER.

Vous persistez dans vos affirmations, vieillards?...

LES VIEILLARDS, d'une seule voix.

Oui, seigneur...

LE GRAND JUSTICIER.

C'est bien... Reprenez vos places... Sire, c'est maintenant à vous d'interroger le prévenu... Cette épreuve sera
décisive... Nosseigneurs les pairs de Flandre n'auront plus
qu'à prononcer après l'avoir entendue...

Mouvement général d'attention.

LOUIS.

Nous avons écouté avec attention et recueilli avec impartialité, Bertrand de Rains, tout ce qui a été dit pour et
contre vous... Les nobles pairs de Flandre ont apporté,
nous en sommes convaincu, la même conscience que nous
au milieu de ces débats... Nous ne saurions vous le dissimuler, Bertrand de Rains, le point capital de cet étrange
procès est demeuré douteux... Vos dires et les témoignages
de vos amis n'ont pu faire triompher suffisamment votre
cause... Vous avez présenté en votre faveur de grandes
présomptions ; vous n'avez point administré de véritables
preuves... La question jusqu'à présent n'a donc point fait
un pas... Consentez-vous à vous soumettre à une dernière
épreuve?...

BAUDOIN.

Sans hésiter, sire... Je suis prêt à les affronter toutes...
Mais comment se fait-il que le chevalier de Béthune ne se
présente pas?... Serait-il mort, grand Dieu?...

LE GRAND JUSTICIER.

Il paraît qu'on ne sait ce qu'il est devenu...

BAUDOIN.

Hélas!... mon seul ami!...

LOUIS.

Vous faites-vous fort, Bertrand de Rains, de répondre
aux questions que je vous adresserai sur des événements
personnels au comte de Flandre Baudoin IX?...

BAUDOIN.

Oui, sire, quelles que soient ces questions...

LOUIS.

Vous reconnaîtrez-vous vaincu, si l'une d'elles vous laisse muet?...

BAUDOIN.

Oui, sire, je m'y engage en présence de Dieu et des hommes...

LOUIS.

Disposez-vous donc à nous répondre... Si vous êtes bien réellement Baudoin, comte de Flandre et de Hainaut, premier empereur latin de Constantinople, quand vous êtes-vous marié, beau sire?...

BAUDOIN.

Quand je me suis marié, sire?... Ah! cette question rouvre toutes les plaies de mon cœur!... Marie! ma douce Marie! Me demander la date de mon bonheur, c'est me rappeler que je t'ai perdue!... Hélas! fallait-il raviver ce souvenir dans un pareil moment!... Ah! sire! cette prétendue impartialité que je bénissais à l'instant même, n'était-elle qu'un raffinement de cruauté, puisqu'elle me réservait une si poignante douleur!... Marie!... bel ange de ma vie! tu n'es plus là pour m'envelopper de tes blanches ailes!... Depuis qu'une impudique t'a ravie à ma tendresse, j'ai roulé de malheur en malheur jusqu'au fond de cet abîme où je suis maintenant!... Ah! sire!... Ah! messeigneurs! ne m'interrogez pas sur cette époque que je dois oublier, puisqu'elle renouvellerait des chagrins que je m'étonne d'avoir surmontés!... Ah! ma fille! ne souffrez pas non plus que l'on évoque le fantôme de votre mère!... Elle vous aimait trop pour que son seul nom ne porte pas le trouble et le désespoir dans votre cœur!...

LE PRINCE, à Jeanne.

Voyez-vous comme il élude, comtesse?... Ne vous l'avais-je pas dit?...

JEANNE.

Le souvenir de ma mère ne saurait être pénible à mon
cœur, misérable fourbe !... Suspends tes vaines déclamations et réponds à notre sire le roi de France. .

LE PRINCE.

Il l'eût déjà fait, s'il l'eût pu...

UNE VOIX.

Qui l'en empêcherait donc?...

LE PRINCE.

Le défaut de mémoire ou, plutôt, l'ignorance du fait...

LE GRAND JUSTICIER.

Allons, Bertrand de Rains, satisfaites aux questions dont
vous a honoré le roi de France...

BAUDOIN.

Attendez, monseigneur... Ce souvenir de ma chère
Marie, jeté dans ces tristes débats, a bouleversé tout mon
être... J'ai besoin de me recueillir pour remonter le cours
des événements... (Il réfléchit.) C'est étrange !... J'ai parfaitement présents à la mémoire mille détails sans importance
des principaux événements de ma vie, et je sens mes esprits
se troubler à cette question si simple et si naturelle de notre
auguste roi... Quand je me suis marié?... C'est comme si
l'on me demandait quand j'ai épousé la chevalerie ou la
couronne de l'empire grec?... Quand je me suis marié?...
N'est-il pas singulier que j'hésite, messeigneurs?... Quand
je me suis marié?... Mais votre question est trop facile,
sire... J'y eusse, sans cela, répondu de suite, soyez-en
sûr... Quand je me suis marié?... Voyons. . ma fille pouvait avoir trois ou quatre ans environ lorsque je partis
pour Constantinople... Ma chère Marie me l'avait-elle donnée longtemps après notre union?... Oh! mon bonheur fut
si parfait qu'il dut passer comme l'éclair!... Mais, ai-je
donc pu, grand Dieu! oublier cette époque de félicité?...
Est-ce bien toi, Baudoin, qui ne te souviens plus du jour

26.

et de l'année de ton mariage avec la seule femme que tu
aies aimée ?... Cela est impossible !... Elle me reviendra
certainement, cette époque, sire, quand je serai remis des
terribles émotions que m'ont accasionnées les souvenirs de
mes douleurs et de mes regrets !... Adorable Marie! ce
n'est pas l'époque de notre union que je pourrais oublier,
mais seulement celle de notre séparation, puisque ma vie
date de la première et ma mort de la seconde !... Ne vous
hâtez pas de me juger sur mon trouble, messeigneurs... Je
vous prouverai que ce n'est qu'un moment d'absence... De
grâce, sire, honorez-moi de questions nouvelles... Vous
verrez que je saurai y répondre...

LE PRINCE.

Oui, comme à la première...

LOUIS.

Le tribunal des nobles pairs de Flandre appréciera, selon
sa conscience, l'impossibilité où vous vous êtes trouvé de
répondre à ma première question, Bertrand de Rains...
Voyons si vous serez plus heureux pour les suivantes...
Pouvez-vous nous dire, chevalier, quand vous avez reçu
l'accolade de chevalerie?...

BAUDOIN.

J'étais bien jeune, sire, quand je fis mes premières armes... Mon noble père, Baudoin V, comte de Hainaut, me
prenait à ses côtés toutes les fois qu'il combattait... A peine
âgé de treize ans, je faisais partie de l'expédition qui se
jeta sur les terres de Jacques d'Avênes et lui enleva
Condé !...

LE FAUCONNIER, à part.

Ah ! je ne m'étonne plus si Bouchard refuse de reçon-
naître Baudoin IX... Il croit peut-être venger son parent
Jacques...

BAUDOIN.

J'appartenais encore, quatre ans plus tard, à l'armée

qui s'empara d'une partie du comté de Flandre, qui avait été donné à mon père par son oncle le comte de Namur, et qu'il lui retirait par suite de la naissance d'une fille... Enfin, j'assistais à la grande bataille de Neuville, qui contraignait le comte de Namur à subir les conditions que lui imposait mon père, bien que ses forces fussent de beaucoup inférieures à celles de son oncle... Le courage que je déployai dans ces grandes occasions m'acquit, vous vous le rappelez peut-être, messeigneurs, une certaine réputation... Je crois l'avoir justifiée dans la suite... ·

LE GRAND JUSTICIER.

Les hauts faits de l'illustre comte de Flandre sont connus, Bertrand de Rains... Bornez-vous à répondre à la question précise de notre sire le roi de France...

LE PRINCE.

Et le pouvoir?...

BAUDOIN.

J'étais si jeune quand on m'honora du titre de chevalier... j'avais déjà paru dans tant de tournois et de combats... j'ai commandé depuis tant de batailles, que je ne saurais aujourd'hui rappeler l'époque exacte de cette solennité... Elle eut probablement lieu après l'affaire de Neuville, où j'avais mérité l'admiration de mon noble père lui-même...

LOUIS.

L'affirmez-vous, Bertrand de Rains?...

BAUDOIN.

Pas absolument, sire... Cependant j'incline à croire que c'est vers ce temps que le roi Philippe-Auguste me donna l'accolade... Vous comprendrez, au surplus, sire, que les malheurs qui ont semé ma vie aient pu troubler et affaiblir ma mémoire... Cruellement éprouvé par Dieu, je me suis presque entièrement réfugié en lui... Les choses d'ici-bas me sont devenues si étrangères, que j'ai dû, en grande partie, les oublier... Aujourd'hui même qu'il faudrait me les rappeler pour sauver ma fille, je sens qu'elles demeurent confuses dans mon esprit... Et puis, vous le dirai-je, sire, cette nécessité de justifier mes titres et de prouver l'évidence m'embarrasse par l'insurmontable dédain qu'elle m'inspire... Le comte de Flandre, dont la droiture et l'honneur ont été proclamés dans les deux mondes par ses ennemis eux-mêmes... l'empereur de Constantinople, dont un peuple vaincu et subjugué reconnaissait hautement la justice et la véracité, rougit de descendre à prouver ses affirmations... Si ses protestations, si les mystères qu'il vous a dévoilés, si les récits touchant sa captivité et son évasion, si sa personne, son âge, ses connaissances et ses manières ne vous sont pas une démonstration suffisante, prenez sa vie, il vous l'abandonne, il dédaigne de vous la disputer plus longtemps...

PLUSIEURS VOIX.

Non! non! nous vous croyons, nous!... Nous ferons tout pour vous sauver!...

BAUDOIN.

A quoi bon, mes amis?... Je suis vieux, j'ai perdu la mémoire, mes autres facultés se sont affaiblies... A quoi pourrais-je vous être utile?... A rien... Laissez donc finir le drame douloureux de ma vie... Vous aurez fait plus pour moi qu'en me sauvant!...

PLUSIEURS VOIX.

Non! non! vous ne mourrez pas!...

BAUDOIN.

C'est donc pour prolonger mon supplice!...

LES MÊMES VOIX.

Non! vous ne mourrez pas et vous régnerez sur nous pour le bonheur de la Flandre!...

LOUIS.

Vous manquez au respect que vous devez à la justice,

mes enfants... A-t-elle donc mérité que vous lui retiriez
votre confiance?...

LES MÊMES VOIX.

Nous voulons la liberté de l'empereur!...

LOUIS.

Attendez au moins qu'il soit reconnu...

LES VOIX.

Nous voulons qu'il le soit sur-le-champ!...

LOUIS.

Laissez alors prononcer la justice!...

LES VOIX.

Qu'elle se hâte donc! ou nous agirons pour elle!...

LE GRAND JUSTICIER.

La magistrature n'est juste qu'à la condition d'être indépendante... Si le peuple veut l'opprimer, nous allons le
contraindre à sortir...

LOUIS.

J'ai une troisième question à vous poser, Bertrand de
Rains... Quand avez-vous fait hommage du fief de Flandre
à votre suzerain?...

BAUDOIN.

J'ai la tête perdue, sire... Je ne répondrai pas plus à
cette dernière question qu'aux deux autres... Mon esprit
devient un chaos où tout souvenir s'abîme...

LE FAUCONNIER, à part.

Pauvre empereur!...

LOUIS, s'impatientant.

Quoi! cette question vous trouve encore impuissant comme
les deux premières?... A qui ferez-vous donc accroire que
Baudoin n'ait pu y répondre?... Bertrand de Rains, si
vous n'êtes point un imposteur, vous êtes au moins un fou
qu'il faut bannir!... Et ce roi d'Angleterre, qui vous reconnaissait, disiez-vous, où sont les amis qu'il a envoyés pour
témoigner en votre faveur ou pour vous défendre?... Ber-

trand de Rains, vous vous êtes avoué vaincu... C'est maintenant aux pairs de Flandre à décider de votre sort...

JEANNE.

Tu vois, imposteur, que tu es confondu !...

LE GRAND JUSTICIER.

Vous vous condamnez donc vous-même, Bertrand de Rains?...

BAUDOIN.

Dites que la fatalité me condamne!... (A part.) O Satan ! supporterai-je, sans fléchir, tes tentations jusqu'à la fin?...

LOUIS.

Il n'a pas dépendu de moi de faire briller la vérité... Quoi qu'il puisse maintenant vous arriver, je m'en lave les mains...

LE FAUCONNIER, à part.

Comme Pilate quand il abandonna lâchement le Juste...

LOUIS.

J'ai fait tout ce que j'ai pu...

LE FAUCONNIER, à part.

Oui, pour achever la victime... Pauvre empereur !...

Baudoin est plongé dans l'accablement. Ses amis baissent la tête et s'éclipsent un à un [1].

JEANNE.

Sire, vous avez trop fait pour un misérable qui ne méritait pas les honneurs de votre présence... Jugé par moi, il n'eût pas si longuement abusé de ses mensonges.

LE PRINCE, à Jeanne.

Remarquez-vous, madame la comtesse, comme les complices du traître l'abandonnent?...

BAUDOIN, sortant de son accablement.

Ma fille !... Jeanne !... tu ne te contentes pas d'assassi-

---

[1] Les adhérents de Baudoin, découragés par l'issue de cette conférence, l'abandonnèrent. (Sismondi, t. VI, p. 565.)

ner ton père, tu lui jettes encore l'injure au visage!...
Est-ce assez d'humiliations et de douleurs sur une seule
tête, mon Dieu!... C'était donc pour venir recevoir la mort
sur ma terre natale, au milieu de mes compatriotes et de
la main même de ma propre fille, que j'ai échappé, en
mille occasions, à de si grands dangers!... Vous aviez décidé, ô Seigneur! que les rudes épreuves d'une vie laborieuse, que la défaite et la captivité après tant de victoires,
que le renoncement au premier trône de l'univers, que la
faiblesse et la trahison des miens, que la perte d'une
épouse adorée, que la ruine de tous mes rêves et de toutes
mes espérances, me seraient comptés pour rien!... Vous
me réserviez la plus cruelle de toutes les afflictions : une
mort ignominieuse infligée par une fille aveugle et sans
pitié!... Ah! qu'ai-je donc fait, grand Dieu! pour mériter
une si glorieuse palme?... Combien je m'en reconnais indigne en sentant mon cœur se briser, non sur mon sort,
mais sur celui de mon enfant, sur celui de ma pauvre
Jeanne, à qui est réservé, avant peu, un si affreux réveil!... Vous m'êtes témoins, seigneurs, que j'aurais
voulu lui épargner un si terrible coup!... Enfin! que votre volonté soit faite!... Votre serviteur est résigné à
tout...

LE GRAND JUSTICIER.

Renoncez-vous à répondre à la troisième question du
roi de France, Bertrand de Rains?...

BAUDOIN.

Je vous l'ai dit, je ne le puis... J'ai senti, dès l'origine
de ces tristes débats, un nuage s'étendre sur mes facultés... Il s'épaissit de plus en plus, me paralyse et m'é-
touffe... Je dois le reconnaître, je lutte en vain contre une
invincible fatalité... Mes forces et mon courage sont à
bout... Ma destinée ne m'appartient plus et s'achève!... Il
était sans doute nécessaire à ma gloire et aux impénétra-

bles desseins de la Providence que ma carrière se terminât
par une immense infortune... Chargez-vous donc, messeigneurs, des dispositions de ce dernier acte... La victime
est prête et résignée... Elle marchera au supplice comme à
un triomphe !... Faites selon votre conscience !...

JEANNE, à part.

Non, non, cet homme n'est pas mon père !...

LE GRAND JUSTICIER.

Vos délibérations sont ouvertes, nobles pairs de Flandre .. Proclamez l'innocence de Bertrand de Rains, si vous
y croyez sincèrement... Ne craignez pas de donner le
grand exemple que la société attend de vous, si vous l'avez
trouvé coupable...

Les pairs de Flandre se rapprochent pour conférer à voix basse du jugement
qu'ils doivent rendre. Pendant ce temps-là, Baudoin reste abîmé dans ses
pensées, et divers propos sont échangés.

LOUIS.

Vous voyez, comtesse, que nous n'influençons en rien
les nobles pairs de Flandre...

JEANNE.

Je vous en rends grâce, mon beau sire...

LOUIS.

Croyez-vous que leur jugement rendu dans ces hautes
conditions d'impartialité n'acquerra pas une autorité immense ?...

JEANNE.

Oui, assurément, sire... Mais je n'étais pas sans inquiétude sur votre royale bonté...

LE PRINCE, à part.

C'est-à-dire sur sa fourberie...

LOUIS.

Vous confessez donc maintenant votre erreur, comtesse ?...

JEANNE.

Oh! de grand cœur, sire... (A part.) Moyennant que Bertrand de Rains soit condamné...

LE FAUCONNIER, à part.

Lequel des deux joue l'autre?...

LE PRINCE, au fauconnier.

Ils se jouent mutuellement...

LE FAUCONNIER.

Et vous, vous les surjouez?...

LE PRINCE.

Pourquoi pas?...

LE FAUCONNIER.

Et si un autre vous jouait à votre tour?...

LE PRINCE.

Seriez-vous cet autre, par hasard?...

LE FAUCONNIER.

Pourquoi pas?... comme vous dites...

LE PRINCE.

Nous verrons bien...

LOUIS.

Maintenant, comtesse, que vos États vont être pacifiés, j'espère que vous pourrez payer la rançon de Ferrand, votre époux...

JEANNE.

Je ferai tous mes efforts pour cela, sire... Mais les impôts sont bien difficiles à obtenir... Mes pauvres peuples ont été bien accablés!...

LOUIS.

Vous prendrez du temps, comtesse, et vous satisferez à des engagements d'honneur... Les braves Flamands vous y aideront, nous en sommes convaincu...

LE GRAND JUSTICIER.

Sire, messeigneurs les pairs de Flandre ont décidé du sort de Bertrand de Rains... (Mouvement général d'attention.)

27

Voici leur sentence : L'ermite Bertrand de Rains, convaincu d'imposture, de trahison et de sédition, est condamné à être pendu dans la ville de Lille, capitale des Flandres... Le jugement sera exécuté sans sursis...

LE PRINCE, à Jeanne.

Enfin ! chère comtesse, vous voilà sortie d'inquiétude.

LE FAUCONNIER, à Jeanne et au prince.

Et le roi de France aussi, malgré ses apparences de désintéressement...

JEANNE, à part.

Décidément cet homme est bien un imposteur... (Au prince.) Je reconnaîtrai votre zèle, prince... Mais ne perdons point de temps et pressez l'exécution de cet homme... Je ne serai tout à fait tranquille que lorsqu'il n'existera plus...

LE FAUCONNIER, à part.

Tu pourrais bien ne l'être jamais ...

Il sort.

SCÈNE VI

LES PRÉCÉDENTS, moins LE FAUCONNIER.

BAUDOIN, après un long silence.

Condamné!... Condamné comme fourbe et comme usurpateur!... Ah! l'accusation seule suffisait à me rendre la vie odieuse... Vous avez bien fait de m'envoyer à la mort, pairs de Flandre... Je n'avais plus rien à faire désormais ici-bas... (Montrant la place vide de ses amis.) Ces braves cœurs qui me soutenaient tout à l'heure encore l'ont compris et se sont retirés de moi... Ah! je ne vous maudis pas, hommes simples et bienveillants... Vous m'avez cru tant que cela a été possible... Maintenant, je le reconnais moi-

même, vous ne le pouvez plus... Abandonnez-moi donc à
la honte et à l'horreur de ma destinée... Vous ne trahissez
pas le malheur, vous tournez le dos à la mort pour vivre
avec les vivants... Cela est juste et raisonnable... Allez,
âmes confiantes, allez, bon peuple, mon isolement ne
rendra pas ma fin plus amère et plus douloureuse... Revenez à ma fille, soumettez-vous au roi de France. . Reprenez votre soumission... elle vous sera plus profitable
que la révolte... Vieux et désabusé sur les préjugés de la
puissance et le néant de la grandeur, qu'eussé-je pu pour
vous et contre vos ennemis?... Je vous eusse attiré sans doute
la haine des princes voisins... Peut-être vous eussent-ils à la
fin et vaincus et détruits... Tout est bien, mes amis !... La
Providence, qui sait faire ce que nous ne pouvons heureusement empêcher, est plus sage que nous...

Me voilà donc, moi, Baudoin, comte de Flandre, empereur de Constantinople, moi, dont la bravoure, la loyauté,
les faits d'armes ont égalé ceux de l'immortel Tancrède...
Moi qui ai relevé l'empire grec, fondé en Orient la puissance des Latins, jeté sur la croisade un lustre qui l'ho-
norera aux yeux de la postérité la plus reculée... Moi qui
ai accompli des travaux de géant, servi toujours avec ardeur la religion et notre sainte Église... Moi qui ai sauvé
l'Europe de la décadence et de la barbarie en contenant
l'ambition des rois et en entraînant en foule nos seigneurs
et chevaliers à la terre sainte... Moi qui ai placé un insurmontable boulevard entre l'Orient et l'Occident... Moi qui
ai sauvegardé notre naissante civilisation chrétienne que
l'islamisme menaçait d'étouffer... Moi qui ai secondé de
ma tête et de mon bras le sublime élan des papes vers la
monarchie universelle et l'unité de la famille humaine...
Moi qui ai mis en communion les deux mondes, préparé
l'alliance des grands intérêts des peuples, assuré l'indépendance des idées, en attendant leur fusion... Moi qui ai

donné aux hommes l'exemple de la justice et la légitime
espérance de l'affranchissement par le travail... Moi enfin
qui me suis efforcé de marcher d'un pas ferme dans la voie
du Seigneur... me voilà condamné au supplice des plus
vils criminels, comme si j'avais traîné une vie de brigan-
dage et d'infamie!... Dieu révisera votre jugement, messeigneurs... C'est à lui que j'en appelle!... En attendant,
ma mort ne sera pas stérile pour vous, mes amis... Et si
ma fille pouvait demeurer dans la conviction que ce n'est
point son père qu'elle a fait condamner, mon dernier
soupir serait encore plein de douceur!...

JEANNE, à part.

Le mensonge et l'hypocrisie peuvent donc emprunter
de semblables accents?... O triste humanité!...

Les paroles de Baudoin ont interrompu l'évacuation de la salle. Au moment
où il les termine, une femme se précipite en désordre au milieu de la foule.

SCÈNE VII

LES PRÉCÉDENTS, MARIE.

MARIE, s'adressant au roi de France.

Sire, je suis une pauvre pèlerine arrivée aujourd'hui
même en ces lieux... J'ai erré de longues années en Orient,
et j'ai connu, dans ces régions lointaines, tous les princes
et seigneurs venus pour concourir à la conquête de Jérusalem...

LE PRINCE, à part.

Allons! encore un contre-temps!...

JEANNE, à part.

Quelle peut être cette femme?... sans doute quelque in-
trigante envoyée par les complices du séditieux...

MARIE.

J'ai appris, en mettant le pied sur la noble terre de
Flandre, qu'un imposteur osait se faire passer pour l'illustre Baudoin, et je suis accourue joindre mon témoignage
à celui de ses juges..

LOUIS.

Vous pouvez donc affirmer, vénérable pèlerine, que
l'empereur de Constantinople est bien réellement mort
dans les fers?...

MARIE.

Non, sire, je ne pourrais affirmer cela, malgré la grande
probabilité du fait... Mais j'ai assez connu l'empereur
Baudoin pour confondre tout imposteur qui prétendrait
prendre son nom...

LOUIS, indiquant Baudoin.

Tournez-vous donc vers cet homme, digne femme, et
dites-nous ce que vous en pensez...

LE PRINCE.

Mais, sire, il n'est plus temps... Le jugement est rendu :
il ne reste plus qu'à exécuter la sentence...

JEANNE.

Quelle confiance d'ailleurs mérite ce témoin?... Bertrand
de Rains s'est condamné lui-même... Tout retour au procès serait superflu...

LOUIS.

Ne craignez rien, comtesse Jeanne... Ce témoignage ne
nous fera pas regretter la décision des pairs de Flandre...

MARIE.

Comtesse Jeanne?... Madame est la comtesse de Flan-
dre?... (Elle l'examine avec une singulière expression.) (A part.) Ma
fille! je la retrouve!... O bonheur!... Mais protestons d'a-
bord contre les misérables qui menacent son autorité...

JEANNE.

Que lui voulez-vous, bonne femme?...

27.

MARIE.

Oh! laissez-moi vous contempler, madame, avant de vous rendre le service de témoigner en faveur de vos droits...

JEANNE.

Votre témoignage m'est inutile, bonne femme, et votre présence m'importune en ce moment...

MARIE.

Vous ne direz pas cela tout à l'heure, madame la comtesse... (A part.) Pauvre chère enfant, tu ne t'attends point à retrouver ta mère...

JEANNE.

Auriez-vous aussi par hasard des prétentions, bonne femme?...

MARIE.

Peut-être bien, madame la comtesse... Mais laissez-moi d'abord confondre celui qui ose vous disputer votre héritage...

LE GRAND JUSTICIER.

Allons, vénérable pèlerine, avez-vous déjà vu cet homme?... Le reconnaissez-vous?...

MARIE, se tournant vers Baudoin, demeure étonnée.

Cet homme?... (A part.) Quelle étrange ressemblance!... (Haut.) C'est lui qui se prétend le comte de Flandre?... oh! mais c'est impossible!... Comment se serait-il arraché des mains de son féroce vainqueur?...

BAUDOIN, à part.

Cette voix... ce visage... Serait-ce Marie, grand Dieu!... (Haut.) Un de ses officiers m'a délivré...

MARIE, à part.

C'est sa voix!... C'est son accent!... (Haut.) Un des officiers de Joanice vous a délivré, dites-vous?... Où, comment et à quelle époque?... Parlez, mon Dieu! parlez, de grâce!...

LE PRINCE.

Mais, sire, le supplice attend le coupable... Ce sont là des piéges que l'on tend à votre bonne foi...

MARIE.

Le supplice l'attend?... Lui?... Et moi je tends des piéges à la bonne foi du roi de France, dites-vous?... Non, non, le supplice sera différé et je prouverai à mon beau sire que je n'abuse point de sa bienveillance... Mais vous, seigneur, parlez... Dans quelles circonstances fûtes-vous sauvé?...

BAUDOIN.

Amené dans ma tente à la suite de Joanice, j'avais été confié à la garde d'un officier et de plusieurs soldats qui devaient me conduire sous peu d'instants dans les murs d'Andrinople... Mes gardiens s'étant quelque peu éloignés, un chevalier qui gisait à terre, grièvement blessé en défendant l'impératrice contre la brutalité de quelques guerriers, me prévint de ce qui s'était passé...

MARIE.

Après?...

BAUDOIN.

La reine des Bulgares étant venue peu d'instants après pour m'entretenir de sa coupable flamme et me proposer la fuite, je la suppliais, mais en vain, de sauver l'impératrice dont l'existence m'était mille fois plus précieuse que la mienne...

MARIE.

Alors?...

BAUDOIN.

Ayant repoussé mes prières... ayant même eu la cruauté d'arracher de mes bras mon épouse adorée qui y avait cherché un refuge après s'être échappée des mains de ses ravisseurs, il ne me restait plus d'autre alternative que la mort... Mais la Providence, qui semble m'abandonner au-

jourd'hui, veillait en ce moment sur moi... L'officier à qui
j'avais été confié, touché de notre affreuse situation et
ayant d'ailleurs à venger lui-même de personnelles injures, m'offrit généreusement de me sauver au péril de sa
vie...

MARIE.

Ensuite ?...

BAUDOIN.

Sur mon refus de fuir sans l'impératrice, il me proposa
alors de revêtir de mon armure l'infortuné chevalier que
l'on croyait mort et de me déguiser en Sarrasin... Je pourrais alors, disait-il, trouver avec lui et quelques amis le
moyen de délivrer l'impératrice des mains de ses infâmes
bourreaux... J'acceptai...

MARIE.

Et qu'advint-il de ces projets?...

BAUDOIN.

Après avoir cherché l'impératrice partout où il était
supposable que la reine des Bulgares pût la retenir captive... j'appris qu'elle était parvenue à s'échapper et qu'elle
devait errer dans les déserts... Je m'y enfonçai dans l'espoir de la découvrir... Hélas! au bout de longues et pénibles pérégrinations, j'appris qu'elle avait dû s'embarquer
pour l'Europe... Je m'embarquai aussi... Mais il était écrit
que ma chère Marie, comme un céleste mirage, me fuirait
toujours !.. Aujourd'hui ma course est finie, du moins sur
la terre... C'est dans de plus pures régions que je vais
poursuivre cette âme adorée !...Dieu, qui est la souveraine
bonté, me la garde sans doute près de lui !. .

Marie verse des larmes, tout en contenant pourtant son émotion.

MARIE, à part.

Serait-ce lui, mon Dieu !... Le ciel me le rendrait-il?...
(Haut.) Un mot encore, ô vous qui vous dites Baudoin !...

Vous souvient-il des circonstances de votre rencontre avec l'impératrice quand elle vint vous rejoindre à Constantinople, et des derniers moments que vous passâtes ensemble au camp d'Andrinople ?...

BAUDOIN.

Comme s'ils étaient présents... Je venais d'être élu empereur de Constantinople par les principaux chefs de l'armée... Au milieu des premiers soins que réclamait l'organisation de l'empire et comme j'allais partir pour visiter quelques provinces... elle s'offrit à ma vue, pâle, amaigrie, défaite, accablée par les souffrances... « Reconnaissez-vous votre dame ? » me dit-elle... Marie ! m'écriai-je, revenez-vous du ciel, ma chère âme ?...

MARIE.

Oui, c'est bien cela...

BAUDOIN.

« Non, mon noble époux, me dit-elle, c'est plutôt de l'enfer que je sors; car j'ai souffert tous les tourments depuis que nous nous sommes séparés !... » Près de quatre ans s'étaient écoulés depuis mon départ de Flandre... La comtesse, qui était partie par la flotte de Jean de Nesle, s'était trouvée prise et retenue tout ce temps par des pirates...

MARIE.

Oui ! oui ! c'est bien cela... (A part.) O mon Dieu ! c'est donc lui... (Haut.) Mais que se passa-t-il entre l'empereur Baudoin et l'impératrice, au camp d'Andrinople ?...

BAUDOIN.

L'impératrice m'ayant rejoint pendant mon entretien avec la reine des Bulgares, s'était jetée à ses pieds pour la fléchir... je la relevai en lui disant : Soyons jusqu'à la fin à la hauteur de notre rang et de notre cruelle destinée, Marie... Embrassons-nous pour la dernière fois !...

MARIE, avec élan.

C'est cela ! mon Dieu ! c'est cela !... Mon cœur et mes
souvenirs ne m'ont donc pas trompée !... Baudoin ! mon
doux seigneur ! c'est vous que je retrouve !... Ah ! le ciel
nous devait bien une si douce compensation !...

JEANNE, à part.

Que dit-elle, grand Dieu ?...

BAUDOIN, à part.

Infortunée !... viens-tu partager mon supplice ?... (Haut.)
Qui êtes-vous donc, madame ?...

JEANNE, à part.

Il ne la reconnaît pas ?... Qui donc se trompe, d'elle ou
de lui ?...

MARIE.

Qui je suis, mon seigneur et maître ?... Je suis Marie,
votre fidèle épouse !...

JEANNE.

Est-ce vraiment une imposture ou une manie conta-
gieuse ?...

LE PRINCE.

Cette femme aura pensé que le métier était bon...

BAUDOIN, soupirant.

Hélas ! je l'ai cherchée en vain... Marie a renoncé à ce
séjour de misère et de honte pour aller m'attendre ailleurs...

LE PRINCE, à Jeanne.

Il ne la reconnaît pas... Si c'est lui, ce n'est donc pas
elle... Et si c'est elle, ce n'est pas lui...

JEANNE.

Singulier mystère !...

LE PRINCE.

Dites plutôt abominable intrigue !...

MARIE.

Que dites-vous, grand Dieu? ne me reconnaissez-vous donc pas, seigneur?...

BAUDOIN.

Non, madame, non, je ne vous reconnais pas... Vous êtes assurément le jouet de quelque illusion...

MARIE.

Mais je vous reconnais, moi, seigneur... Vous êtes bien Baudoin, comte de Flandre, empereur de Constantinople...

BAUDOIN.

Hélas! oui, madame, je le suis bien, quoique nosseigneurs les pairs de Flandre le nient... Mais cela ne prouve pas que vous soyez l'impératrice...

MARIE.

Baudoin! mon cher époux, sortez de votre erreur!... Vous aurais-je donc mis sur la voie de notre rencontre à Byzance et au camp d'Andrinople, si je n'étais pas votre Marie?...

BAUDOIN.

Je ne sais pas, madame; mais je ne vous reconnais point... (A part.) Hélas!...

MARIE.

Comment! j'aurais rappelé à votre mémoire les circonstances de nos deux dernières entrevues, et je serais une folle?...

BAUDOIN.

J'ignore, madame, sous l'empire de quelle idée ou de quel sentiment vous agissez; mais, je vous le répète, je ne vous connais point...

MARIE.

Baudoin!... mon doux seigneur, mon époux bien-aimé, reviens à toi, regarde-moi bien!... Est-il possible, mon Dieu! que les souffrances et le malheur aient rendu mes traits entièrement méconnaissables?...

BAUDOIN.

Je vous ai attentivement considérée, madame... Je ne vous ai jamais vue... (A part.) Malheureuse femme!...

MARIE.

O mon Dieu! de tous les coups qui m'ont frappée, voici le plus terrible!... Baudoin!... mon époux adoré!... Voulez-vous donc que je meure de votre main?...

BAUDOIN, à part.

O supplice!... Aimerais-tu mieux mourir de la main de ta fille, infortunée?... (Haut.) Pourquoi voudrais-je vous faire mourir, madame, quand je n'ai que quelques instants à vivre moi-même?...

MARIE.

Mais non, malheureux, puisque je vous apporte le salut!...

BAUDOIN.

Je ne l'achèterai pas au prix du mensonge et du déshonneur!...

JEANNE, à mi-voix et avec angoisse.

O ténèbres! vous dissiperez-vous!...

LE PRINCE, à Jeanne.

Vous ne voyez donc pas l'imposture qui y brille comme l'éclair, comtesse?...

MARIE.

Frappe-moi donc alors avant, pauvre insensé, car je ne saurais survivre à ton supplice!... Frappe, ne crains rien, puisque tu me crois coupable d'imposture!... Frappe! donne-moi le bienfait de la mort, puisque tu me ravis du même coup et mon époux et ma fille...

BAUDOIN, à part.

Pauvre Marie!... pardonne-moi de te torturer ainsi!...

LE PRINCE.

Allons! cette femme est folle... Éloignez-la, et que la justice du roi ait son cours...

BAUDOIN.

Oui, retirez-vous, digne femme... J'emporterai, en mourant, la consolante pensée qu'une âme charitable a voulu
me sauver aux dépens de ses jours...

MARIE, stupéfaite.

Il ne me reconnaît pas !... lui, Baudoin, qui a tant aimé
sa Marie !... Il ne me reconnaît pas, lui, ce puissant génie
que l'adversité a toujours trouvé impassible !... Il ne me
reconnaît pas, lui qui n'a jamais rien oublié, lui qui connaissait tous les soldats de ses armées et qui n'en a jamais
confondu aucun !... (Elle s'interrompt et passe la main sur son front.)
Mais, suis-je donc bien l'impératrice de Constantinople,
moi, puisqu'il ne me reconnaît point?... Baudoin, le grand
empereur, peut-il se tromper ou descendre au mensonge?...
Non, pas plus l'un que l'autre... Qui suis-je donc alors?...
Voyons, rappelons bien mes souvenirs... J'ai bien vécu
près de Baudoin depuis mon enfance... Je l'ai bien re-
trouvé à Constantinople, puis au camp d'Andrinople, peu
après... Oui, tout cela est vrai... Mais, puisque je ne suis
point l'impératrice, qui donc puis-je être?... (S'adressant au
roi.) Cherchez donc avec moi, sire...

JEANNE.

Oh! Cette femme me fait mal !...

BAUDOIN, à part.

O mon Dieu! votre serviteur est-il assez éprouvé?...

MARIE.

Vous ne me répondez pas, sire... Vous êtes fâché de mon
impertinente erreur?... Elle était bien involontaire, je
vous assure... Où donc avais-je la tête, grand Dieu! de me
prétendre l'impératrice de Constantinople?...

BAUDOIN.

Abrégeons, messeigneurs !... De grâce, ne retardez pas
davantage mon supplice...

MARIE.

Que dites-vous donc, sire?... Depuis quand supplicie-t-on les premiers princes du monde?... Ah! tenez, sire, je crois que la mémoire me revient... (Réfléchissant.) Oui, c'est bien cela, je me souviens maintenant... Voici ce qui occasionnait la confusion dans mon esprit... J'ai tant souffert depuis vingt ans!... Mais j'y suis, à présent... Vous êtes bien l'empereur Baudoin... J'ai bien assisté à vos dernières entrevues avec l'impératrice... Pauvre impératrice!... Seulement, j'étais une de ses femmes...

BAUDOIN.

Partons, messeigneurs, je vous en supplie... Que nous importent ces discours?...

MARIE.

Mais ils m'importent beaucoup à moi, sire, puisqu'ils me servent à me faire pardonner une erreur des plus graves... Je ne veux pas que vous m'accusiez d'usurpation...

BAUDOIN.

Grand Dieu! la malheureuse devient folle!...

MARIE, riant.

Folle!...C'est vous, mon bel empereur, qui le devenez, fou...Je l'étais tout à l'heure, mais la raison m'est revenue...

JEANNE.

Mais cette situation est horrible!... Cette femme était-elle folle avant de se présenter ici ou le devient-elle vraiment?...

LE PRINCE.

Comédie que tout cela!...

BAUDOIN.

Marie!... ma chère Marie! reprenez vos esprits... Je vous avais reconnue, mais je voulais vous soustraire à nos ennemis!..

JEANNE, à part.

Il l'avait reconnue?... Quoi! cette femme, cette pauvre folle serait ma... Oh! non, c'est impossible!...

MARIE, riant.

Vous voyez bien que c'est vous qui devenez fou, sire...
Quand je me croyais l'impératrice, vous souteniez le contraire... Maintenant que je me rappelle ne point l'être,
vous voulez que je le sois...

BAUDOIN.

Marie! ma chère épouse! vous ne vous trompiez pas!...
Vous êtes bien l'impératrice de Constantinople... Vos souffrances et mon imprudente obstination à vous nier la vérité ont bouleversé votre raison... mais elle rentrera en
elle-même... Vous ne voudrez pas, ô mon Dieu! que j'aie
contribué à éteindre ce divin flambeau!... Vous ne voudrez
pas que je meure avec le double malheur de laisser après
moi une fille parricide et une épouse frappée de démence!...

MARIE.

Pauvre empereur! que dit-il donc dans ses divagations?...

BAUDOIN.

Jeanne! ma fille! n'aurez-vous pas pitié de votre pauvre
mère, à qui ce triste spectacle vient d'enlever la raison?...

JEANNE, à part.

Mais que veulent dire toutes ces contradictions?...
Éclairez-moi, mon Dieu!... de grâce, éclairez-moi!...

LE PRINCE.

Comment voulez-vous que madame la comtesse croie
plus à cette femme qu'à vous, quand vous ne vous accor-
dez pas l'un et l'autre dans vos dires?... Ne doit-il pas lui
être suspect de voir que vous ne l'avez reconnue que du
moment où sa folie vous a paru incontestable?... Vous
vous en gardiez bien quand vous craigniez qu'elle pût
vous compromettre!... tandis que maintenant, qu'importe
ce qu'elle dira, pourvu qu'elle persiste à vous reconnaî-

tre?...Vous êtes un homme habile, Bertrand de Rains!...
Il est fâcheux que le sort ne vous ait pas fait naître dans la
condition que vous ambitionniez...

JEANNE, troublée.

En effet, comment se fait-il?...

BAUDOIN.

Et toi tu es un hideux scélérat!... Quand on saura un
jour le rôle que tu as joué dans tout ceci au profit de ta
basse ambition, on frémira d'horreur!... Mais ce n'est pas
à toi que je m'adresse, reptile impur!... c'est à Jeanne,
c'est à ma fille... Pitié, Jeanne! pitié pour celle qui vous
a portée dans ses flancs!... pitié pour cette noble mère,
pour cette épouse dévouée, à qui le malheur a tout ôté,
même la raison!... Oh! de grâce! n'abandonnez pas cette
femme infortunée, ce pauvre être qui n'a plus que vous
sur la terre!... Les soins que vous lui aurez donnés adou-
ciront un jour l'affreuse pensée d'avoir méconnu et frappé
votre père...

La comtesse est très-émue.

LE PRINCE, à Jeanne.

Du courage, comtesse!... Abandonnerez-vous la victoire à la ruse et à la fourberie?...

JEANNE, dont la colère se ranime à ces paroles.

Je ne suis pas dupe de ce dernier subterfuge, Bertrand
de Rains!... Vous voulez, en attachant cette folle à mes pas,
faire planer le doute sur l'authenticité de vos prétentions
et me poursuivre encore au delà même de votre supplice!...
Vos nouveaux calculs seront encore en défaut... Cette pauvre folle sera séquestrée, afin que ses divagations ne frappent ni mon oreille ni celle du peuple... Les criminelles
tentatives d'usurpation auxquelles vous avez audacieuse-
ment ouvert les portes seront ainsi étouffées en même temps
que vous...

LE PRINCE.

Voilà qui est parler et agir en souveraine sage et prudente, madame la comtesse...

BAUDOIN.

Les dernières lueurs de la conscience et de la raison se sont donc bien réellement éteintes en toi, Jeanne?... Il ne te reste donc ni cœur, ni humanité?... Une infernale puissance l'emporte donc, dans ton esprit, sur les manifestations les moins équivoques de la vérité?... Il faut donc que tu passes par une horrible expiation, que tu souffres les plus poignantes douleurs qu'il soit donné à là nature humaine d'endurer, que tu combles enfin le gouffre de nos revers et de nos malheurs?... O ma fille!... cette pensée est la plus cruelle de toutes celles qui pouvaient m'assiéger aux derniers moments de ma vie!... Sire, et vous, messeigneurs, nobles pairs de Flandre, permettez à un malheureux prince, que vous n'avez pas craint de sacrifier à une coupable précipitation, de vous faire entendre, avant de marcher au supplice, de sévères mais justes paroles... Vous croyez servir la paix et l'intérêt des grands, messeigneurs... C'est, au contraire, leur ruine que vous préparez... Vous croyez obéir à une politique de sagesse, et c'est à la démence que vous vous laissez aller... Vous croyez vaincre le peuple en lui ôtant une tête, mais le peuple en a mille qui repoussent quand on les fauche, et qui n'abandonnent jamais les idées justes et vraies!...

PLUSIEURS VOIX.

Oui! oui!... le peuple poursuivra sa vengeance!...

BAUDOIN.

Vous, sire, qui avez décidé de mon sort en mettant ma mémoire affaiblie en défaut, vous éprouverez, à votre tour, les tortures de l'ingratitude, du délaissement et de la trahison!... Vous, nobles pairs, vous verrez incessamment décroître cette Flandre que vous croyez pacifier et sauver par ma mort... Jamais elle ne reviendra au lustre, à la gloire et à la puissance dont elle a joui sous mes pères et sous moi... Quant à ce pauvre peuple, qui fléchit sous le fardeau, et que j'aurais voulu soulager, qu'il ne se décourage point...

UNE VOIX.

Non ! non ! sois tranquille, auguste martyr !...

BAUDOIN.

Les épreuves qu'il a encore à traverser sont rudes ; mais il deviendra, quelle que soit la domination sous laquelle il passera, riche et prospère, car il est sobre et laborieux... Le bien-être est toujours la récompense de pareilles vertus... Et toi, Marie, toi, pauvre chère âme brisée, pure étoile éteinte dans les larmes, bon ange dont l'esprit est retourné au ciel, rebuté par les horreurs d'ici-bas... toi, Marie, noble épouse qui ne peux plus m'entendre de cette demeure vide et désolée qui existe encore sous nos yeux, nous allons nous retrouver bientôt, et nous réunir enfin pour ne plus nous quitter !...

MARIE.

Tu crois encore que je suis Marie?... Pauvre fou!... Mais je ne crois même plus que tu sois Baudoin, le grand empereur de Constantinople, toi... Il serait mort avant de perdre la raison!... Pauvre fou!... Ah! ah! ah! ah!... Tu me crois une impératrice?... Tu me trouves donc belle?...

BAUDOIN.

Séparons-nous, messeigneurs... L'empereur de Constantinople a besoin de repos... Son œuvre a été assez grande et assez glorieuse pour qu'il y ait droit dès à présent... J'aurais seulement désiré que le passage en fût moins cruel... qu'il ne coûtât pas la raison de ma femme et l'honneur de ma fille !...

Tous les assistants sont émus. Jeanne elle-même ne peut se défendre d'un grand trouble. Le prince seul conserve son incrédulité.

LE PRINCE, à part.

Ce maudit supplice arrivera-t-il enfin?... Allons nous assurer si nos ordres sont bien remplis...

Au moment où il sort, le fauconnier rentre. Il a entendu les derniers mots du prince.

SCÈNE VIII

LES PRÉCÉDENTS, LE FAUCONNIER.

LE FAUCONNIER, à part.

Oui, va voir si tes ordres sont exécutés, va, misérable... J'espère bien que les miens les neutraliseront et t'empêcheront de gagner ton horrible partie...

LE GRAND JUSTICIER, au capitaine.

Capitaine, faites votre devoir... Que le condamné soit conduit, sous bonne escorte, dans la capitale des Flandres... C'est sur la place du château et en présence du peuple que la sentence recevra son exécution au nom de la comtesse Jeanne et de notre sire le roi de France... Allez...

MARIE.

La comtesse Jeanne!... Exécution!... Supplice!... (Montrant Baudoin.) Lui, condamné à mort pour avoir dit que je suis l'impératrice de Constantinople?... Oh! messeigneurs, quel mal cela a-t-il fait à la comtesse de Flandre et au roi de France?... Mais non, vous voulez rire, n'est-ce pas, mes bons seigneurs?... Est-ce que la comtesse Jeanne, d'ailleurs, la fille du grand Baudoin, souffrirait pareille cruauté?... (A Baudoin.) Allez, sire, ne les écoutez pas... Retirez-vous paisiblement et pardonnez-leur...

BAUDOIN.

Infortunée!...

UN SEIGNEUR.

Grand justicier, ordonnez donc qu'on emmène cette folle!...

MARIE, riant.

Moi folle!... Ah! ah! ah! ah!...

LE GRAND JUSTICIER.

Que cette femme soit entraînée hors de l'enceinte...

Deux hommes la saisissent.

MARIE.

Vous osez porter la main sur moi, soldats!... Oubliez-vous que je suis... qui?... hélas! rien...

BAUDOIN.

Si... l'impératrice de Constantinople!...

MARIE.

L'impératrice de Constantinople!... Baudoin! mon époux!... secourez-moi!... Ma raison me revient, mais l'existence m'échappe!... Baudoin!... Malheur sur ma...

JEANNE.

Oh! pauvre créature!... Il l'a tuée!...

Marie tombe morte.

BAUDOIN, levant les yeux au ciel.

Vous l'avez délivrée, grand Dieu!... soyez béni!... (Faisant un pas.) Allons nous affranchir pour la rejoindre!... (S'arrêtant, puis s'adressant à sa fille.) Adieu, comtesse Jeanne... Puisse la lumière ne jamais se faire dans ton esprit sur ces horribles événements!... Mais si elle devait un jour y briller... je ne te maudis point... Que ce soit là du moins ta consolation dernière!...

On emporte Marie, et Baudoin sort entouré de soldats, au milieu de l'émotion générale. Le peuple est consterné. Le roi et les seigneurs causent entre eux. Jeanne s'avance seule, absorbée dans ses pensées. Le fauconnier s'approche de quelques pas derrière elle.

SCÈNE IX

LES PRÉCÉDENTS, moins BAUDOIN, MARIE ET LES HOMMES
D'ARMES qui les accompagnent.

JEANNE.

Le trouble que je ressens est étrange... L'air imposant
et vénérable de ce Bertrand de Rains m'étonne, son calme
et sa majesté me confondent... Ses réponses pleines de dignité, ses idées pleines de grandeur, sa résignation et presque même sa joie d'en finir avec la vie, tout cela n'est pas
d'un ambitieux vulgaire... Tout cela surtout n'est point
d'un homme qui ment et qui trompe... Quel mystère y
a-t-il donc dans tout ceci?...

LE FAUCONNIER, s'approchant.

Je ne sais, ma souveraine; mais quelque chose me dit
que cet homme est bien votre père...

JEANNE, frissonnant.

Vous croyez donc aussi aux prétentions de Bertrand de
Rains?...

LE FAUCONNIER.

Eh bien! oui, ma souveraine... Nous ne pensons pas et
ne parlons pas comme cela, nous autres gens du peuple...
Quels que soient notre génie, notre courage et nos vertus,
nous n'avons pas cette majesté qui tient à la naissance plus
encore peut-être qu'à la nature...

JEANNE.

Comment! vous pourriez admettre, fauconnier, que
Baudoin aurait oublié l'époque de son mariage, de son ar-
mement comme chevalier et de son hommage au roi de
France, quand il se rappelle très-fidèlement tant d'autres
détails moins importants?...

LE FAUCONNIER.

Sans doute, il y a quelque chose d'inexplicable, ma souveraine... Néanmoins, je crois...

JEANNE.

Vous êtes un fou...

LE FAUCONNIER.

Trouvez-vous donc tout cela bien clair, vous, ma souveraine ?...

JEANNE.

Non, j'en conviens... Cette femme surtout m'a fait mal... Pauvre créature !... Et on ne la connaît pas, fauconnier ?...

LE FAUCONNIER.

Personne ne se souvient de l'avoir vue, madame la comtesse...

JEANNE.

Étrange chose !... C'est singulier comme je me sens émue... Mais toutes ces idées sont des folies qu'il faut chasser pour ne plus songer qu'aux grands intérêts de la Flandre... La justice n'avait d'ailleurs pas de raison pour repousser l'évidence, si elle avait été en faveur de Bertrand de Rains...

LE FAUCONNIER, à mi-voix.

Erreur, ma souveraine... La justice part toujours du point de vue qu'elle doit condamner... D'un autre côté, pensez-vous que le roi de France n'ait pas trouvé son compte à perdre Bertrand de Rains et que les pairs de Flandre n'aient pas subi une secrète influence ?...

JEANNE.

Et laquelle, fauconnier ?...

LE FAUCONNIER.

Je l'ignore, ma souveraine... Mais le prince de Capoue, qui s'est entremis avec tant de persévérance dans cette malheureuse affaire, vous le dirait sans doute, s'il le voulait...

JEANNE.

Vous lui en voulez, fauconnier...

LE FAUCONNIER.

Je l'avoue, je le hais !...

JEANNE.

Mais où est-il donc ?

LE FAUCONNIER.

A surveiller l'exécution... Ne trouvez-vous pas singulier, madame la comtesse, qu'il s'acharne ainsi sur un pauvre homme ?...

JEANNE.

C'est dans mon intérêt, fauconnier... Il tient tant à conquérir mes bonnes grâces !...

LE FAUCONNIER.

En trempant ses mains dans le sang innocent...

JEANNE.

Fauconnier, la justice a parlé !... Nous devons, comme tous, nous incliner devant ses arrêts...

LE FAUCONNIER.

Assurément, ma souveraine... Mais convenez que vous êtes moins pressée de voir terminer le supplice que le prince, quoique plus intéressée dans l'affaire ?...

JEANNE.

Eh bien ! oui, je ne le dissimulerai pas... Je suis inquiète et troublée malgré moi... Je veux ce supplice qui importe à la tranquillité de mes États, et cependant je le redoute comme une catastrophe, comme un malheur...

LE FAUCONNIER.

Vous ne seriez donc pas fâchée qu'il fût ajourné ?...

JEANNE.

Oui et non... Oui, parce qu'il y a de l'inconnu dans cette mort qui m'effraye... Non, parce que, devant avoir lieu, je voudrais que tout fût fini...

LE FAUCONNIER.

Rassurez-vous donc, ma souveraine, cet inconnu que vous redoutez sera éloigné pour quelque temps encore... J'ai organisé un groupe d'amis sûrs et dévoués qui doivent enlever le prisonnier aux portes de Péronne... Il sera gardé avec soin jusqu'à ce que des témoins irrécusables soient arrivés d'Orient pour le reconnaître... S'il ne l'est point, si les preuves manquent absolument, la sentence des pairs de Flandre sera rigoureusement exécutée... C'est moi qui vous le promets, madame la comtesse...

JEANNE.

C'est bien téméraire ce que vous avez fait là, fauconnier...

LE FAUCONNIER.

Ma tête est à vous, si je vous ai déplu, ma souveraine...

JEANNE.

Elle me répondra du prisonnier...

SCÈNE X

LES PRÉCÉDENTS, LE CHEVALIER DE BÉTHUNE.

UN HOMME D'ARMES.

Sire, le chevalier de Béthune, blessé et presque mourant, a d'importantes révélations à faire relativement à la personne de Bertrand de Rains... Le voici...

Le chevalier de Béthune s'avance soutenu par deux soldats. La comtesse Jeanne, plongée dans une sorte de rêverie, se range machinalement à gauche. Le fauconnier la suit. Mouvement d'attention.

LOUIS.

Vous arrivez bien tard, chevalier... Bertrand de Rains est condamné et reparti sous bonne escorte pour Lille, où l'attend le supplice...

LE CHEVALIER.

Le supplice de Bertrand de Rains?... Il ne peut avoir
lieu, sire... Vous allez le comprendre...

LOUIS.

Hâtez-vous donc alors, chevalier...

LE CHEVALIER, faisant effort.

Blessé mortellement à la reprise du château de la comtesse Jeanne, sire, ce n'est qu'en recouvrant mes sens que
j'ai pu me faire transporter jusqu'ici... Je suis le chevalier
de Béthune... Les hauts barons de votre père Philippe-
Auguste me connaissaient... Je comptais de nombreux amis
parmi la noblesse française, et la famille du comte Baudoin IX n'avait pas de meilleur serviteur que moi... Ceux
d'entre les seigneurs de cette époque qui ont survécu ne
peuvent manquer de se rappeler mon nom et ma personne... (S'adressant à l'assemblée.) Regardez-moi donc bien,
vous tous qui êtes de ma génération... Je ne puis être devenu absolument méconnaissable... Je vais mourir, je le
sais, messeigneurs... mais ce ne sera du moins pas sans
donner à mon empereur et maître un dernier témoignage
de dévouement... L'homme que vous venez de condamner
comme factieux est bien réellement le comte de Flandre,
l'empereur de Constantinople, le père de notre souveraine
Jeanne...

JEANNE, dont l'attention paraît se réveiller subitement.

Que dit-il?...

LE CHEVALIER.

J'en atteste le Dieu devant qui je vais comparaître, messeigneurs... On ne ment ni on ne trompe dans un pareil
moment...

LOUIS.

Serait-ce donc avec vous, chevalier, que les hauts barons
Pierre de Courtenai et Renaud de Montmirail ont entre-

29

tenu une correspondance pendant les premières années de la croisade?...

LE CHEVALIER.

Oui, sire, cette correspondance s'interrompit en 1205, après la bataille d'Andrinople, quand je fus blessé au camp en cherchant à protéger l'impératrice Marie...

LOUIS.

Et quelle preuve pouvez-vous apporter de vos paroles, chevalier?...

LE CHEVALIER.

Les lettres mêmes du baron Pierre de Courtenai, qui ne m'ont jamais quitté, sire... (Tirant de dessous ses habits un paquet de lettres et les tendant vers le roi.) Les voici...

Un homme d'armes prend les lettres, qu'il remet au roi.

JEANNE.

Quoi!... mon père vivrait et nous l'aurions condamné comme un vil criminel!...

LE CHEVALIER.

Oui, je l'affirme encore... madame la comtesse... Mais Dieu n'a pas voulu que je mourusse sans sauver mon malheureux maître...

JEANNE.

Oh! mais c'est impossible... mon cœur et mon sang eussent parlé!... Un seul mot de mon père eût ému mes entrailles et frappé mon esprit!...

LE CHEVALIER, se tordant.

La Providence a ses voies, madame la comtesse... Mais la mort s'approche... son voile commence à obscurcir ma vue... O mon empereur! que le ciel soit béni si je suis arrivé à temps pour te rendre à ta fille et lui épargner un remords éternel!...

JEANNE, émue.

Eh bien! sire... ces lettres?...

LOUIS.

Elles sont effectivement de Pierre de Courtenai...

JEANNE.

Mon père!...

LE CHEVALIER.

Oh!... je meurs... heureux!...

Il tombe entre les bras des soldats, qui l'emportent hors de l'enceinte.

JEANNE.

Mon père!.. Courez vite!... Il en est temps encore!...
Mon Dieu! qu'il soit sauvé!...

LE SÉNÉCHAL, à deux chevaliers.

Ne perdez pas un instant, chevaliers!...

LE FAUCONNIER.

N'avais-je donc pas raison d'obéir à mes pressentiments,
madame la comtesse?...

JEANNE, au fauconnier.

Oh! mon bon fauconnier, je te devrai mille fois plus
que la vie!... Mon père!... mon pauvre père!... Ah! je
comprends maintenant ses derniers mots d'adieu!... Mais
il ne court aucun danger, n'est-ce pas?...

LE FAUCONNIER.

Nos partisans sont des hommes de cœur, allez, madame
la comtesse... Ils mourraient tous plutôt que de laisser
exécuter le prisonnier...

JEANNE.

O mon Dieu! s'ils échouaient!...

LOUIS.

Ne craignez rien, comtesse, vos envoyés ont déjà certainement rejoint le cortége...

JEANNE.

Vous pensez, mon beau sire?... Oh! que le temps est
long, grand Dieu!... Pauvre père!... J'ai pu le méconnaî-

tre, quand l'auréole de la gloire brillait encore de tant
d'éclat sur son front dévasté!...

LOUIS.

Il va vous être rendu, comtesse... Vous saurez lui faire
oublier vite ses infortunes et les cruelles épreuves que
nous lui avons involontairement infligées...

JEANNE.

Noble père! si grand dans le malheur! si fort dans la
résignation, si sublime dans le dévouement!... Et le doute
salutaire n'avait pu qu'effleurer mon esprit!... Oh! coupable fille! comment expieras-tu un si coupable aveuglement...

LOUIS.

Tout va se réparer, comtesse... Dieu a conservé pour
cela jusqu'à présent la vie du brave chevalier de Béthune...

JEANNE.

Oh! grâces vous soient rendues, mon Dieu!... Mais...
et cette femme qui est morte aussi en cherchant à le sauver?... N'était-ce pas vous qui l'aviez envoyée?... Cette
femme qu'il ne voulait pas reconnaître d'abord, dans la
crainte de l'entraîner dans sa ruine, et qu'il a reconnue
ensuite, quand la violence des émotions lui eut ôté l'usage
de la raison... Cette femme... était donc ma mère, ô mon
Dieu!... Oh! cette pensée est horrible!... Ma mère!... ma
pauvre mère!... je t'ai assassinée dans d'affreuses tortures!... (Se sentant défaillir.) Oh! messeigneurs, le remords me
suffoque, l'horreur trouble et bouleverse mes esprits!...
Ne vais-je donc retrouver mon père que pour montrer à
ses yeux une fille barbare qui lui a tué, dans d'épouvanta-
bles tourments, sa fidèle et sainte compagne?... Oh! messeigneurs... où fuir, où me cacher?...

LOUIS.

Calmez-vous, infortunée comtesse, ce n'est point vous

qui avez fait le mal, mais une cruelle fatalité... Pouvions-nous croire aux déclarations du malheureux Baudoin, quand tout, jusqu'à lui-même, semblait les démentir?...

JEANNE.

Oh ! rien ne saurait excuser une fille qui n'a pas su entendre la voix du sang !...

SCÈNE XI

LES PRÉCÉDENTS, LE PRINCE DE CAPOUE.

LE PRINCE.

Vous avez enfin échappé, grâce à Dieu, à tous les dangers qui vous menaçaient, madame la comtesse... Votre pouvoir est désormais à l'abri des coups de main que pourraient tenter les ambitieux...

JEANNE.

Prince, vous savez tout?...

LE PRINCE.

Et je viens pour vous en instruire le premier, madame la comtesse...

JEANNE.

Oh! parlez, parlez vite, prince... Je meurs d'impatience...

LE PRINCE.

Je le conçois, comtesse, car tout a failli être compromis, perdu...

JEANNE.

Quoi?... Que voulez-vous dire?...

LE PRINCE.

Qu'une conspiration était organisée...

JEANNE.

Heureusement ! grand Dieu !...

LE PRINCE.

Je ne vous comprends pas...

JEANNE.

Mais, pour Dieu ! parlez donc ! vous me faites mourir !...

LE PRINCE.

Les amis de Bertrand devaient nous l'enlever...

JEANNE.

Eh bien ?...

LE PRINCE.

Nous y avons mis ordre...

JEANNE.

Et notre prisonnier ?...

LE PRINCE.

Est maintenant à l'abri de toute tentative...

JEANNE.

Et revient-il ici ?... Où est-il ? que j'y coure...

LE PRINCE.

Vous, madame la comtesse ?...

JEANNE.

Eh ! sans doute, moi-même !... Ne suis-je pas sa fille ?...

LE PRINCE.

Juste ciel !... Qu'entends-je !... Vous sa fille ?...

JEANNE.

Allons, vite !... Courons, prince...

Elle s'élance pour sortir.

LE PRINCE, la retenant.

Ah ! madame...

JEANNE.

Eh bien ! qu'y a-t-il donc !...

LE PRINCE.

Oh ! non, c'est impossible !...

JEANNE.

Hâtons-nous donc, vous dis-je !...

LE PRINCE.

Quoi ! ce Bertrand de Rains?...

JEANNE.

Est l'empereur mon père !...

LE PRINCE.

Malheureux !... Qu'ai-je fait !...

JEANNE.

Dieu ! que voulez-vous dire !

LE PRINCE.

Hélas !...

JEANNE.

Prince, vous m'effrayez !... Quelque nouveau malheur nous aurait-il frappés?...

LE PRINCE.

Le plus affreux de tous !... Vous allez me maudire !...

JEANNE.

Mon père a-t-il aussi vu fléchir sa raison?...

LE PRINCE.

Hélas ! l'espoir nous resterait !...

JEANNE.

Qu'est-il donc arrivé, grand Dieu?...

LE SÉNÉCHAL, à part.

Je ne comprends que trop !... (Haut à la comtesse.) Nous le saurons bientôt, madame la comtesse... L'heure s'avance, il est tard... Les émotions du jour...

JEANNE.

Mais je veux tout savoir, et de suite !... Si mon père est blessé ou tombé en démence, il réclame mes soins... (Au prince.) Vous gardez le silence, prince?... Parlez, je vous l'ordonne !... N'ai-je pas traversé ces horribles débats !... Allez ! la pauvre Jeanne a été assez coupable pour mériter en un seul jour tous les malheurs qui peuvent l'accabler...

LE PRINCE.

Ah! madame la comtesse, maudit soit le zèle qui m'a

emporté!... J'accompagnais, d'après vos ordres, l'escorte
du prisonnier... Nous sortions à peine des murs de Péronne, quand une troupe de partisans de Bertrand de
Rains fondit sur nous pour l'arracher de nos mains...
Nous nous défendîmes vigoureusement, mais il s'ensuivit
une mêlée au milieu de laquelle votre malheureux père
fut frappé mortellement... Insensé! je me félicitais que le
prisonnier eût péri dans cette lutte!...

JEANNE.

Mon père?... mon père mortellement atteint!.. Oh!
mais c'est impossible!... Il n'a pas traversé mille combats
pour tomber misérablement dans une rixe de quelques
hommes!... Il n'est sans doute que blessé!... Nous le
sauverons, j'en suis sûre... Volons à son secours, mes
amis!...

LE PRINCE.

Hélas! il n'est plus temps, madame la comtesse... Tout
est fini!...

JEANNE, avec accablement.

Ah! malheureuse! tu as tué ton père et ta mère!...

LOUIS.

La fatalité seule est responsable, comtesse!...

JEANNE, se redressant.

La fatalité!... Ne lui avons-nous pas fait violence, à cette
fatalité?... Est-ce elle qui a soulevé mon orgueil, exagéré
mes craintes, enflammé mes passions?... Est-ce elle qui a
envenimé votre haine, prince de Capoue?... Est-ce elle qui
vous a imposé vos lâchetés, à vous, Bouchard d'Avênes et
Foulque de Neuilly?... Est-ce elle enfin qui vous a soufflé
vos questions perfides, à vous, sire, le fils de l'ancien ennemi de mon père?... La fatalité!... Où donc peut être sa
place entre la Providence de Dieu et la liberté de
l'homme?... La fatalité!... On croit avoir tout dit, tout
réparé, quand on a jeté aux victimes de la méchanceté ou

de la sottise humaine ce mot vide de sens!... La fatalité!... Savez-vous qui l'a faite, dans ces déplorables circonstances, messeigneurs?... Ce sont vos vanités, vos
cupidités, vos ambitions, vos passions égoïstes et honteuses!... Ce sont ma faiblesse et mon aveuglement qui
m'ont livrée à vous en esclave dégradée!... Oh! malheureuse que je suis! voilà donc où devaient aboutir mes dé-
portements et mes crimes?...

Elle se cache la figure dans ses mains et sanglote.

PLUSIEURS VOIX.

Pauvre femme!... infortunée comtesse!...

JEANNE, interrompant ses pleurs.

Ah! ne me plaignez pas!... mon sort est mérité!...
Quand on a méprisé les vertus de ses pères, il est juste
qu'il n'y ait plus de limites au malheur!...

FOULQUE DE NEUILLY.

Le repentir sincère obtient toujours miséricorde devant
Dieu, ma fille...

JEANNE, tout entière à sa pensée.

Mon père! mort méconnu, méprisé, condamné par sa
fille, abandonné de tous, après s'être assis sur le premier
trône du monde!... Ah! ce n'était donc pas assez que tu
me fusses enlevé au moment même où je te retrouvais,
après m'être cru si longtemps orpheline... il fallait encore
que tu emportasses dans la tombe la funeste pensée de
mon crime, et que je restasse, moi, en proie aux tortures
d'un remords sans fin!... O mon Dieu! m'avez-vous assez
punie de mon orgueil et de ma cruauté!... Mais que parles-
tu de demander merci, malheureuse!... Ah! le commencement du châtiment peut te faire comprendre ce que te
réservent la justice et la colère de Dieu!... O mon père!
ô ma mère! que vos ombres sacrées se retirent de moi!...
Que vos âmes, rayonnantes aux pieds de l'Éternel, m'ou-

blient et m'abandonnent comme je vous ai moi-même oubliés et abandonnés ici-bas!...Vous n'avez pas eu de fille sur la terre, vous ne devez point en avoir au ciel!... Je ne mérite point de pardon... N'en implorez donc pas pour moi!... La damnation, l'enfer, voilà mon patrimoine et mon domaine... J'y porterai un supplice inconnu : l'amour filial qui se sent odieux et qui désespère, même du néant!...

FOULQUE, s'approchant d'elle.

La bonté de Dieu est infinie, ma fille...

JEANNE.

Sa justice est inflexible, mon père!... Je ne la fuis point, je l'appelle... Déjà je la sens qui s'approche et va me saisir... (Elle chancelle ; Foulque et le sénéchal la soutiennent.) Oui... je touche au moment du châtiment suprême!... Accourez, légions de l'enfer!... Emparez-vous de Jeanne la parricide!... Vos horribles tortures eussent été trop douces encore pour elle... Vous donnerez aux damnés un spectacle nouveau!... (Elle se débat.) Bien! vos griffes s'enfoncent dans mes chairs!... Je tressaille sous vos dévorantes ardeurs!... Vous m'entraînez toutes vers l'abîme!... O ténèbres du gouffre sans fond, vous me séparerez à jamais du ciel et de ses splendeurs!... Expiation! tu vas commencer!...

Elle tombe.

FOULQUE.

Infortunée comtesse!... Prions tous pour elle... et pour nous!...

Plusieurs tombent à genoux, les autres s'inclinent dans l'attitude de la prière.

FIN DU CINQUIÈME ET DERNIER ACTE.

www.ingramcontent.com/pod-product-compliance
Lightning Source LLC
Chambersburg PA
CBHW060938030726
47503CB00003B/648